疾風ロンド

作・東野圭吾　絵・TAKA

実業之日本社ジュニア文庫

栗林和幸

泰鵬大学医科学研究所の主任研究員。
所長のいいなりで、なさけない。

栗林秀人

栗林の息子。スノーボードが
趣味の中学生。

山崎育美

地元の中学生。
秀人にスキー場を案内する。

根津昇平

スキー場のパトロール隊員。
元スノーボードクロスの選手

瀬利千晶

スノーボードクロスの選手。
根津とは顔見知り。

葛原克也
元泰鵬大学医科学研究所の研究員。生物兵器を生み出す。

東郷雅臣
泰鵬大学医科学研究所の所長。栗林に生物兵器の回収を命じる。

折口栄治
姉の真奈美の命令で、栗林や根津を付け回す。

折口真奈美
研究所の補助研究員。大人しそうだが、実は……。

父

母

娘

ワタナベ親子 家族3人でスキーを楽しんでいる。

高野
裕紀の母親。

高野裕紀
地元の中学生。育美の同級生。

川端健太
地元の中学生。育美の同級生。

疾風(しっぷう)ロンド

1

小雪が舞っていた。しかし時折日が差すという天候で、コンディションは上々だった。おかげで目的の地点には、ほぼ予定通りの時刻に辿り着けた。これまでに何度か来ている場所だけに、迷うことはなかった。

だが初めての人間には無理だろう、と葛原克也は周囲を見渡して舌なめずりをした。斜面はすべて雪に覆われている。一定の間隔でブナの木が生えているが、どの木にも目印にできるほどの特徴はない。仮に細かい地図があったところで、迷うに違いなかった。

大きく枝を広げた一本のブナの木に近づいた。その前でスキーを外し、背負っていたリュックサックを下ろした。そこから取り出したのは、プラスチック製の工具箱だ。しかし中身は工具ではない。頑丈だという理由から、ある「品物」の容器として工具箱を転用しているのだ。

不安な思いが葛原の胸中を支配していたが、意を決して蓋を開けた。ぎっしりと緩衝材が詰めこまれた中から、ビニール袋に入った「品物」を取り出した。ゴーグルを外し、目を凝らして点検した。どうやら「品物」に異状はないようだった。安堵の息を吐き、それを一旦箱に戻した。

次にグローブを嵌めた手で木の根元の雪を掘り、穴を作った。深さが三十センチほどの穴だ。

葛原は再び「品物」を手にした。今度はいよいよ、これをビニール袋から取り出さねばならない。袋の口は、ぴったりと圧着されている。今一度「品物」に異状がないことを確かめてから、慎重にビニールを破った。

取り出した「品物」を、今掘ったばかりの穴に入れた。たったそれだけで、体温が少し上昇する感覚があった。それは恐怖心によるものだった。この行為が何を意味しているのかが誰よりもわかっているから、彼自身が怯えているのだ。

だがそれでいいのだ、と葛原は自らにいい聞かせた。自分が怯えるようでないと相手も恐れを抱かない。

スキーウェアのポケットからデジカメを取り出し、雪の穴に置かれた「品物」の様子を何枚か写真に収めた。液晶画面で写り具合を確認した後、「品物」に少しずつ雪をかけていった。やがて穴は埋まり、周囲と見分けがつかなくなった。

続いてリュックから出したのは、釘とハンマー、そして小さなテディベアだ。葛原は立ち上がって木のほうを向き、顔の高さあたりに釘を打ち付けた。しっかりと固定されていることを確認すると、そこにテディベアを吊した。茶色なので殆ど目立たない。遠くから発見することは、ほぼ不可能だろう。

葛原は木から少し離れ、この様子もデジカメで角度を変えながら何枚か撮影した。

もう一つ、最後にやっておくべきことがあった。大事な確認事項だ。

リュックから、四角い電子機器を出した。電源を入れるとパイロットランプが点灯した。その上部に付いたアンテナを引き伸ばし、その先端をテディベアに向けた。装置前面に並んだ八つの発光ダイオードが、すべて点灯した。

葛原は頷き、電源を切った。これで作業完了。頭の中で再度自分の行動をチェックしてみる。大丈夫、やるべきことはやったはずだ。

荷物を入れ直したリュックを背負い、ゴーグルを装着し、ブーツをスキー板に取り付けた。時計を見ると時刻は午後四時を少し過ぎたところだ。これまた予定通り。ひとつ頷いてから、ゆっくりとスタートした。

圧雪されていない斜面をスキーで滑るのは容易ではない。慣れていなければ、すぐに先端がもぐってしまい、立ち往生することになる。だが葛原には技術があった。立ち並んだ木々の間を軽快に滑走していく。難しい仕事をやり遂げたという思いが、爽快感を倍増させている。

いやいや——滑りながら小さく首を振った。まだやり遂げてはいない。肝心の仕事が残っている。今はまだ、その準備を終えた段階に過ぎない。油断して、万一こんなところで転倒し、怪我でもしたら大変だ。計画が台無しになる。調子に乗りすぎないよう注意しながら滑走を続けた。

前方にロープが見えてきた。身体を低くし、その下をくぐった。これで正規コースに戻ったことになる。

その時だった。後方からホイッスルの甲高い音が聞こえてきた。振り返るとパトロール隊の格好をした男が滑り降りてくる。葛原は、げんなりして停止した。よりによって、こんな時に——。

パトロール隊員は、すぐそばで止まった。『PATROL』の文字が縫い込まれたキャップを被っている。

「いけませんね。どこからコース外に出たんですか」スポーツサングラスの向こうから睨んできた。

「いや、すぐそこですよ。正規コースだと思い、間違って入っちゃったんです。気がついたので、あわてて出てきたんです」

パトロール隊員は苛立ったように手を横に振った。

「そんなわけないですよね。奥のほうから滑ってくるのが見えました。それに、かなり上から入らないと、ここへは出てこれません」

葛原はため息をついた。下手に逆らったところでいいことは何もない。

「すみません、興味本位で入って、迷っちゃったんです」

「今後は気をつけてください。コース外はどこもそうですけど、あなたが入っていたところは地形が複雑で、雪崩の危険があるし、広いから特に迷いやすいんです。沢のほうに行ったら、戻ってこれなくなります」

「申し訳ありませんでした」頭を下げた。

隊員は頷いた。「安全滑走でお願いします」

葛原は小さく手を上げ、滑り始めた。妙なケチがついてしまった。しかしあの隊員が、この些細な出来事を今後もずっと覚えていることはないだろう。計画には何ら問題がない。地形が複雑だと？

だからこそあの場所を選んだのだ——。

山麓に下りた頃には、多くのリフトが営業を終えていた。葛原はスキー板を外し、駐車場に向かった。いつの間にか、雪が本格的に降り始めていた。

駐車場に駐めてあるRV車のラゲッジスペースにスキー板を放り込み、後部席で着替えを済ませてから運転席に移った。助手席に置いてあったバッグからタブレット端末を取り出し、膝の上に置いた。

まずは先程デジカメで撮影した写真をそこにコピーした。さらに大きな画面で一枚ずつ確認していった。いずれもなかなかうまく撮れている。写真としては申し分ない。だが使い途を考慮した場合、不適切なものも何枚かあった。シャッターを押す時に気をつけたつもりだったが、まずいものが写り込んでいたりする。

適当と思われる写真を二枚選んだ。それらを、すでに書き上げてあるメールに添付した。

そのメールを送信する前に、もう一度文面を確認した。何度も推敲したはずだが、実際の作業を終えてから読み直すと、やはりいくつか修正したい箇所が見つかった。

敢えて名乗りはしないが、おそらく相手は差出人が誰であるか、すぐに察するだろう。それでいいのだ。むしろそうでなくては、話が前に進まない。

葛原は修正した文面を改めて読み返した。ミスがないことを確認すると、目を閉じて深呼吸をした。送信してしまえば、もう後には戻れない。すべての責任を自らが負わねばならない。その覚悟ができているかどうかを自問し、一度ゆっくりと頷いてから目を開けた。タブレットの画面をじっと見つめた後、人差し指で『送信』をタップした。

メールが問題なく送られたことを確認し、タブレットをバッグに戻した。気がつくと、雪の降り方が一層激しくなっていた。フロントガラスにも積もり、前が見えにくくなっている。

エンジンをかけてから外に出て、グローブを嵌めた手でフロントガラスの雪を取り除いた。車内に戻る時には、靴に着いた雪を払い落とした。あっという間に十センチほど積もったようだ。ぐずぐずしていたら、駐車場から出られなくなるかもしれない。

葛原は車を動かした。タイヤが雪を踏みしめる感触が伝わってくる。アクセルとハンドルを慎重に操作し、駐車場を後にした。

車を走らせながら相手の顔を思い浮かべた。メールを読むのはいつだろうか。あの男は仕事を家に持ち込まない主義で、職場に届くメールを自分のスマートフォンに転送させない。おそらく目にするのは、明日になってからだろう。もしかすると職場での異変に誰かが気づくほうが先かもしれない。それならそれで面白い、と口元を緩めた。

雪の勢いは衰えない。視界が悪くなってきた。葛原は車を路肩に寄せて駐め、考えを巡らせた。

こんな悪天候の中、あわてて東京に戻る必要はない。どうせ勝負は明日からだ。今日は日曜日なので、泊まれる宿などいくらでもあるだろう。ゆっくりと温泉に浸かって身体を休め、明日の早朝に出発するというのも悪くない。その頃には天気も回復しているのではないか。名物料理を肴に、地酒で前祝いをするという手もある。

考えれば考えるほど素晴らしいアイデアに思えてきた。よし、と呟いてから葛原は車を発進させた。ハンドルを大きく回し、Uターンした。

来た道を引き返しながら、今後の展開を考えた。相手がいきなり警察に通報することは、まずありえない。おそらく取引に乗ってくるだろう。問題は、要求通りの金額を出すかどうかだ。本当に支払えないとなれば、最後の手段とばかりに警察に助けを求めるかもしれない。そうなってしまえば元も子もない。何ひとつ手に入れられず、ただ警察に追われるだけだ。

だが葛原は安易に妥協する気はなかった。自分はこれまで相手に対して大いなる貢献をしてきた、という思いがあるからだ。あの男が今の地位にいるのも、優秀な部下の存在があったればこそだ。自分には権利がある、と葛原は思った。才能が正当に評価されないというのは、理不尽なことだ。そのことを、あの男にわからせる必要がある。

そして才能ある人間は犯罪を実行する場合でも非凡なのだ――綿密に練り上げた計画を頭の中で反芻し、葛原はにやりと笑った。さあ、ゲームの始まりだ。

2

入り口の戸を開けると、煮物のいい匂いが鼻孔をくすぐった。途端に腹の虫が鳴りそうになる。この店に来ると、いつものことだ。

「お疲れ様」カウンターの中から、女将さんが笑顔で声をかけてきた。

根津昇平はひょいと頭を下げ、店内を見回す。すでに半分ほどの席が埋まっていた。カウンターのほかには小さなテーブル席が四つあるだけだが、そのうちの一つに瀬利千晶の姿があった。スマートフォンをいじっていたようだが、根津に気づいたらしく、指を二本立てて笑いかけてきた。気が強そうな顔つきは相変わらずだ。

「Vサインをするのは早いんじゃないのか」脱いだダウンジャケットを隣の椅子に置き、根津は千晶の向かい側に座った。「大会は来週だろ」

千晶はテーブルに両肘をついて指を組み、その上に顎を載せた。

「そうじゃなくて、二人きりだねっていいたかったの。久しぶりでしょ、二人で飲むのは」

「たしかにそうだ。一年ぶりだな」

顔馴染みの女性店員が注文を取りに来た。

「生ビールといつものやつ」

店員は、はあいと明るく返事し、にこやかに下がっていった。

「何、いつものやつって」千晶が訊いてきた。

「大したものじゃない。まあ、見ればわかるよ」

千晶はスノーボード選手だ。特にスノーボードクロスを得意としている。次の日曜日、このスキー場で大会が行われる予定なので、昨日から乗り込んできたらしい。今日の昼間、久しぶりに飲もうよとメールがあった。

根津は現在、ここでパトロール隊員をしている。以前は別のスキー場にいたが、二年前に知り合いに誘われて移ってきた。千晶とは、前のスキー場にいる時に知り合った。それ以来、時々連絡を取り合っている。最後に会ったのは、去年の今頃だ。やはり彼女は大会に出場するために、このスキー場に来ていたのだ。ただし試合結果は満足のいくものではなかったらしく、根津に声もかけずに帰ってしまった。そのことを詫びるメールが届いたのは、その二日後だった。

生ビールが運ばれてきた。すでに枝豆を肴に焼酎のロックを飲んでいた千晶と乾杯した。

「で、どうなんだ。調子のほうは？」

根津の質問に、うーんと千晶は首を捻った。

「やる気は満々、でも調子は半々ってところかな」

「なんだ、珍しく弱気だな」

「弱気というより、現実が見えてきた」千晶は一瞬目を伏せ、改めて根津を見た。

「現実？」

「いろいろとね。たとえば年齢とか」

根津は苦笑した。「まだ二十代半ばだろ。ショーン・ホワイトより若い」

千晶は笑わなかった。「神経が鈍くなってる。スピードが感じられないの」

どうやら真剣な悩みらしいと知り、根津も真顔になった。

「スピードが怖くなったってことか」

「そうじゃない。それならまだまし。その逆。わかんない？　根津さんならわかってくれると思ったんだけど」千晶が上目遣いに見つめてきた。根津は顔をそらした。

彼もまた、かつてはスノーボードクロスの選手だった。だが一流にはなれなかった。当然、挫折は知っている。

「緊張感がなくなってるってこと？」

うん、と彼女は顎を引いた。「ほんと、その通り。肝心なところでふっと緩む。ここ一番、神経を研ぎ澄ませなきゃいけないって時に、それができなくなる」

根津は黙り込んだ。千晶のいうことはよくわかった。彼もそうだったからだ。若い頃は怖くないから突っ込んでいける。やがて怖さを知るようになるが、それを克服することでさらに強くなれる。しかし年を取ると、怖さを感じているわけではないのに突っ込めなくなる。反応が鈍ってくるのだ。

料理が運ばれてきた。スープの中に、炒めた野菜や卵焼き、豚肉などが入っている。

「何これ？　ここの名物？」千晶が何度か瞬きした。

「この店の賄い料理だ。まあ、食ってみろって」

千晶は豚肉を箸で摘んで口に入れ、「うっめーっ」と小さく叫んだ。「根津さん、いつもこんなおいしいもの食べてんの？」

「ここへ来る時はな。何度か通っているうちに、出してもらえるようになったんだ」

「へえ、お得意さん限定ってわけか。いいなあ」千晶は立て続けに箸を動かした。

やあ根津ちゃん、と後ろから声が聞こえた。振り返ると、一人の太った中年男性がカウンター席に腰を下ろすところだった。近くで乾物屋を経営している人物で、この店ではしょっちゅう顔を合わせる。

「美人とデートだなんて、羨ましいねえ」乾物屋は、にやにやしていった。赤い顔をしているところを見ると、すでにどこかで飲んできたらしい。

「違うよ。そんなんじゃないから」

「何だよ、ごまかすことはないだろ。——ねえ」最後の「ねえ」は千晶に向けていったものだ。

「ちょっと、邪魔しないの」カウンターの女将さんが顔をしかめて注意した。「ごめんなさいね、無視していいから」千晶に笑いかけた後、乾物屋を睨みつけた。「ほら、こっち向いて。早く注文しなさいよ。とりあえずビールでいいわね」

「ああ、はいはい」乾物屋は座り直し、首をすくめた。

その後も何人か顔見知りがやってきては、申し合わせたように根津を冷やかしてきた。そのたびに女将さんが叱るという繰り返しだ。千晶は笑い転げていた。

二時間ほど飲んでから二人で店を出た。来る時よりも道が暗く感じるのは、周囲の店が明かりを消し始めたからだろう。だがその分、星がくっきりと見えた。

「根津さん、ここへ来てよかったみたいだね」

「そうか？」

「だって、すっごく溶け込んでるじゃない。みんなにも愛されてるみたいだし」

「前のところじゃ嫌われてたような言い方だな」

「そういう意味じゃなくて……そもそも、この村の人たちみんなが温かいよね。温かくて一体感がある」

「一体感？」

「うん。村全体でスキー場を支えていこう、盛り上げていこうってしてる。スキー場が自分たちの財産だってわかってるからだよ。だからそんな大切なスキー場を守ってくれる根津さんのことも好きなんだ。きっと、そういうことだと思う」

「ふうん、そうかな」

曖昧に相槌を打ちつつ、そうかもしれないな、と根津は思った。前にいたスキー場は観光事業を手がける企業が経営しており、すべてが敷地内に建てられたホテルの宿泊客を対象に運営されていた。当然、遠く離れた町村に住む人々に恩恵は乏しく、彼等のスキー場に対する愛着もそれなりのものに留まっていた。その点、この村はすぐ目の前がスキー場だ。利用客は、この村の宿に泊まり、この村で食事をする。たしかに最大の、そして唯一の財産だった。

「ところで根津さん、相変わらずあれをやってんの？」

「あれって？」

「あれだよ。ピッピー」千晶がホイッスルを吹く格好をした。

ああ、と根津は口を開いた。「やってるよ。今日も一人、山から出てきたおっさんがいたんで吹いてやった」

「あれやられると、びっくりするんだよね」

「だったら、ルールを守ることだ。今はもう、やってないよな」

「うん。やってないことにする」

「やってるのか。しょうがないやつだな」

スキー場のコース外、密集した木の間を見事なテクニックで滑り抜けていく千晶の姿が瞼に蘇った。根津はスキー技術を駆使したが、追いつけそうになかった。彼女がタヌキをよけようとして転倒しなければ逃げられていただろう。捕まえて、説教した。それが彼女との出会いだった。

千晶が泊まっている宿の近くまで来た。じゃあここで、と彼女がいった。

「ああ、おやすみ」

「うん。根津さん、あのさ……」千晶は唇を舐めた。「次の大会でだめだったら、もう見切りをつけるかも」

「ふうん……」根津は、どう応じるべきか少し考えてから答えた。「まあ、それもいいんじゃないか」

千晶は神妙な顔をしてから、表情を和ませた。

「そうなったら、本格的にデートしようね」

根津も笑った。「考えておくよ」

「じゃあ、おやすみ。また明日、ゲレンデで会えたらよろしく」

「おやすみ」

千晶が宿に入るのを見届け、根津は歩きだした。

ピッピー、か――。

不意に、今日注意したスキーヤーのことが頭に浮かんだ。本人は道を間違えたようなことをいっていたが、そんなはずはない。だがたしかにコース外を滑っていた様子は、パウダーを楽しんでいるふうではなかった。では一体、何のためにコース外に出たのか。

まあいいか、と根津は肩をすくめた。スキー場にはいろいろな人間がやってくる。だからこそ明日もしっかりパトロールをしようと思った。

3

書類鞄を手にし、玄関に向かったところで足が滑った。尻餅をついた瞬間、痛みが腰から脳天に突き抜けた。顔をしかめながら立ち上がる時、すぐそばの壁にスノーボードが立てかけられているのが目に入った。

「秀人っ。おい、しゅうとっ」栗林和幸は尻をさすりながら怒鳴った。

リビングルームのドアが開き、秀人がのっそりと現れた。背は高いが、まだ中学生だ。この春に三年生になる。

「何?」無表情に訊いてきた。朝食の最中らしく、右手にフォークを握っている。

「何じゃない。おまえまた、ここでワックスをかけたな。部屋でやれといってるだろ」

「部屋だと狭いんだよ。アイロンのコードが引っ掛かって危ないし」

「だったら、きちんと掃除をしておけ」

「したよ。別に汚れてないだろ」秀人は口を尖らせた。

「どうせ、紙か何かでこすっただけじゃないのか。だからほら、こんなにつるつるだ」栗林は右足を前後に滑らせた。「ワックスのくずが床にこびりついてるってことだ」

「いいじゃないか。掃除の時、わざわざ床にワックスをかける人だっているんだから」

「それとこれとは違うだろっ」

「ちょっと、何を騒いでるの？」リビングから妻の道代が出てきた。「あなた、早く行かないと遅れるわよ。秀人も、さっさと御飯を食べなさい」

「親父が難癖をつけてきたんだよ」

「難癖だとっ」

「あなた、もういいでしょ。今日は大事なミーティングがあるとかいってたわよ」そういいながら道代は追い払う手つきをした。

時計を見ると、たしかに急がねばならない時刻になっていた。栗林は息子を指差し、「以後気をつけなさい」といって靴を履いた。秀人は仏頂面をし、何もいわずにリビングルームに消えた。以前は素直な性格だったが、中学生になってから途端に反抗的になった。

栗林の自宅から最寄り駅までは徒歩で約八分だ。そこから電車を乗り継ぎ、約三十分をかけて到着した先は、泰鵬大学医科学研究所の建物だった。ここは、主に感染症に関する研究を行っている施設だ。栗林は大学院を出て以来、ずっとここで働いている。今年で二十三年、研究員の中では最古参だ。

正面玄関から建物に入った。ロビーがあり、ソファやテーブルがいくつか並んでいる。そこを通り過ぎると、奥に進む廊下の入り口でセキュリティ・ゲートが待ち構えていた。そばに立っている警備員が黙礼してきた。

おはようございます、と応じながら栗林はＩＤカードを懐から出した。それを機械の前でかざすとゲートが静かに開いた。

更衣室に行ったところ、ほかの研究員は来ていない様子だった。おそらく事務室にいるのだろう。今日は定例のミーティングがあるので、その準備をしているに違いない。だが主任研究員である栗林には、月曜日は実験室内をチェックしておく、という仕事があった。無論、「異状なし」という報告を上司にするためだ。

着替えを済ませた後、奥に進んだ。消毒用のシャワールームを通り過ぎ、その先にあるドアの前で止まった。静脈認証パネルに手をかざすと、ドアが自動的に開いた。しかしその先にあるのは、単なる狭い空間だった。そしてまたしても奥にドアがある。栗林の身体が完全に中に入ってから入り口のドアが閉まり、その後、奥のドアが開いた。二つのドアが両方とも開くことはない。

栗林が足を踏み入れた途端、室内の照明が点った。そこは通常の分析や実験を行う部屋だった。とはいえ、バイオセーフティレベルは４段階中の３、つまり二番目に厳しい管理となっている。窓が密閉されているのは無論のこと、実験室内全体が陰圧に保たれている。この部屋から出る排気が浄化されているのはいうまでもない。

一通りの点検をし、異状がないことを確認した。以前なら、これで作業は終わりだったが今は違う。

もう一つ、大きな仕事がある。

この部屋には、入ってきたドアとは別に、もう一つドアがあった。栗林はそこを開け、隣の部屋に入った。またしても自動的に照明が点く。壁に吊された青い防護服が光沢を放っている。

頭のてっぺんからつま先までをカバーする防護服に身を包むと、栗林は次の段階に進んだ。さらに奥にある部屋へと入っていくわけだ。堅牢なドアを開けると、そこはまたしてもシャワールームだ。目的の部屋は、その先にある。

先程と同様の二重扉を通り抜けて辿り着いたところは、前の部屋よりも一層厳しく管理されている実験室だった。使用される安全キャビネットは最高クラスのものだ。排気は二段階になっていて、排水は一二〇度加熱滅菌される。防護服を着ていない者は立入禁止で、部屋を出て防護服を脱ぐ前には、滅菌シャワーを浴びなければならない。

つまりこの部屋のバイオセーフティレベルは、前の部屋よりも上、4段階中の4に相当するのだった。

レベル4の国内施設が、ほかにないわけではない。国立感染症研究所や理化学研究所などだ。だが現在、それらは稼働していない。周辺住民らの反対の声が大きいからだ。設備が古く、最新の研究には不向きという物理的問題もあった。

じつはこの研究所は四年前に建て替えが行われたのだが、その際にバイオセーフティレベル4に相当するこの実験室が作られた。新型インフルエンザの流行や生物テロへの警戒感が国際的に高まる中、その分野における日本の対策が遅れているのはたしかで、必ずこうした施設が必要になるという考えの下でのことだった。いいだしたのは学長だが、医学部長、薬学部長、生物学部長らも揃って賛成した。

ただし正式には稼働は認められていない。そのためにはやはり住民の理解が必要なのだ。表向き、研究施設として使用されているのは隣のレベル3の部屋だけ、ということになっている。実際、つい最近まではそうだった。

だがじつは、すでに実験室として稼働しているのだ。といっても現時点では、ある病原体の保管をしているだけだった。もちろんそれでも、そのことは公にはなっていない。一部の関係者だけが知ることだ。

まずいということは、栗林だってわかっている。しかし時にはルールを無視しなければならない場合もある。背に腹は代えられないとはこのことだった。

栗林は部屋の隅へと向かった。そこには冷凍庫が設置してある。扉には鍵がかかっており、暗証番号を入力しないと開けられない。

手袋を嵌めた指先で、慎重に番号を押した。解錠を知らせる緑のランプが点灯するのを確認し、ゆっくりと扉を開けた。

内部はいくつかに仕切られている。だが現在、ここに保管されている病原体は一種類だけだ。その存在を確認することが栗林の目的だった。中を覗き、ぎくりとした。そこに五つあったはずのケースが三つしかない。つまり、二つが消えているのだ。

足下を見た。もしや誰かが落として割ったのではないかと思ったのだ。だがそんな形跡は見当たらなかった。冷凍庫の中を隈無く調べたが、どこにもない。

扉を閉め、後ずさりした。これはどういうことか。懸命に記憶を辿ってみるが、まるで覚えがない。先週の金曜日、最後にここを出たのは栗林だった。その時にはたしかに異状はなかった。

念のためにキャビネット内や試験機器の中な

どを調べた。まさかとは思うが、誰かが取り出したままにしているという可能性もゼロではない。

しかしケースは見つからなかった。もはや、考えられることは一つしかない。何者かによって持ち去られたのだ。

栗林はあわてて部屋を出た。焦っていたので、滅菌シャワーを浴びるのを忘れるところだった。

「そうか。やっぱり、そういうことになっていたか」生物学部長の東郷雅臣は右肘を机に載せ、拳を口に当てて唸った。その顔には苦悶の色があった。しかし驚きの気配が薄いことに栗林は疑問を感じた。

「やっぱり……とはどういうことでしょうか」栗林は机の前に立ったまま訊いた。

東郷が、じろりと見上げてきた。顔が大きく目つきが鋭い。学者というより政治家の雰囲気を持った人物だ。彼が泰鵬大学医科学研究所の所長、要するに責任者だった。

「このことは、まだ誰にも話してないな」

「もちろんです」

東郷は頷き、傍らに置いてあったノートパソコンを操作した後、画面を栗林のほうに向けた。「これを見てくれ」

そこに表示されていたのはメールの文面だった。見てくれ、というからには読んでも差し支えないのだろう。栗林は文面に目を走らせたが、あまりに衝撃的な内容だったせいで頭に入らず、何度か読み返す必要があった。そうして事態を把握した時には、身体が震え始めていた。

それは次のようなものだった。

『泰鵬大学医科学研究所所長　東郷雅臣殿へ

貴兄にとって深刻な事態が起きていることを連絡する。研究所にある最重要な品物が、二つ欠けているはずだ。嘘だと思うなら、誰かに確認させるといい。貴兄自身がその目で見るのが一番かもしれない。

しかし心配は無用だ。遺失物はこちらの手にある。すべてを一つのケースに移した。わかっていると思うが、総量は二百グラムになる。ただし携帯しているわけにはいかないので、ある場所に保管することにした。添付した写真を見てもらえれば、どのように処置したかはわかるはずだ。参考までに記しておくと、ケースは薄いガラス製の円筒で、氷点下まで冷やしたエボナイト製の栓で蓋をしてある。こちらの計算では、気温が摂氏十度以上になると、エボナイトの膨張によりガラスケースは破損するはずだ。

写真の場所がどこであるか、貴兄には見当がつかないだろう。だが発見のための目印として、そばの木に発信器を取り付けておいた。添付写真に写っているのがそうだ。方向探知受信機を使うことにより、三百メートル以内に近寄れば発信器を発見できる。つまり貴兄が問題を解決するには、次の二つの条件をクリアすればいいことになる。

・写真の場所がどこであるかを突き止める

・発信器の周波数に合わせた方向探知受信機を入手する

しかしどちらも容易なことではない。貴兄たちの力だけでは不可能だろうと予想する。

そこで取引だ。こちらの要求に従ってもらえれば、写真の場所を明かし、受信機も進呈しよう。

その要求とは、ずばり金銭である。三億円を用意してもらいたい。貴兄のポケットマネーから出そうが、所長の立場を利用して研究費から捻出しようが自由だ。

二日後に改めて連絡する。それまでに態度をはっきりさせておくように。参考までにいっておくと、発信器のバッテリーは一週間しか保たない。また、このメールに返信してもこちらには届かない。

K―55』

栗林は、パソコンの画面から東郷に視線を移した。「所長、これは……あの……」頰が強張り、言葉をうまく発せられなかった。

「私も、ついさっき読んだところだ。君を呼ぼうとしていた」

栗林は唾を呑み込み、懸命に息を整えた。「一体、誰がこんなことを」

東郷は腕組みをし、口元を歪めた。

「思い当たる人間は一人しかいない。君だって、そうだろ？」

「葛原……でしょうか」

東郷は、ふんと鼻を鳴らした。「おそらくな」

栗林は改めてメールの文章を読み直した。葛原の細い顔、細い目、そして薄い唇が脳裏に浮かんだ。

メールに添付してある二枚の写真を見た。一枚は円筒形のケースを雪の下に埋めようとしているところの写真、そしてもう一枚は木にテディベアを吊した様子を撮影したものだった。テディベアが文中にある発信器だろう。

差出人の名前が『K－55』となっているが、これは盗まれたケースの中身の名称でもあった。恐るべき病原菌の一つである炭疽菌の一種だ。しかもふつうの菌と違い、特殊な加工が施されている。

炭疽は古くから知られている病気だ。通常は家畜や野生動物が炭疽菌に汚染された草や土壌を摂取して感染する。人間が感染するのは、そういう動物や、それらの肉、毛皮に接触した場合だ。発症のパターンは菌の侵入経路によって、皮膚炭疽、腸炭疽、吸入炭疽の三つがある。ただし人間から人間への感染はない。

炭疽菌は培養が簡単で大量生産が可能、芽胞にしてしまうと菌自体の安定性が高くて持ち運びが容易といった理由から、長年生物兵器として注目されてきた。事実、日本軍が研究していたという史実も存在する。

兵器として使う場合、主に吸入炭疽を狙った方法が採られる。芽胞を撒き、呼吸器を通じて感染させる、というわけだ。極めて少量でも効果があるため誰も気づかないうちに感染が広がる、すぐには発症しない、インフルエンザなどとの鑑別が困難で死亡率が高い、といった兵器としてのメリットがある。

二〇〇一年にアメリカで炭疽菌によるテロ事件が起きた。炭疽菌の芽胞が標的となる人物に郵便で送りつけられ、その影響で郵便物の仕分けを行った人々にまで被害が出るという事件だった。この事件をきっかけに、世界中で炭疽菌に対する警戒感が高まった。日本も例外ではなかった。

泰鵬大学医科学研究所でも、事件を機に炭疽菌に関する研究が本格的に行われることになった。それまでにもやっていないわけではなかったが、サンプルとして所持していた菌はワクチン研究などで使われる弱毒菌で、ウサギすらも殺せないという代物だった。だが幸いにも技術提携しているオーストラリアの研究機関から提供を受けたりして、何種類かの強毒菌を得ることができた。

この炭疽菌の研究を主に担当してきたのが葛原だった。彼はワクチン開発に取り組む一方で、炭疽菌を使用した生物テロについての研究も行っていた。その知識の豊富さと技術の高さについては、研究所随一といえた。

そして数週間前、とんでもないことが発覚した。葛原は東郷に無断で、もはや生物兵器としかいえないものを作りだしていたのだ。遺伝子操作によって従来のワクチンが効かなくなった炭疽菌の芽胞を、空気中に漂うほどの超微粒子に加工したのだ。『K－55』と名付けられたそれは、万一外部に漏れたりすれば、大変な被害が出ると予想された。

無論これは重大な法律違反だ。現在日本では、人の健康に悪影響を及ぼす病原体を保有する者は、病原体の種類と保有目的を国に届け出ることが義務付けられている。泰鵬大学医科学研究所も炭疽菌の保有については届け出てはいた。ただしその目的はワクチン開発が主であり、いうまでもなく兵器開発などは含まれていない。

事情を知った東郷は、即座に葛原を解雇した。さらに未使用だったバイオセーフティレベル4の実験室を稼働させ、『K－55』をそちらに移すことにしたのだった。

もちろん、葛原は納得しなかった。完璧にテロリストたちから防御するためには、兵器レベルの細菌を作りだし、それへの対応を準備することこそ必要ではないか、というのが彼の考えだった。聞くところによれば、学長の自宅にまで押しかけて、不当解雇だと訴えたらしい。しかし、学長が耳を貸すことはなかった。

「迂闊だったな。あいつのIDはまだ有効だったのか」東郷は唇を嚙んだ。

「そんなはずはないんですがね。一体、どうやって侵入したんでしょう」

東郷は険しい顔のまま、背もたれを大きく後ろに倒した。

「そのことは後で考えよう。それより、どうすればいい？」

栗林は上司の顔を見返した。「どうすれば……とはどういうことでしょうか」

東郷は眉間に皺を寄せた。苛立ちの色が、鮮やかに表情に現れていた。

「無論、対処について相談している。この無茶な要求に対して、だ」

「それは、あの、警察に相談するしかないんじゃないですか。これは明らかに脅迫です。ある意味、テロです」

「だがそうすれば、『K－55』の存在を公表しなければならなくなる」

「仕方がないんじゃないでしょうか。本来、うちで取り扱ってはいけない代物ですし」

しかしこの回答は、東郷の意に沿うものではなかったらしい。うんざりしたように首を振った。

「栗林君、よく考えてからものをいってくれ。研究員が無断で生物兵器を作りだし、それを持ち出した――こんなことが公になったら、どうなると思う？　私もそうだが、主任研究員の君だって、おそらくただでは済まんぞ。『K－55』の実質的な管理責任者は君なんだからな」

栗林は言葉に詰まった。たしかに東郷のいう通りではあった。

返答に窮していると、「どうなんだ？」と東郷は詰問してきた。

栗林は顔を上げた。「では、所長はどうされると？」逆に問うた。

東郷は沈黙を一拍置いてから、「無視したらどうなると思う？」

「無視……つまり取引に乗らなかったらという意味ですか」

「そうだ。やつが連絡してきても相手にしないんだ」

「しかしそうすると、『Ｋ－５５』を回収できません」

「それはまずいか？」

さらりと尋ねてきた東郷の顔を、栗林は思わず見返した。「はあ？」

「回収しないとだめ？」

「当たり前です」頬を引きつらせて即答した。このおっさん、何を考えているのか。「今は雪の中に埋められていますから問題ないと思いますが、春になって雪が融ければ、ケースは地面に転がった状態になります。脅迫状によれば、気温が十度以上で破損する仕組みのようです。総量二百グラムの『Ｋ－５５』が外気に晒されることになるわけです。通常の芽胞ならともかく、超微粒子である『Ｋ－５５』は、たやすく空気中に漂い始めるでしょう。この付近に人が近づいたりしたら、肺に侵入する確率が高いです。その場合は確実に吸入炭疽を発症し、下手をしたら死亡するかもしれません」

「しかし人里離れた場所ならどうだ？　それにたったの二百グラムだぞ」栗林は首を振った。

「五十キログラムを人口五百万人の町に上空から撒けば、二十五万人が吸入炭疽を発症するというシミュレーション結果があります。二〇〇一年にアメリカで起きた事件で、郵便物一通に仕込まれていたのは、わずか一グラムです。それでも付近一帯を完全に除染するのに、何年もかかりました。しかも炭疽菌の芽胞は、厳しい環境下でも数十年間生き続けます。風が吹くたびに汚染が広がり、被害者が出る確率は増していきます。風下に集落でもあったら最悪です」

「そうなるとまずいか」東郷は呻くようにいった。「うちの研究所から盗み出されたものが原因だとばれるかなあ」

「所長、それは……」栗林は机に両手をついた。泣きそうになっていた。

「わかったよ」東郷は面倒臭そうに手を振った。「そんな大げさにリアクションしなくてもいいだろ。試しに訊いてみただけだ。『K－55』についてはわからないことも多い。野生動物が感染し、汚染が広がるおそれもあるしな」

「おっしゃる通りです」栗林は胸を撫で下ろした。

「となると」東郷は天井を睨んだ。「ほかに道はないかな……」

「犯人の要求通り、金を払うということですか？」

「まあそうだが、百パーセント要求通りというわけにはいかん。大体三億なんていう大金、どうやって調達できる？」

「すると――」

「何とかして値切るんだ」東郷は低い声でいった。「葛原だって、警察に通報されたらまずいと思っているはずだ。三億だなんて吹っかけてきているが、本気で取れるとは思っちゃいないだろう。せいぜいその五分の一、いや十分の一でも手を打つんじゃないか」

「三千万なら支払ってもいいと？」

「うーん、できれば一千万以下にしたいところだが」

「いや、それはちょっと値切りすぎでは……」

「そうかやっぱり。悔しいが、まあ仕方がない。三千万ぐらいなら研究費の名目で取り返せないこともないしな」

さらりというのを聞き、栗林は思わず目を伏せた。東郷が架空の研究をでっち上げて、大学に費用を出させるということは、これまでにも何度かあった。ただし、栗林は知らないふりをしてきた。

「二日後に連絡か。一体、どう出てくるかな」

さあ、と俯いたままで栗林は首を捻る。まるで見当がつかなかった。

卓上の電話が鳴りだした。東郷が受話器を上げた。

「私だ。すまんが今打ち合わせ中で……何、警察が？　埼玉県警だと？　わかった、繋いでくれ」東郷は受話器を耳に当て、怪訝そうに首を傾げた。「あ、はい、私が東郷です。……あ、はあ、そうです。たしかに葛原はうちの研究所員でした。しかし今は辞めておりまして……えっ、何ですか？……はあっ？……いや、それはあの、本当ですか。……すみません、ちょっと待ってください」

東郷は送話口を手で塞ぎ、強張った表情を栗林に向けてきた。

「何かあったんですか」栗林は訊いた。

東郷は唇を細かく動かした後でいった。「値引き交渉をする必要がなくなった」

「はあ？」

「相手がいなくなったんだ。葛原のやつ、事故で死んじまったらしい」

4

本庄児玉インターを出て五分ほど走ったところに、その病院はあった。四角くて大きな建物だ。駐車場に車を置き、栗林は東郷と共に正面玄関に向かった。

ガラスドアをくぐったところで、制服を着た警官が近づいてきた。年齢は三十代半ばか。「泰鵬大学の先生ですか」栗林たちを交互に見て尋ねてきた。

そうです、と東郷が答えた。

警官は頷き、自己紹介をした。県警高速隊の巡査長だという。「このたびは誠に御愁傷様です」頭を下げてきた。

「遺体はどこに？」東郷が訊いた。

「こちらです。御案内します」

警官が歩きだしたので栗林たちは後についていった。

連れていかれたのは、病院の遺体安置室だった。頭部に包帯を巻かれた葛原がベッドで寝かされていた。顔には傷が少なかった。

「葛原君に間違いありません」東郷が、いかにも落胆したという声を出した。「一体どんな事故だったんでしょうか」

警官が無念そうに眉根を寄せ、「大変、お気の毒なことです」といってから説明を始めた。それによれば、事故が起きたのは今朝の八時頃らしい。関越自動車道上りの本庄児玉インターを過ぎたあたりで、後方から走ってきたトラックに轢かれたのだという。

「どうやら葛原さんは車を路肩に止め、車外に出ておられたようです。現場に発煙筒が転がっていました。それを置こうとしていたところで、後方から走ってきたトラックに轢かれたというわけです」

「なぜ車外なんかに?」栗林が訊いた。

「葛原さんの車を調べてみると、エンジンルームのファンベルトが切れていました。たぶんそのせいでエンジンがオーバーヒートしたんでしょう。車を路肩に止めてからJAFを呼ぶつもりだったのだと思います。高速道路では、たまにこういう事故が起きます。すぐにこちらの病院に搬送したのですが、間もなく死亡が確認されました。免許証から身元はすぐに判明したのですが、御家族の連絡先はわかりませんでした。所持しておられたスマートフォンも壊れており、誰に知らせていいものかと困っておりました。それで車に残されていた所持品を調べたところ、泰鵬大学の封筒が見つかりましたので、もしや関係者ではないかと思い、問い合わせてみたというわけです」

東郷は頷いた。

「そうでしたか。電話でもいいましたように葛原君は独身です。生まれは岐阜で、そちらにお母さんがいるようなことをいっておりましたが、連絡先などは把握していないのです。ただ、彼と親しかった人間には何人か心当たりがあります。早急に御連絡しますので、もうしばらく遺体を預かってもらえないでしょうか」

警官は、やや当惑した表情で聞いていたが、やがて首を縦に振った。

「わかりました。こちらとしても、遺体はなるべく肉親の方に引き取っていただきたいですからね。では、御連絡をお待ちしています」

「よろしくお願いします。ところで、車はどうなりましたか。その、オーバーヒートを起こしたという葛原君の車ですが」

「あの車なら、この病院の駐車場に移動させてあります。御遺族の方に引き取っていただこうと思いまして。ただ動かすには、ファンベルトを修理する必要はありますが」

「車は事故には遭ってないわけですね」

「はい。トラックは葛原さんを轢いたところで止まりましたから」

「中の荷物は？」

「そのままにしてあります」

「車の中に置いてある、ということですね」

「そうです」

東郷が息を吸い込む気配があった。

「ちょっと見せていただけますか。大学の備品があるかもしれないのです。それについては我々が預かったほうがいいと思います」

この台詞に警官が怪しむ素振りはなかった。

「わかりました。では、御案内いたします」あっさりといった。

遺体安置室を後にして、そのまま病院の駐車場に出た。栗林も見覚えがある紺色のＲＶ車が駐められていたのは、関係者用の駐車スペースだった。

「たしかに葛原君の車です」栗林はいった。

警官がキーを取り出し、ドアロックを解除した。「どうぞ、御確認ください」

東郷が目配せしてきたので、栗林がドアを開け、中を覗き込んだ。

助手席にバッグが、そして後部座席にはリュックサックが置かれていた。脱ぎ捨てられたスキーブーツやグローブなどには用はないが、スキーウェアのポケットはチェックする必要があった。確かめてみたが、何も見つからなかった。

まずバッグの中を見た。タブレット端末とデジカメ、そして着替えなどが入っている。それを東郷に渡した。

「タブレットの中は見ましたか」東郷が警官に尋ねた。

いいえ、と警官はかぶりを振った。

「パスワードが設定されているようですから。もし、泰鵬大学に問い合わせても関係者が見つからなかった場合には、何とかして中を見てみようと話していました。我々としても、プライバシーに関わる部分にはできるだけタッチしたくないのです」

「なるほど」

次に栗林はリュックサックの中を調べた。水や非常食のほかに、手のひらに載る大きさの四角い機器が出てきた。伸縮可能なアンテナが付いている。

所長、といって栗林はリュックの中を東郷に示した。

「それは何ですか。我々も気になっていたのですが」警官が訊いた。

「大学で使っている測定器です」東郷が平然と答えた。「やはり思った通りでした。どれもこれも、うちの研究所の備品です。このバッグとリュックは、持ち帰らせてもらっても構いませんか」

警官は戸惑いの色を浮かべたが、「わかりました。上の者に相談してみますので、少しお待ちください」といってポケットから携帯電話を出すと、栗林たちに背を向けて、どこかに電話をかけ始めた。

栗林は東郷と目を合わせた。強面の研究所長は、企みの籠もった表情で小さく頷いた。どうやらうまくいきそうだ、と顔に書いてあった。

葛原の母親の連絡先を知らない、というのは嘘だった。研究所に残っている彼の履歴書に、しっかりと書いてある。だがそれをすぐに伝えたのでは、警察は母親に遺体や荷物を引き渡そうとするだろう。東郷たちとしては、何としてでも荷物だけは自分たちで回収しておく必要があった。だからまず自分たちが駆けつけることにしたのだ。

電話を終えた警官が、二人のほうに向き直った。

「お待たせしました。上司の許可が出ました。簡単な手続きが必要ですが、お持ち帰りになって結構です」

「お手数をおかけします」東郷は神妙な口調でいい、頭を下げた。


栗林たちが研究所に帰ったのは午後四時を過ぎた頃だった。東郷の部屋で、葛原のバッグとリュックの中身を改めて調べた。

東郷が警官に「大学で使っている測定器」と説明したのは、方向探知受信機だ。パネルに八つの発光ダイオードが並んでいる。受信電波の強さに応じて、光る数が変わるのだろう。栗林は電源を入れるとアンテナを伸ばし、その場でゆっくりと回ってみた。だがダイオードは一つも光らなかった。脅迫状には、三百メートル以内なら発信器を発見できると記されていた。逆にいえば、それ以上の距離では役に立たないということだ。

「おい、これを見てみろ」東郷がノートパソコンの画面を栗林のほうに向けた。

そこには十枚の写真が表示されていた。いずれも同じ雪山で撮られたように思われる。

「デジカメに入っていた画像だ」東郷がいった。「どこの雪山だと思う？」

「さあ……」栗林は首を傾げ、写真を一枚ずつ画面に表示させていった。十枚のうちの三枚は『K－55』を写したもので、場所の推定にはまるで役立たない。手がかりがあるとすれば、テディベアを写した七枚の写真だ。中には、遠くの稜線が写っているものもあった。だが雪山に縁のない栗林に、どこの山なのかをいい当てられる道理がなかった。

しかしその中の一枚にだけ、場所こそ不明だが、近くにどういう施設があるのかを示すものが写り込んでいた。

「所長、この隅に写っている鉄塔らしきものですが」その写真の端を指差し、栗林はいった。「リフトではないでしょうか。スキー場の」

東郷が画面を覗き込んだ。

「そうなのか。私はスキー場なんぞに行ったことがないので、よくわからんが」

「私もそれほど馴染みがあるわけではないのですが、たぶんリフトだと思います。そうでなければ、こんな山の中に鉄塔が建っているわけがありません。それに車の中にスキーウェアが脱ぎ捨てられていました。ふつうの雪山なら、もっと重装備にしたはずです。岐阜出身の葛原は、スキーが達者でした。RV車を買ったのも、そのためだと聞いたことがあります」

「じゃあ、君のいう通りだとして、どこのスキー場だ？」

「いやあ、それは」栗林は首を振った。「いくら何でも、そこまでは……」

「何とかして突き止めるんだ。何か手がかりがあるんじゃないか。そうだ、高速道路の領収書はないか。どこから乗ったかがわかれば、スキー場の見当もつくんじゃないか」東郷はバッグの中をまさぐり始めた。

「いや、たぶんないと思います。彼の車にはETCが付いていましたから」

「ETC？　だったら、そのセンから調べられるんじゃないか。どこかに記録が残っているはずだ」

「残念ながら無理です。パーキングエリアに利用履歴を発行してくれる機械がありますが、ETCカードがないと使えません」

「カードはないのか」東郷はバッグとリュックに目を向けた。

「ありません。車に差し込まれたままだと思います」

「しかしカードがない時に調べる必要が出てくることだってあるだろう。そういう時にはどうするんだ」

「たしかインターネットで調べられるはずです」

東郷は手を叩いた。「何だ、方法があるんじゃないか。よし、それでいこう」

「だめです」

「どうして？」

「ＥＴＣのカード番号がわかりません」

東郷は、がくっと項垂れた。しかしすぐに顔を上げた。

「クレジットカードの明細書にはＥＴＣの履歴が記録されるはずだ。カード会社に問い合わせてみよう」

「いやあ、赤の他人には教えてくれないでしょう」

東郷が険しい顔で睨みつけてきた。

「何だ何だ、君は。私が懸命にアイデアを搾りだしてるのに、否定するばっかりじゃないか。私を馬鹿にしてるのか」

「あ、いえ、そんなつもりでは……どうもすみません」栗林は首をすくめた。

「そもそも君がＥＴＣカードを回収しなかったのがいけないんだ。君も少しは考えろ。何か解決策は思いつかんのか」東郷の唾の飛沫が、栗林の眼鏡に付着した。

栗林は眼鏡を外し、レンズをシャツの袖で拭いた。

「所長、やはりここは一つ、覚悟を決めたほうがいいのではないでしょうか」

「覚悟？　何のだ」

「ですから、責任を取る覚悟です。警察に助けを求めるべきだと――」

「いかんいかんいかん。何をいっとるんだ、君は」忽ち東郷の顔が赤くなった。「そんなこと、できるわけないいじゃないか」

「しかしですね……」

「しかしじゃない。いいか、我々が責任を取ればいいというものではないんだぞ。この事実が明らかになってみろ。きっと日本中がパニックになる。それで無事に『K－55』が回収されればいいが、そうならなかったらどうする？」

「もちろん、それはとても深刻な事態です。だからこそ警察に頼るしか」

「だめだだめだっ」栗林の言葉を遮り、東郷は顔の前で激しく手を振った。「この問題は何としてでも我々の手で解決する。自分たちで『K－55』を発見する。それ以外に道はない。今はそれ以外のことは考えるな。わかったな」

栗林が黙っていると、「わかったなっ」と、東郷はもう一度念を押してきた。

わかりました、と栗林は弱々しく答えた。そうしながら、一部の研究員たちの間で囁かれている噂のことを考えた。その噂とは、東郷は葛原が生物兵器開発に着手しているのを知っていたのではないか、というものだった。遺伝子操作にせよ芽胞の超微粒子化にせよ、特殊な薬品や器具を必要とする。

それらの購入に所長が気づいていなかったとは思えないのだ。技術の蓄積のために見て見ぬふりをしていたが、出来上がった『K－55』があまりに危険な代物だったので、あわてて葛原を処分した、というのが実情ではないか。

そう考えれば、東郷が警察に頼りたがらないことにも納得がいく。葛原による開発経緯が詳しく調べられれば、東郷の関与が明らかになってしまうからだろう。

「何だ。まだ何かいいたいことがあるのか」沈黙した栗林から何かを察知したらしく、東郷が訊いてきた。

「いえ、何でも……」栗林は下を向いた。

東郷が立ち上がり、隣に座った。そして、栗林君、といって肩に手を載せてきた。その声は、打って変わって穏やかなものだった。

「君にはいつも感謝しているんだ。よくやってくれている。『K－55』の件にしても、君がいなかったら迅速には対応できなかった」

栗林は身体を硬くし、ありがとうございます、といった。棒読みだった。

だからだね、と東郷は続けた。

「今回も、君だけが頼りなんだ。難しいと思うが、ひとつ、やれるだけのことはやってくれんかね」

「やれるだけのことといいますと……」

「決まってるじゃないか。スキー場を突き止め、『K－55』を回収するんだ。大丈夫、君ならやれるよ。もし無事に回収できたら、君には副所長のポストを用意しよう。それでどうかね。お子さん、来年は高校受験なんだろ？　いろいろと入り用になるよ。そんな時に職を失っても構わないのか？　そんなことはないでしょ？」

　そういう問題ではない、と答えるべきだった。しかし栗林は頷いていた。職を失うのが怖かったせいだけではない。東郷の話を聞き、わずかな可能性に思い当たったからだ。

5

　フロントサイドテールスライドは、オーリーしてから空中でバックサイドスピン方向へボー

ドを九〇度回転させ、後ろ足に荷重を乗せた状態でスライドしていくトリック。ポイントは上半身と下半身を逆方向に捻りながら後ろ足でレールを踏むことだ——。

「えっ、何だって？　上半身と下半身を逆方向に捻るって……」

机の上にスノーボード雑誌を広げ、秀人は椅子から腰を上げた。雑誌の写真を見ながら、その場でやってみる。カーテンを開けた窓ガラスに映ったフォームは、写真のプロボーダーとは微妙に違っていた。おかしいなと思い、あれこれと修正しているうちに、少しずつ近づいていった。

なるほどと納得し、椅子に座り直す。次はバックサイドテールスライドだ。ポイントは、ヒールで踏み切ったら後ろ足に軸を作り、前足を外側に蹴り出すこと、とある。

やってみようと立ち上がった時、ノックの音がした。

「秀人、ちょっといいか」父親の声だ。

秀人はあわてて椅子に座り、スノーボード雑誌を本棚に戻した。代わりに数学の参考書を机の上で広げた。「いいよ」

ドアが開き、父の和幸が入ってきた。仕事から帰ったばかりらしく、上着を脱いだだけの出で立ちだった。手にデジカメを持っている。

「勉強してたのか」

「まあね。もうすぐ試験があるから」

「それは感心だな」和幸は床に腰を下ろし、室内を見回した。

一体何だろう、と秀人は不安になった。今朝の出来事を思い出した。スノーボードのことで何か小言をいうつもりなのか。だったら鬱陶しい。

「あっちのほうはどうなんだ？」

「あっちって？」

「あれだ。スノボーだ。相変わらず、休みのたびに行ってるのか」

やはりその話か。憂鬱になった。

「そんなに行ってない」

「そうなのか。毎週、日帰りで行ってるようなことをお母さんはいってたぞ」

「……たまにだよ」

嘘だった。格安のバスツアーを利用して、毎週どこかのスキー場へ滑りに行っている。群馬や新潟なら、早朝に出れば、その日のうちに帰ってこられるのだ。

「近々行く予定はないのか」

「次の休みには、もしかしたら行くかもしれない。友達の都合次第だけど」秀人は俯いたままでぼそぼそと答えた。「なんで、そんなことを訊くの？」

「うん、じつはスキー場について、ちょっと教えてもらいたいことがあってな」

「えっ」秀人は父親の顔を見た。「スキー場？」

和幸は持っていたデジカメを差し出してきた。

「こいつに入ってる写真を見てくれないか」

秀人はカメラを受け取り、中の写真を見た。全部で七枚あった。奇妙な写真だった。雪の中に立っている木に、テディベアが吊されている。

「何、この写真？」

「三番目の写真を見てくれ。そう、それだ。端に写っている鉄塔はスキー場のリフトじゃないかと思うんだが、どうだろう」

秀人は、和幸が指した部分を拡大表示させた。

「そうだね。リフトっぽいね」

「やっぱりそうか」和幸は少し嬉しそうな顔をした。

「それがどうかしたの？　この写真は何？　テディベアが写ってるけど」

「テディベアのことは考えなくていい。それより、どこのスキー場かわかるか」

「えぇー」秀人は身体を後ろに反らせた。「そんなのわかるわけないよ」

「無理か。だけどおまえは、いろいろなスキー場に行ったことがあるんだろ。遠くの景色とかで見当がつかないか」

「そんなの無理だよ。いろいろ行ってるといっても、たかが知れてるよ。日本にどれだけの数のスキー場があると思ってるんだ」

「いや、全く手がかりがないわけでもないんだ。関越自動車道ってわかるか」

「わかるよ。高速バスで行く時に走るから」

「詳しいことはいえないが、問題のスキー場に行くには、関越自動車道の本庄児玉インターを通らなきゃいけないんだ。どうだ。大きなヒントだろ」

「そうかな」秀人は首を捻る。

「どうしてだ。群馬と新潟に限られるだろ？」

「そんなことないよ」秀人は本棚から一冊の雑誌を引き抜いた。全国のスキー場を紹介しているものだ。その中に、日本をいくつかのエリアに分けてスキー場の大まかな位置を示した頁があるので、それを和幸に示した。「ほらね。群馬や新潟もそうだけど、長野県のスキー場に行くのにも関越を使うと便利なんだ」

「そうなのか？　長野といえば志賀高原とかだろ。あそこへ行くには中央自動車道を使うんじゃないのか」

「いつの時代の話だよ。中央道を使ったほうが早いスキー場もあるけど、場所によっては関越に乗って藤岡ジャンクションから上信越道を使うんだ。志賀高原なんかはそうだよ」

「すると群馬、新潟、長野……というわけか」

「少なくとも、その三つは入ると思う」

「じゃあ、一体いくつあるんだ、その中にスキー場は？」

秀人は地図上に印されているスキー場をざっと数えた。

「関越を使うという条件を踏まえても、大小合わせて百箇所ぐらいはあると思う」

「百……」放心したように、和幸の目が虚ろになった。

「お父さん、どういうこと？　どうしてこの写真の場所を知らなきゃいけないわけ？」

和幸は我に返ったような顔をし、首を振った。

「そんなことはおまえは知らなくていい。お父さんの仕事の関係で、どうしても突き止めなきゃいけないんだ。しかし、弱ったなあ。おまえに訊けば、何とかなるかもしれないと思ったんだが……」最後は独り言のように呟き、考え込む表情になった。

父親のこういう様子を見たことがなかったので秀人は戸惑った。いつもは自分を子供扱いするのに、今回はどうやら当てにしてくれていたらしいと思うと意外だった。

改めてカメラの画面を見た。写真の端に写っている鉄塔がスキー場のリフトであることは間違いないだろう。そのほかに何かヒントはないか。だが秀人が知っているスキー場だとはかぎらない。そうでない可能性のほうが高い。

そうだ、と思いついたことがあった。

「お父さん、この画像、ネットに流してみようか」

えっ、と和幸が顔を上げた。

「そんなことをして、どうするんだ？」

「どこの場所かわかりませんかって呼びかけるんだ。もしわかる人がいたら、教えてくれるかもしれない」

和幸は視線を宙に彷徨わせた。息子のアイデアを採用すべきかどうか吟味しているらしい。やがて、いや、と首を振った。

「それはだめだ。親切に教えてくれるのならいいが、そうはせず、興味本位で写真の場所に行くかもしれない。そんなことは絶対に避けたい」

「ここに行かれちゃまずいわけ？」秀人はデジカメを指差した。

「まずい」和幸は真剣な目をした。「理由はいえないが、それはとてもまずい」

何か余程の事情があるらしいと秀人は察した。これ以上余計なことは訊かないほうがよさそうだ。

だったら、と彼は父親にいった。「スノボー仲間とか親しいショップの人に見せてみようか。みんな、俺が行ったことのないスキー場をいっぱい知ってるし、もしかしたら何かわかるかもしれない」

和幸は瞬きし、なるほど、と呟いた。「それはいいかもしれないな」

「写真をみんなに見せてもいい？」

「構わないが、扱いには注意してくれ。今もいったように、ネットに流出するようなことはあってはならない」

「わかってる。メールで送るのは、信用できる相手だけにしておく。ショップの人とかはアドレスがわからないから、店に直接行って相談してみるよ」

「そうか。時間はどれぐらいかかりそうかな」

「メールは、この後すぐに送る。とりあえず明日一日がんばってみるよ」

「突き止められそうか」

「それはわかんないよ。ヒントが少ないし」

すると和幸は両腕を伸ばし、秀人の肩をがっしりと摑んできた。

「頼む。何とか突き止めてくれ。すべてはおまえにかかってるんだ」

「そんなこといわれても……」

「もし突き止められたなら、何でも買ってやろう。前に新しい道具がほしいようなことをいってたな。板か？　それとも靴か？」

「マジで？」秀人は目を見張った。「そういうことなら、パウダーラン用の板がほしいんだけど」

「いいだろう。パンダさん用だろうがゴリラさん用だろうが買ってやるぞ」

「パンダじゃなくてパウダー」

「何でもいい。ついでに靴も買ってやる。ほかにはどうだ」

「じゃあ、バインも……」

「バイン？」和幸は眉根を寄せた。「何だ、それは」

「バインディング。ボードと靴をくっつける器具だよ」

「そうか。ああ、いいだろう。全部買ってやろうじゃないか。だから秀人、何とかがんばってくれ。お願いだ」そういって和幸は秀人の肩を前後に揺すった。

「わかったよ。わかったから、もう離してよ」

「ああ、すまん。じゃあ、頼んだからな。期待してるからな」和幸は晴れ晴れとした笑みを浮かべ、部屋を出ていった。

　秀人は椅子に座り、本棚に手を伸ばした。出してきたのは、スノーボードのカタログだ。前から目をつけていたボードがある。だが高くてとても買えないと諦めていた。

　こいつが手に入るかもしれない。おまけにブーツとバインも――。

「よっしゃあ」拳を固めた。俄然、やる気が出てきた。

「三枚目の写真を見た瞬間、おかしいと思ったんだよね」そういって佐藤が鼻の下を擦った。額は二キビだらけだ。「鉄塔はリフトに間違いないと思ったけど、よく見るとケーブルに搬器が掛かってない。遠いからわかりにくいけど、たしかだと思う。これだけ雪があるんだから、まだスキー場が営業してないなんてことはないよな。だからこれは、今シーズンは使われてないリフトってことになる。どう、この推理は？」

机の上に置かれたタブレットを見つめ、ふうん、と気のない反応を示したのは鈴木だ。

「まあ、そうかもしれないね」

「何だよ、おまえは気づかなかったんだろ？　だったら、ちょっとは感心しろよ」佐藤が不満そうに唇を尖らせた。

「してないわけじゃねえよ。でもさあ、それに気づいたからってどうなんだよ。廃止とか休止になったリフトなんて、どこにでもあるじゃないか」

「ふつうならさっさと撤去するだろ。それをしないってことは、何か事情があるんだよ。経営が苦しくて金がないとか。廃止が決まったばっかりで、今シーズンのオープンには間に合わなかったとか」

「それにしたって、スキー場を絞れるほどじゃないぜ」

「ある程度は絞れるだろっ」佐藤の声が高くなった。機嫌が悪くなった時の特徴だ。

「おい、喧嘩すんなよ」秀人は口を挟んだ。「俺が困っちゃうだろ。変なことを頼んで悪いと思ってるよ」

「別に喧嘩してるわけじゃないけどさあ」佐藤は頭を掻いた。

昼休みだ。三人は秀人のクラスの教室で、タブレットを囲んでいた。佐藤と鈴木は小学校からの友達で、六年生の時、一緒に新潟で開かれたスノーボード教室に入った。春休みを利用した一週間の合宿だったが、それで三人はスノーボードの虜になった。中学生になったら、がんがん滑りに行こうと約束した。実際、中学一年の冬から春にかけて、スキー場に通いまくった。鈴木の父親がスキー好きで、毎週のように連れていってくれたのだ。春休みには、前年と同様にスノーボード教室に入った。

小さい頃からやっているサッカーも好きだが、現在の秀人はスノーボードのことを考えている時間のほうが多い。寒い季節は特にそうだ。そしてほかの二人もそのようだった。大抵一緒に滑りに行くのだが、別々のこともある。そんな時には自分が行った、ほかの二人が知らないスキー場のことを報告し合うのだ。ただし、秀人はいつも聞き役だ。彼が二人と別行動の時に行けるのは、川崎にある小さな室内スキー場だけだった。

そういう仲だったから、昨夜父親から相談された時、まずはこの二人のことが頭に浮かんだ。すぐに画像を添えたメールを送ったのだった。

「もし、どうしても佐藤の意見を生かすとしたら……」鈴木が徐に口を開いた。

「何だよ、その言い方。別に生かしてくれって頼んでねえよ」

「まあまあ、話を聞こうぜ。何だよ、鈴木」

「うん、この影が気になるんだよな」鈴木は画面を指した。「ほら、木の影が落ちてるだろ。この時は、わりと天気が良かったんだと思うけど」

「それがどうしたんだ」佐藤が訊く。

「画面の隅に時刻が表示されてる。一六時一二分だ。もしこれが正確な時刻だとしたら、この時の太陽の位置がわかる。するとリフトが建てられている方向もわかる。廃止とか休止になっているリフトを調べて、その中から方向が合致するものを探せばいいんじゃないかな」

鈴木がいったことを秀人は頭の中で整理した。たしかに良いアイデアのような気がした。佐藤と顔を見合わせた。彼も、悪くないな、という表情だ。

「どう？　だめかな」鈴木が訊いてきた。

佐藤がタブレットを手に取った。それは彼が自宅から持ってきたものだ。インターネットで検索を始めた。

秀人も自分のスマートフォンを取り出した。スキー場、リフト、廃止、といった言葉を打ち込んでいった。これで新しいボード、ブーツ、バインディングが手に入るかもしれないと思った。

しかし盛り上がったのはここまでだった。程なく三人は検索をやめた。調べてみたところ、膨大な数の廃止、休止リフトがあるとわかったのだ。もう少し絞ってからでないと、とても見つけられそうにない。

「やっぱり今、どこのスキー場も経営が大変なんだなあ」鈴木が力なく、しみじみといった。

学校の帰り、三人で神田にあるショップに出向いた。鈴木の父親に教えてもらった店で、道具やウェアなども大抵ここで買っている。秀人がワックスのかけ方を教わったのもここでだった。

スノーボードフロアの責任者は田中という男性で、秀人たちが一番親しくしている。まず彼に写真を見てもらった。

「うーん、なかなか難しい相談だねえ」田中は七枚の写真を何度か見た後、眉間に皺を寄せて腕を組んだ。「せめて、もう少しヒントがあればなあ」

「やっぱり難しいですか」

「どこかのバックカントリーっぽいんだけど、遠くの景色が写ってるのが少ないからなあ」

店長に相談してみよう、と田中はいった。

店長は山野という白髪頭の男性だ。秀人はあまり話したことはないが、スキー歴四十年のベテランで、日本だけでなく、世界の名だたる山を滑っているということだった。

山野は写真を見て、「ブナの木だね」と、まずいった。「標高は千メートルから千五百メートルってところかな。群馬にもないわけではないが、やはり新潟か長野だと思う。雪は軽そうだね。遠くで風に舞っているが、素晴らしいパウダーのようだ。長野じゃないかな、と私は思う」

秀人は驚いた。たった数枚の写真だけで、そこまでわかるのはさすがだと思った。

「もっと詳しいことはわかりませんか」

山野は写真を見て、ため息をついた。

「もう少し、大きな特徴があるといいんだがなあ。地形がわかる何かが」そういいながらタブレットの画面上で指を滑らせた。やがて一枚の写真を見つめ、思案する顔になった。

「どうかしましたか」

「いや、この写真の上部に、ごくわずかだけど遠くの稜線が写っている。これが手がかりにならないかと思ってね」

「見覚えがあるんですか」

「いや、私には無理だ。あちこち行ってるけど、山の形を全部覚えているわけじゃないからね。だけど、わかる人間はいるかもしれない。一種の専門家だ」

「そんな人がいるんですか。登山家とかですか」

「似たようなものだけどね。写真家だ。しかも雪山の写真ばかりを撮っているやつがいる。彼に相談してみよう」山野はポケットから携帯電話を取り出した。

相手が捕まったらしく、山野は電話で話しだした。途中、秀人のほうに顔を向けてきた。

「今、手が空いているそうだ。画像を送ってくれたら見てみるといってる。どうする?」

秀人は一瞬返事に窮した。画像の扱いには注意するよう和幸からいわれている。

だがすぐにそんな躊躇いは振り払った。この人たちを信用しないでどうするのかと思った。自分にスノーボードの楽しさを教えてくれた人たちなのだ。

「よろしくお願いします、といってください」

「わかった」

画像を先方に送って回答を待つ間、山野がその写真家の作品集を見せてくれた。真っ青な空の下、一人のスノーボーダーが広大な雪山を滑り降りていく写真があった。ほかに、垂直に近いのではないかと思われる断崖絶壁を果敢に攻めるスキーヤーの姿があり、幻想的な雪景色をモノクロで撮影した写真があった。それらのすべてが中学二年の秀人たちの心を捉えた。すげえなあ、こんな世界があんのかよ、天国じゃん――ありきたりな言葉しか思いつかなかった。

秀人の電話が鳴った。和幸からだった。どんな具合だ、と尋ねてくる。口調に余裕がなかった。

「今、いろいろな人の助けを借りて調べてるところなんだ」

「そうか、すまんな。見込みはありそうか」

「わかんない。やれるだけのことはやってみるつもりだけど」

「よろしくな。おまえだけが頼りなんだ。いい知らせを待ってる」

「わかった」

電話を切った後、胸の奥が少し熱くなっていることに気づいた。おまえだけが頼り――父親からそんなことをいわれたのは初めてだった。

山野も自分の携帯電話を取りだした。着信があったらしい。

「もしもし、何かわかった？……ああ、そう。本州であることは間違いないそうだ。私は長野じゃないかと踏んでいるんだけどね」

どうやら写真家からの回答らしい。秀人は息を呑んで、やりとりに耳を傾けた。

山野はレジカウンターの脇に立ち、電話で話しながらメモを取り始めた。

「ガリョウダケ？……うん、ああ、あのあたりね。……そうなのか。……なるほどね。わかった、ありがとう。一応、伝えてみる」電話を切り、秀人たちのところへ戻ってきた。

「どうですか」不安と期待を胸に尋ねた。

「率直にいうと特定はできないそうだ」山野はいった。「やはり判断材料が少なすぎるらしい。しかし一枚目と五枚目の背後に写っている稜線を見たかぎりでは、長野県にあるガリョウダケに似ているということだ」

「ガリョウダケ？」

「こういう字を書く」山野が見せてくれたメモには、『臥龍岳』とあった。「ただし、この写真の場所が、臥龍岳からどれほど離れているかはわからない。方角も、南東じゃないかということぐらいしか判断がつかないといっていた」

「いや、でも」田中がいった。「そこまでわかれば、ある程度は目星をつけられるかもしれない。その方向にあるスキー場を探せばいいわけだから」レジカウンターの背後にある書棚から、ゲレンデマップ集を引き抜き、頁をめくり始めた。

秀人たちも顔を寄せる。地図を睨んだり、スマートフォンで付近の景色を調べたりした結果、有力な場所が見つかった。里沢温泉スキー場だ。長野県でも屈指のスキー場で、歴史はあるし、規模は広大だ。有名な選手も大勢輩出している。

「里沢ならバックカントリーも盛んだし、こういう場所はたくさんあるだろうな」山野がタブレットの画像を見ながらいった。

「でも、断定はできないですよね。必ず里沢温泉だっていう……」

「例のリフトを確認してみようぜ。あの、使われてないリフト」佐藤がいった。

「そうだよ。里沢温泉に、廃止か休止になってるリフトがないかどうか調べるんだ」鈴木も同意した。

「で、もしあったとしたら、どんなふうに架けられたリフトかを確かめてみる。方角が一致していたらビンゴだ」

早速、皆で調べることにした。秀人たちは店から借りた古いゲレンデマップを当たり、田中と山野は知り合いに連絡を取ってくれた。どちらも里沢温泉で働いている人間に心当たりがあるということだった。さすがは老舗のショップだ。

最初に電話を切ったのは田中だった。「わかったぞ」

その直後に山野も携帯電話を閉じた。「こっちもだ」

「どうなんですかっ」秀人は二人の顔を交互に見た。

「僕が聞いたところでは、里沢温泉には三年前に廃止になったリフトが一本ある」

「ブナコース第二ロマンスリフト」山野が隣からいった。「そうだろ?」

田中は頷いた。「アクセスが悪くて利用客が少なかった上に、老朽化がひどかったそうですね」

「三年前なら、まだこの地図に載ってるはずだ」鈴木がゲレンデマップを指でなぞった。

あった、と声を発したのは横から覗き込んでいた佐藤だ。「ここにある。ブナコース第二ロマンスリフトって書いてある」

「これによればリフトは北に降りる斜面に沿って作られていたみたいだ」そういって鈴木は秀人を見た。「画像の時刻や影の向きと完全に一致する」

全員の視線が秀人に集中していた。皆が自分の次の一言を待っているのを彼は感じた。

思いつく言葉は、ただ一つだ。

「ありがとう、みんな」そういって頭を下げた。

帰宅途中で和幸に電話をかけた。スキー場がほぼ特定できたというと、父は歓喜の声を上げた。

「そうかっ。でかしたっ。よくやってくれたな。心の底から感謝するよ」

「俺の力じゃないよ。みんなのおかげだ。今度紹介するから、焼き肉食わせてやってよ」

「ああ、何十人前でも食わせてやる。それより、大事な話がある。早く帰ってきてくれ」

「大事な話？　今度は何？」

「帰ったら話す。大丈夫、おまえにとって悪い話じゃないはずだ」

「ふうん……」何だろうと思いながら電話を切った。スキー場を突き止めてやったのだ。まさか叱られるようなことはないだろう。

自宅に帰り、玄関のドアを開けた。ただいま、と奥に向かって呼びかけた。

するとリビングのドアが開き、どたどたと和幸が向かってきた。その顔には満面の笑みが浮かんでいる。しかしそれよりも秀人を驚かせたのは、その格好だった。和幸は全身をスキーウ

エアで包んでいた。御丁寧に帽子まで被っている。

「何だよ、その格好」秀人は目を丸くした。

リビングから道代も出てきた。うんざりしたような顔をしている。

「さっき突然、こんなものを着始めたのよ。今日、買ってきたんですって」

「うるさいな、仕事だといってるだろ」妻に向かっていった後、和幸は笑顔を息子に向けてきた。

「秀人、じつはもう一つ頼みがある」

思わず後ずさりした。「何だよ、一体」

和幸は、やや血走った目をしていった。

「ほかでもない。おまえたちが突き止めた、里沢温泉スキー場へ一緒に行こうっ」

6

ハンドレシーバーに差し込んだイヤホンから、東郷のよく響く声が聞こえていた。

（そうか、里沢温泉スキー場か。そこなら私も名前ぐらいは聞いたことがある。で、間違いないんだな。……八〇パーセントか。少し不安という感じだな。……ああ、わかっている。そこまで突き止められただけでもよしとしよう。後は運を天に任せるしかない。……もちろんだ。明日の朝一番で向かってくれ。宿の手配はしたのか？……だったら、急がないと。今はシーズン中だから、混んでるんじゃないのか。……だったらいいが。……ああ、構わんよ。むしろ、息子さんに付き合ってもらったほうがいいだろうな。何かと慣れているだろうから。ただし、本当のことは絶対に話しちゃならんぞ。子供というのは、案外約束を守らない生き物なんだ。口止めなんて効果がないし、当てにならん。……うん、そこのところだけはしっかりと頼む。えっ、何だ？……費用のことなんか気にするな。領収書さえあれば、いくらでも出してやる。……息子さんの分も大丈夫だ。小さいことを心配するな。君はこれから、とてつもなく大きな仕事をやらなきゃいけないんだぞ。……本当にしっかり頼むぞ。……うん、そうしてくれ。あとそれから、一つわかったことがある）

　東郷の声のトーンが下がった。

（防犯カメラの映像を調べたところ、いつ葛原が忍び込んだのかがわかった。やはり土曜日の夜だ。ただし、一人じゃなかった。……あいつだよ、折口真奈美だ。……うん、補助研究員の。二人で入っていくところが、しっかりと映っている。……ゲートでは、葛原は来客用のＩＤを使ったようだ。おそらく折口が用意してやったんだろう。で、実験エリアには、折口の静脈認証でドアを開けさせて入ったに違いない。……さあ、どうかな。共犯かどうかはまだわからん。……うん、私もそう思う。葛原は何につけ、人の手を借りるのは嫌うタイプだったからな。何かうまい口実を使って、折口を利用しただけじゃないかと思う。あの、真面目だけが取り柄の女が、こんな危険なことに手を貸すとは考えられん。いずれにせよ、これから本人に直接尋ねてみるつもりだ。……ああ、何かわかったら連絡する。君は明日の準備があるだろう。今夜は早く休むといい。朗報を待っているぞ。……うん、ではよろしく頼む）

電話を切る気配があった。それ以上、何も聞こえてこないことを確認し、レシーバーの電源を切った。イヤホンのコードを巻き付け、ハンドバッグに突っ込む。便座の蓋から尻を上げ、水洗トイレの水を流した。

洗面台で手を洗っていると、バッグの中から着信音が聞こえてきた。かけてきている相手はわかっているが、わざと少しじらしてから電話に出た。「はい」

「ああ、折口君か。私だよ、東郷だ」

「はい、お疲れ様です」

「君は今、どこにいるんだね。行き先表示板によれば、事務室にいることになっているが」

「すみません、洗面所です。すぐに戻ります」

「ああ、急がなくていいから」

「申し訳ありません」

電話を切り、洗面台の鏡を見た。真面目だけが取り柄といわれた女の顔が映っている。葛原の目にも、鈍臭くて騙しやすい女のように見えていたのだろう。

「この通りだ。頼むよ」そういって両手を合わせた葛原の姿が脳裏に蘇った。

先週土曜日の、昼間のことだ。大事な用があるといって呼び出された。話を聞いてみて驚いた。研究所に入れるよう手引きしてほしいというのだった。

「昨日自分のレポートを見ていて、菌を加工する最終工程でミスをした可能性があることに気づいたんだ。今のままでほかの人に研究を引き継ぐのは、とても危険だ。だから確認しておきたい。所長に頼むとなると、何か文句をいわれそうだし、話が大げさになっても困る。小一時間で済むと思うから、力を貸してくれないか」

話を聞き、すぐに変だと思った。表向き、契約終了のように扱われているが、実際には葛原が追放されたことは研究員なら誰もが知っている。

何のために研究所に入りたいのか。それも容易に察しがついた。狙いは『K－55』だろう。あれをどうするつもりなのか。

もしや持ち出す気ではないか、という考えが浮かんだ。何のためか。おそらく報復するためだろう。相手は東郷に違いない。

だとすれば面白い、と思った。彼等の間でどんなやりとりが交わされるか、興味が湧いた。どちらも脛に傷持つ身だ。うまくすれば、漁夫の利を得られるかもしれない。少なくとも、東郷に対して弱みを握れるのはたしかだった。

どうだろうか、と葛原が窺うような目を向けてきた。

馬鹿女を演じることにした。わかりました、いいですよ、と怪しむ素振りも見せずに答えた。その途端、葛原は相好を崩した。

「ありがとう。助かるよ。本当にありがとう」何度も頭を下げた。「今度ゆっくりディナーでもごちそうするよ」

その台詞は社交辞令にすら聞こえないほど心がこもっていなかったが、「いいえそんな、結構です」と生真面目に辞退の言葉を口にした。鈍感を演じるかぎりは、どこまでも鈍くなくてはいけない。葛原は腹の中で舌を出していたことだろう。

夜、二人で研究所へ行った。彼のためには来客用のＩＤカードを取得しておいた。中に入り、静脈認証で研究室に入る扉を開けると、「君はここまででいい」と葛原にいわれた。

「待たせていると思うと落ち着かないからね。本当に助かった。感謝するよ」

ここでも疑う言葉など口にしなかった。

「どういたしまして。では、後片付けはよろしくお願いします」

「ああ、わかっている」

葛原が扉の向こうに消えるのを見届け、踵を返した。その後に向かった先は、東郷の部屋だ。夕方、秋葉原で購入した盗聴器を仕掛けるためだった。

月曜日の朝、盗聴器は早速威力を発揮してくれた。東郷と主任研究員である栗林のやりとりが明瞭に聞こえてきたのだ。

どうやら葛原は、『K－55』を使い、東郷を脅迫したようだ。それを耳にし、何と肝っ玉の小さいことを、と失望した。金目当てなら大学を脅迫すればいいのだ。そうすれば三億どころか、その倍だって獲れる。

だがもっと驚いたのは、その葛原が死んでしまったことだ。拍子抜けした。所詮、知能犯の器ではなかったというわけか。

栗林が回収に向かうのだという。願ってもない。あんな男を出し抜くことなど、造作ない。恐るべき生物兵器の『K－55』、手に入れたらいくらでも使い途がある。買い手を募れば、結構な値がつくことだろう。

折口真奈美は、洗面台の鏡に映る自分自身に微笑みかけた。これまではあまり良いことのなかった人生だが、ようやく面白い展開になりそうだ――。

7

枕元にセットした、でかい目覚まし時計が鳴りだした。腕を伸ばし、瞬時に止めた。両腕を思いきり伸ばしてから上体を起こす。それで頭はすっきりしたが、疲れは少し残っているようだ。俺も歳かな、と根津は独り言を呟いた。

彼が寝泊まりしているのは、レンタルショップの二階だった。店長が昔からの知り合いで、格安で部屋を貸してくれているのだ。元は倉庫で、ここにもレンタル用の道具が置いてあったらしいが、利用客の減少に伴い、不要になったのだそうだ。

窓の外を見ると、小雪が舞っていた。予報によれば、今日は荒れた天候にはならないはずだ。それが外れないことを祈った。

支度を済ませ、裏口から店を出た。レンタルショップの開店時刻は八時で、店長たちが出勤してくるまでにはまだずいぶんと時間がある。しっかりと戸締まりをした。

スキー場は、すぐ目の前だ。ピステンによる圧雪作業は、すでに始まっていた。

コンビニで弁当を買ってからパトロールの詰め所に行くと、班長の牧田が入り口の前で柔軟体操をしていた。パトロール歴三十年のベテランだ。山岳スキーの腕前は、根津など足下にも及ばない。

おはようございます、と挨拶した。

「おはよう。聞いたぞ。美人とデートしてたそうじゃないか」牧田が屈伸運動をしながらいった。

「一体、どこで見つけたんだ」

根津は、その場で天を仰いだ。

「耳が早いなあ。ていうか狭い村だなあ。牧田さんにまで、そんな話が届いちゃうんだ」

「ごまかすなよ。かなりいい女だったという話だぞ」

「そうかもしれませんが、俺とは何もありません。スノーボードの選手です。今度の大会に出る予定で、先乗りしてきてるんですよ」

「いいじゃないか。口説いたらどうだ。うまくいったら、俺が仲人をしてやってもいいぞ」

「結構です。本当に、久しぶりに会っただけですから」

「そうなのか。いい雰囲気だったって聞いたけどな」

「そんなのデマです」

冗談半分で千晶からデートに誘われたことは黙っていた。そんなことをいったら、どこまで誇張した噂が広まるかわかったものではない。

体操を一通り終えた牧田が、最後に首を回して根津を見た。

「話は変わるけど、今日からイタチュウが来る」

「イタチュウ？」

「板山中学のスキー授業だ。二年生といってたかな。総勢六十人あまりだそうだ」

「ああ……そういえば去年もありましたね」

板山中学校というのは、隣の村にある学校だ。車で二十分ほどの距離のところにある。

「恒例行事だ。このところ、スキー授業をする学校が年々減ってきているが、あそこは毎年きっちりとやっている。今では貴重な存在だ」

「たしかにそうですね」

「授業で使うのは日向ゲレンデとパラダイスコースだけだそうだが、その後、自由行動の時間もあるらしい。真面目な子供ばかりじゃないから、一応リフト下なんかもしっかりとチェックしておいてくれ」

「わかりました」

スキー場にとって、学校単位のスキーやスノーボード講習は大きな収益源だ。首都圏や関西、時には九州あたりからの修学旅行は、もはやドル箱とさえいえる。だがじつはそれよりも大切にしなければならないのが、地元の子供たちへの普及だった。

スキー場が賑わう条件は、ただ一つだ。スキーやスノーボード人口が増えること、それに尽きる。ではどうすれば増えるか。テレビや映画などで話題になれば、一時的に人気を得ることもあるだろう。しかしやはり大事なのは、一般的な趣味として認知されることだ。それにはどうすればいいか。結局のところ、人間関係が生命線ではないかという答えに行き着く。どんな趣味も遊びも、自分の親しい人間から誘われることによって興味を抱くケースが殆どだ。

長野県出身の若者たちの多くが、首都圏や東海、関西といった都会に出ていく。そこで人間関係を築いた時に、スキーやスノーボードといったウインタースポーツの魅力を周囲の人々に伝えるというのが、地道だが普及には最も効果的な方法だった。

ほかの隊員も続々と出勤してきた。根津は朝食を済ませた後、彼等と打ち合わせを行い、スノーモービルで受け持ち場所へ向かった。空を見上げると、雲が少しずつ切れ始めている。このままだと午前のうちに晴れ間が出てくるかもしれない。

絶好の一日になりそうだと思った。

8

前方に、ようこそ里沢温泉スキー場へ、と書かれた立て看板が現れた。それを見て、栗林は胸を撫で下ろした。今朝家を出たのは午前五時だ。予約してあったレンタカー店で四駆のRV車を借りて出発した。高速道路を走るのは何ら問題がなかったが、一般道に下りてからの約二十キロは緊張の連続だった。何しろ、本格的な雪道を走行するのは初めてだ。おまけに間断なく雪が降り続いており、視界もよくない。アクセルを踏む勇気がなく、ノロノロ運転を続けた。途中、何台もの車に追い越された。「お父さん、もっとスピードを出してよ」と秀人から催促されたが、「何をいってるんだ。安全第一、それが何より。事故を起こして、スキー場に行けなかったら嫌だろ」といって黙らせた。

それにしても時間がかかった。レンタカー店を出てから約四時間が経とうとしている。こんなことならやはり新幹線にすりゃよかったな、と後悔した。長野駅までが一時間半ほど。そこから直通バスが出ていて、一時間あまりで到着できるのだ。そうしなかったのは、スキー場へ行くには車で、という思い込みがあったからだ。新幹線を使うという手があったと知ったのは、出発した後だった。秀人にいわれたのだ。

ともあれ、無事に到着できてよかった。看板を通り過ぎると、左側にバス専用の駐車場があった。ここから先が里沢温泉村だ。宿や商店が建ち並び、途端に賑やかな雰囲気になった。道を歩いている人も多い。

道幅が急に狭くなった。おまけに複雑に入り組んでいる。おかげで目的の宿に辿り着くまで、同じところを何度か行き来する羽目になった。

昨夜急遽予約を入れたのは、洋風の名前が付いた宿だった。駐車場に車を駐めてから、荷物を下ろした。

宿に入ると左側に小さなカウンターがあった。そこにいた四十歳ぐらいの女性に名前を告げた。この宿の女将らしい。

「栗林さんですね。お待ちしておりました」女将は微笑みかけてきた。「これからすぐにスキー場に行かれますか？」

「ええ、そのつもりです」

「では、お荷物はお預かりしておきます。着替えには、お風呂場の更衣室を使っていただいて結構です」

「ありがとうございます」

「いいですね、親子で旅行だなんて」

女将にいわれ、ええまあ、と曖昧に答えておいた。考えてみれば、秀人と二人だけで旅行したことなど一度もない。最後の家族旅行がいつで、行き先がどこだったかさえも思い出せなかった。

学校を休ませて秀人をスキー場に連れていくというと、妻の道代は目をいからせ、何のためにそんな必要があるのかと詰問してきた。

仕事のためだ、と栗林は答えた。

「里沢温泉スキー場の雪には、ほかにはいない新種のバクテリアがいるんだ。研究のため、何としてでもそいつを採取しなきゃいけないんだよ」

「だったら、あなたが一人で行けばいいじゃないの」

「スキー場なんてもう何十年も行ってない。要領がわからず、無駄に手間取るかもしれないだろ。案内役がいたほうが何かと便利なんだ」

「学校はどうするのよ」

「そんなもの、休ませればいい。これも社会経験だ。——いいだろ、秀人？」

「俺はいいよ。ラッキー」息子は両手にVサインを作った。

道代は呆れたような顔をしていたが、それ以上は文句をいわなかった。今朝二人が家を出る時には、「せっかくだから仲良く楽しんでくればいいわ」といって送り出してくれた。久しぶりに父子が触れ合う機会を得たのを見て、内心は喜んでいたのかもしれない。

いわれた通り、風呂場の更衣室でスキーウェアに着替えることにした。上着はブルーでパンツは黄色だ。スキーウェアというと、もっと身体にぴったりしたものだというイメージが栗林にはあったのだが、上下共にゆったりとしたデザインだった。

仕上げに小さなリュックを背負った。中身は例の方向探知受信機と『K−55』を収めるための収納容器だ。容器は二重構造で、万一の場合でも菌が外に漏れ出すことはないようになっている。

秀人を見ると、プロテクター付きのパンツを穿き、両膝にバレーボール選手のようなパッドを着けていた。

「すごい重装備だな」

「こういうのをしてないと危ないんだ。キッカーとかやりたいから」

「何だ、キッカーって」

「ジャンプ台のことだよ」

「じゃ、ジャンプ台?」声が裏返った。「ノーマルヒルとか、ラージヒルとかいってるやつか。あんなところから飛ぶのか」

秀人は、ずっこけるしぐさをした。

「そんなわけないだろ。雪を盛って作ったもので、高さはせいぜい二、三メートルだよ」

「何だ、そうなのか」

「まあ、それでも最初は結構怖いんだけどね」

話しながら秀人は慣れた様子で準備をしていく。彼のウェアもゆったりとしたもので、パンツなどはぶかぶかといってよく、殆どずり落ちている。そのことを指摘すると、「これがいいんだよ」と一蹴された。「ゲレンデに行けばわかるよ。みんなこうだから」

「ふうん……」

現在のスキー場はどんなふうなのだろう、と栗林は思った。彼が最後に行ったのは、大学二年の時だ。友人たちに誘われ、苗場スキー場に行った。あの時も車を使ったのだが、関越自動車道に乗るまでに、とんでもなく渋滞したのを覚えている。スキー場ではリフト乗り場で並んだ。ひどい時には一時間近くかかった。初心者だった栗林は、途中からはリフトに乗るのを諦め、板を担いで斜面の途中まで歩いて上ることにしたのだった。

荷物を預け、宿を出た。秀人はスノーボードを脇に抱えている。その姿は、なかなか様になっていた。

民家や宿に挟まれた細い上り坂を歩いていった。地面は雪に覆われ、ところどころ滑りやすくなっている。慎重に足を運んだ。

乾いた空気が冷え切っている。顔が少し痛くなってきた。

「ううー、やっぱり寒いな」栗林は首をすくめた。

「滑ってれば暖かくなるよ」

「そうなのか。おまえ、そのウェアの下には何を着てるんだ」

「ヒートテック」

「あの長袖の薄いやつか。えっ、あれ一枚なのか？」

「大抵そうだよ。着すぎると暑いんだ」さらりという。

栗林は驚愕した。彼自身はウェアの下に三枚着ている。それでも不安なのだ。若い身体に自分たちの常識は通用しないのだなと改めて思った。

やがて幅の広い通りに出た。角にレンタルショップがあった。奥にカウンターがあり、数名の客が並んでいる。列は二つあった。スキーとスノーボードに分かれているようだ。

中央の台の上に書類の束と筆記具があった。書類には、氏名と連絡先のほか、借りたい物の品名、身長、靴のサイズなどを記す欄がある。

「ええと、借りるものは、まず靴だな。スキーブーツってやつがそうか。うん？　おい、秀人。何だ、スキーポールってのは」

「あれだよ」秀人は奥に何本も吊されているものを指差した。

「あれはストックだろ」

「みんなはポールっていってるよ」

「そうなのか。そういえば、品名の中にストックっていうのがないな」

二十年あまりの間に、いろいろと変わってしまったらしい。やはり秀人を連れてきてよかった。

「で、肝心のスキーは……と。えっ？」栗林は目を剥いた。

「今度は何だよ」げんなりした顔で秀人が手元を覗き込んできた。

「ここだ。どういうことだ、これは」

栗林が指したのは、スキー板の欄だ。カービングスキー、ファットスキー、スキーボード、ツインチップと並んでいる。何のことやら、さっぱりわからない。

「スキーの種類だよ。どういう滑りをするかによって、選ぶものが変わるんだ」

秀人によれば、圧雪された斜面を滑るならカービングスキーで、非圧雪斜面ならファットスキー、フリースタイルを楽しみたいならスキーボードやツインチップを選ぶのだということだった。

栗林はテディベアの写真を思い浮かべた。明らかに通常のコース内の風景ではなかった。

「そういうことなら、ファットスキーかなあ」

「えっ」秀人が後ろに小さくのけぞった。「ふつうのコースを滑るんじゃないの？」

栗林は息子のほうに顔を寄せた。

「おまえは自由に滑ったらいいが、お父さんは遊びに来たんじゃない。仕事だといっただろ。圧雪されていないところにだって行く必要がある」

秀人が、じっと目を見つめ返してきた。何かいいたそうだ。

「どうした？」

秀人は改まった顔で空咳を一つし、口を開いた。

「お父さん、スキーをしたのは二十年以上前だといってたよね。その頃の腕前はどの程度だったの。これ、大事なことだから正直に答えてほしいんだけど」

「それはまあ……」栗林は左上を見つめ、人差し指を立てた。「ぼちぼちってところかな」

「あのさ、お父さん、こっち見て」

はい、と栗林は息子を見た。だがすぐに目をそらしたくなった。

「その当時、どんなふうに滑ってた？　たぶんその頃のスキー板ってすごく長かったと思うんだけど、きちんと揃えて曲がれた？」

「ええと、それは……時々曲がれてたかな」

「時々って……。それ以外は？　板をこんなふうに広げてたんじゃないの？」秀人は両腕の肘から先で、空中にハの字を作った。「いわゆる、ボーゲンってやつ」

「うーん、そうだった……かな」

「オーケー、わかった」秀人は頷き、ボールペンを手にした。そして書類の、カービングスキーというところに丸をつけた。

「それは圧雪したところを滑るスキーなんだろ？」

「いいんだよ、これで。あのさ、コース外に出る時には、絶対にスキーは外して。滑って出ようとしちゃいけない」

「ルールを守れってことか。意外と真面目なんだな」栗林は頬を緩めた。

秀人は苛立ったように手を振った。

「ルールもあるけど、お父さんのためを思っていってるんだ。非圧雪のところをスキーで滑るのは、すごく難しい。コース外なんかで転んだら、なかなか立てないし、下手をしたらコースに戻ってこれなくて遭難しちゃうかもしれない」

栗林は真顔に戻り、少し顎を引いた。「脅かすなよ」

「脅しでなく、本気でいってるんだ。頼むからいう通りにして。救助隊を呼ぶようなことはしたくないから」

秀人の真剣な表情から察すると、どうやら誇張しているわけではなさそうだ。わかったよ、と頷いた。

「マジだからね。約束を破ったら承知しないからな」

「はいはい」

「ほんとにわかったのかよ。心配だなあ」秀人は顔をしかめている。

書類を手にカウンターに向かいながら、何てことだ、と栗林は思った。完全に父親と息子の立場が逆転している。

カービングスキーというものを見て、また少し驚く。昔のスキーとは形状がまるで違う。長さも短い。

「大丈夫、ボーゲンをしている分には昔の板と同じらしいから」秀人がいった。

道具一式をレンタルし、店を出た。板は重く、スキーブーツは硬くて歩きにくかった。こんな靴で深い雪の中を移動できるのだろうかと不安になる。

隣で秀人が、すっげえ、と小さく歓声を漏らした。それで栗林は顔を上げた。すぐ目の前に広大なスキー場が広がっていた。山は高く、ゴンドラがはるか彼方まで連なっている。

おお、と思わず栗林も声を上げた。「すごいな……」

見渡すかぎり白銀の世界だ。二十数年前の記憶が蘇ってきた。そう、スキー場とはこういう場所だった。日常とは違う、異次元の空間なのだ。

リフト券売り場があったので、一日券を二枚購入した。宿で割引券を貰ったので助かった。しかも中学生以下は子供料金だ。

ゲレンデのレイアウトについては事前に調べてあるが、最新のマップを広げてみた。例の、ブナコース第二ロマンスリフトは記されていない。だが、どのあたりにあるのかは頭に入っている。

「まずは頂上まで行ってみるか」栗林は呟いた。

「いやあ、それは無茶だよ」即座に秀人が異を唱えた。「二十年以上も滑ってないんだろ。上まで行って、降りてこれなかったらどうするんだよ。まずは足慣らしをしないと」

それもそうかと思った。一刻も早く『K－55』を探し出さねばと焦っているのだ。

秀人に促されるまま、近くのリフト乗り場に向かった。それに乗れば初心者斜面を滑り降りてこられそうだという。

「わっ、何だ、これは」リフトを見て、驚いた。「四人乗りじゃないか。今はこんなものがあるのか」

「クワッドリフトなんて、今時常識だよ」

「そうなのか。昔は一人乗りがふつうだったけどなあ」

「一人乗りなんか、俺、見たこともない」

「へえ……」

スキー板を雪面に置き、準備体操をした。いよいよ、久しぶりのスキーだ。ブーツを板に装着し、前後に足を動かしてみる。当然のことだが、よく滑る。ストック、ではなくポールで雪面を後ろに押してみた。思った以上に身体が前に進み、少し怖くなる。

秀人を見ると、左足だけボードに固定し、右足は外したままにしている。平坦なところでは、外したほうの足で雪面を蹴って移動するのだそうだ。

なるほど、と栗林は納得した。考えてみれば、スノーボードを実際に目にするのは初めてだ。何もかもが新鮮だった。

平日のせいかリフトはすいていた。全く並ぶことなく、乗り場まで進んだ。少し緊張したが、搬器には無事に腰を下ろすことができた。だが乗ってから、おおーっと思わず声を上げることになった。

「いちいち驚いてばっかりじゃん。今度は何だよ」呆れたように秀人が訊いてきた。

「いやあ、すごいスピードだと思ってな。リフトって、こんなに速かったかな」

「高速リフトだからね。今は大体こんなものだよ」

「そうなんだ。進歩してるんだなあ」

栗林はリフトの上からスキー場を見渡した。カラフルなウェアに身を包んだスキーヤーやスノーボーダーたちが、広いゲレンデを思い思いに滑っている。自由自在に移動しているというだけで誰もが上級者のように見えるが、たぶんそんなことはないのだろう。

ふと奇妙な感覚に捕らわれた。夢を見ているような気がしたのだ。あたり一面は銀世界で、自分は息子と二人で空中に浮かんでいる。一週間前には考えられなかったことだ。

だがこれは紛れもない現実だった。幻想的な気分に浸っている場合ではない。自分には重大な任務があるのだ、と栗林は気を引き締めた。

リフト降り場が近づいてきたので、また少し緊張した。印のついているところで立ち上がると、そのままスキーは前に滑り始めた。

「わっ、おっとっと」あわてて板を開いて曲がろうとしたが、うまく方向を変えられない。前方に真っ直ぐ滑った後、バランスを崩して転んだ。

「大丈夫？」秀人が心配そうに尋ね、腕を伸ばしてきた。

「ああ、平気だ」息子に助けられ、栗林は立ち上がった。

「何か、すっごく危なっかしいんだけど」

「まだ慣れてないだけだ」

そのまま横に移動し、ゲレンデの入り口に立った。全体を見下ろし、気持ちが縮んだ。結構な急斜面なのだ。

ところが隣に並んだ秀人は、「まあ、ここならお父さんでも大丈夫かな。初心者用斜面だし」といった。

「えっ、ここが初心者用？」

「そうだよ。だってほら、あんな子たちも滑ってる」

秀人が指差したほうを見ると、十歳にもならないような小さな子供がボーゲンで器用に滑っていた。

「お父さん、ちょっと滑ってみてよ」

「えっ？　いや、おまえが先に行ってくれ。どっちの方向に滑っていいか、よくわからんからな」

「まあいいけど。リフト乗り場を目指せばいいんだよ」

秀人は右足をボードに固定させると、ぴょんと一度跳ねてから滑り始めた。ターンを何度か繰り返したかと思ったら、ジャンプして回転したりもしている。左足を前にして滑っていたはずなのに、いつの間にか右足が前になっている。一体どれだけ練習すれば、あんな軽業師のようなことができるのか。

やがて秀人は停止し、手を振ってきた。ここまで来い、ということらしい。

栗林はおそるおそるスタートした。無論、思いきり足を開いたボーゲンだ。それでもスピードは予想以上で、腰が引けるのを抑えられなかった。

「わあっ、うわっ、ひいっ」

下半身が先に行き、上体が残ってしまった。気づいた時には転倒し、背中で滑っていた。止まった時、青空が目の前にあった。いつの間にか雪がやみ、晴れていたのだ。

のろのろと起き上がった。遠くで息子が腕組みをして立っていた。

「とにかく、絶対に無理はしないこと。だめだなと思ったら、板を外して、歩いて下りて。わかった？」秀人が強い口調で念を押してきた。

「わかったといってるだろ。何回いったら気が済むんだ」

「お父さんのことを心配していってるんだ。正直いって、あんまり期待してなかったけど、こんなにひどいとは思わなかった。ボーゲンすら満足にできないんだもんな」

「おかしいなあ」栗林は首を捻った。「前はこんなんじゃなかったはずなんだけどな」

「俺、スキーはやったことないけど、もうちょっとうまく滑れるような気がする」

「そんなわけないだろ。見るとやるとでは大違いなんだ」

「そうなのかなあ。まあとにかく気をつけてよ」

「ああ、心配するな」

二人はゴンドラに乗っていた。十二人乗りの、立ったまま乗車するタイプだ。いよいよ頂上を目指すことにしたのだ。栗林たちのほかに五人の客がいた。彼等は彼等で楽しそうに談笑している。

窓から見下ろすと、ここがいかにスケールの大きなスキー場かがよくわかった。こんなに広大な山の中から、あの小さなテディベアを見つけ出さねばならない。ブナの木など、無数にあるだろう。本当に見つけられるだろうかと不安になった。

約十五分をかけ、ゴンドラは上の駅に到着した。外に出ると、空気の冷たさが下とは比較にならなかった。

「うわっ、山頂はやっぱり寒いなあ」

「まだここは山頂じゃないよ」秀人がいった。「この先にリフトがある。まずはそれに乗らなきゃいけない。それを降りたところから少し滑って、さらに別のリフトに乗るんだ。そうしたら山頂に行ける」

「そんなにか……」

「どうする？　俺はとりあえず、ここから一本滑ろうと思ってるんだけど」

「そうしたらいい。お父さんは頂上を目指すよ。何しろ、大事な仕事があるからな」

「わかった」

「気をつけて滑るんだぞ」

「お父さんにいわれたくないよ」不満そうにいい、秀人はボードを抱えて歩きだした。

少し心細くなったが、栗林もスキー板を担いで移動を始めることにした。軽い上り坂だったからだが、やがて下り斜面の入り口にさしかかった。皆がその手前でスキー板やスノーボードを装着している。見下ろすと、数十メートル下にリフト小屋があった。

ボーゲンで、おっかなびっくり滑り降りていった。無事に到着できたので、そのままリフトに乗った。下で少し練習しておいてよかったと思った。もししていなかったら、リフトに乗ることさえできなかったかもしれない。

リフトのすぐ横は林だった。だが木の間隔は比較的広い。だから滑走禁止にはなっていないのか、時折スノーボーダーが勢いよく通過していった。雪煙を上げ、じつに気持ちがよさそうだ。

ところがそう思って眺めていると、雪に埋もれているスキーヤーがいた。何とか立ち上がったが、膝上まである雪の中で動きにくそうにしている。栗林は秀人の言葉を思い出した。やはり、非圧雪の斜面をスキーで滑るのはなかなか難しいらしい。

リフトを降りると、山頂リフト、と矢印を記した看板が立っていた。そちらに向かって滑っていけということのようだ。見たところ、さほど急な斜面でもなさそうだったので、そろりそろりと滑りだした。

だが間もなく、栗林の目には断崖絶壁にしか見えない斜面が現れた。周囲を見回したが、回避する道などなさそうだ。ほかのスキーヤーやスノーボーダーたちは、すいすいと軽快に滑っていく。誰もが達人に映った。

栗林は思いきり足を開いてエッジを立て、ブレーキをかけながらずるずると下った。滑り降りるというより、ずり落ちている感覚だ。

すると不意に横から人影が現れた。ピンクのウェアを着た、小さなスキーヤーだ。栗林は咄嗟によけようとした。だがその瞬間、スキーの先端が開いてしまった。まずいと思った時には遅かった。尻餅をつき、そのままの状態で滑り落ちていった。帽子が脱げ、一緒にゴーグルも外れた。

「すみませーん」どこからか男性の声がした。

ようやく止まったところで栗林は身体を起こし、きょろきょろと周りを見回した。白いスキーウェアを着た男性がすぐそばで止まり、彼のほうに手を伸ばしてきた。「大丈夫ですか？」

「あっ、どうも」その手を取り、立ち上がった。

「すみません。怪我はありませんか」男性が訊いてきた。

「ええ、大丈夫ですけど……ええと」なぜ相手が謝っているのか、栗林にはよくわからなかった。

そこへ二人のスキーヤーがやってきた。一方は黄色のウェア姿で、もう一人はピンクのウェアだった。ピンクのほうはずいぶんと小さい。まだ小学生だろう。

すみません、といって黄色のウェアの女性が栗林の帽子とゴーグルを差し出した。拾ってくれたらしい。ありがとうございます、といって受け取った。

「ほら、あなたも謝りなさい」女性は子供にいった。「あなたが進路を妨害したんだから」

ピンクのウェアを着た女の子は、ごめんなさい、と頭を下げた。かわいい声だった。

そういうことか、と栗林は合点がいった。女の子が彼の前を横切ったことについて、彼等は詫びて

いるのだ。

「いや、いいんですよ。私が下手くそすぎるのがいけないんですから」

「いえ、スキー場では、そういう人のことこそ気遣わなきゃいけないわけですから」男性がいった。

「怪我がなくてよかった」

「平気です。どうか、気になさらないでください」栗林は男性にいってから、大丈夫だからね、と女の子にも声をかけた。彼女は小さく頷いた。

ではこれで、といって三人は滑り去っていった。その後ろ姿を見送りながら、何とマナーの良い人たちだ、と感心した。ああいう人間ばかりなら、もっと世の中が良くなるだろうに、とまで思った。

帽子を被り、ゴーグルを着けた。気づくと、斜面のずいぶん下まで来ている。二十メートル以上は進んだかもしれない。転んだおかげで、急斜面を降りてこられた。さっきの女の子に感謝したいぐらいだった。

すぐ横の林を見下ろした時、おやと思った。ブナ林だったのだ。あの写真の光景と似ていないこともない。

栗林はコース脇に移動すると、板を外し、ポールと共に雪上に置いた。さらにリュックから方向探知受信機を取り出した。念のためにと思って緩衝材で包んでおいたので、何度も転んだにもかかわらず、受信機に異状はないようだった。

アンテナを林に向け、期待に胸を膨らませてスイッチを入れた。だが並んだ八つの発光ダイオードは、ひとつも光らなかった。アンテナの向きを少し変えたりしたが、結果は同じだった。

もしかすると――。

もっと奥に行くべきなのかもしれない、と栗林は思った。受信範囲三百メートルといっても、この広大な山の中では大した距離ではない。あの写真の印象では、コースからかなり離れている感じだった。

栗林はあたりを見回した。幸い、ほかに人はいなかった。

赤いロープをくぐり、コース外に足を踏み出した。途端に雪が柔らかくなった。歩くたび、ずぼずぼとスキーブーツが埋まっていく。しかも気づかなかったが、林に向かってかなりの急な下り坂になっている。

果たして元の場所に戻れるだろうかと不安になり、歩きながら後ろを振り返った。その途端、右足がずぼっと沈んだ。

わあと叫んだ時には遅かった。雪の中に顔から倒れ込んでいた。

9

了解、といって通話を終え、根津はトランシーバーをホルダーに戻した。スノーモービルのキーを手にし、詰め所を出た。

「何かあったのか」外で救命具の点検をしていた牧田が訊いてきた。

「山頂のリフト小屋から連絡がありました。スキーヤーが一人、コース外に落ちて、動けなくなっているそうです」

またか、と牧田は苦い顔をした。「どこのコース外だ」

「アタック第一コースの脇らしいです」

「アタック第一の？　また、珍しいところに入り込んだものだな。あんなところ、滑って楽しいか？」

「いや、滑ったわけではなさそうです。コース脇に板とポールが置いてあるそうですから。通りかかった別のスキーヤーが、人が雪に埋もれていることに気づいて、リフトの係員に知らせたらしいです」

「ふうん、何をやってたんだ、そいつは」

「さあ、でも怪我はないようです。とりあえず行ってきます」スノーモービルのエンジンを始動させ、根津は出発した。

ここ数年どこのスキー場でも、滑走禁止区域に侵入するスキーヤーやスノーボーダーが増えている。理由は単純で、非圧雪斜面を滑るのが流行っているからだ。スノーボードは元々そうした斜面を滑るのに適しているし、スキーに関しても幅広の板が開発されたりして、ブームに拍車をかけている。

しかし滑走禁止にするには、それなりの理由がある。一言でいうと危険なのだ。木に激突して大怪我をしたり、道に迷って戻れなくなるといったケースが後を絶たない。雪崩に遭い、あわや雪に埋もれるところだった、ということさえある。

そこでスキー場側も工夫するようになった。正規のコース内に非圧雪エリアを増やしたり、ガイドを付けたバックカントリーツアーを企画したりしている。だがそれでも不心得者は減らない。もしかしたらルール違反をしているという感覚も、彼等にとっては快感なのかなとさえ思ってしまう。

連絡のあったポイントに近づいてきた。根津は少し速度を落とし、目を凝らして前方を見ながらコースを進んだ。やがてコースの隅に置かれたスキー板とポールが目に留まった。

そのそばでスノーモービルを止めた。すぐ脇に視線を移すと、コース外に出ていく足跡が点々と繋がっている。

根津は慎重に足跡を辿っていった。するとブルーのウェアを着た男性が、雪の中でぐったりとしているのが見えた。

「大丈夫ですかあ」大声で訊いてみた。

男性が首を捻って振り向いた。身動きするのが、かなり辛そうだ。眼鏡をかけている。ゴーグルを頭にずらしているのは、おそらくレンズが曇ったからだろう。雪の中でもがくと、途端に汗をかく。

「出られないんです」男性の声が裏返った。「動こうとすると、ずるずると沈むばっかりで。これ、どうすりゃいいんですか」

「わかりました。そこにいてください」

根津はスノーモービルに戻ると、荷台からロープを取り出し、再び先程のところまで下りた。あまり深入りすると、彼自身も脱出に手間取るおそれがある。

男性がいるところまでは五メートルほどあった。

「ロープを投げますから、受け取ってください」

「はあい」

根津は狙いをさだめてロープを放った。うまく男性のすぐそばに落ちてくれた。男性が腕を伸ばして取るのが見えた。

「いいですよ、それを摑んで上ってきてください」

男性がロープを頼りに上り始めた。動きが鈍いのは疲れ果てているせいだろう。しっかりがんばって、と途中で声をかけた。

近くまで来たところで、根津は腕を伸ばした。男性の手を摑み、引っ張り上げた。男性はぜいぜいと息を乱している。顔は汗びっしょりだ。

コースに戻ると男性は座り込んだ。

「どうしてあんなところに入ったんですか」根津は訊いた。「トイレですか」

急に便意を催し、我慢しきれなくなってコース外で済まそうとする者が、ごくたまにいるのだ。

しかし男性は手を振った。「違います。何というか……そう、自然観察です」

「自然観察？　このあたりに何か特殊なものでもあるんですか」

「趣味なんです。気にしないでください」

「そういわれても、コース外に滑落されたら困ります」

「すみません、まさかあんなことになるとは……。以後、気をつけます」男性は神妙な顔つきで頭を下げた。

そうしてください、と根津はいった。スキー板を外していたということは、滑走禁止区域を滑るのが目的でコース外に出たのではないだろう。それに見たところ、道具はレンタルだ。深雪用の板でもない。

男性がスキー板を装着し始めたので、根津はスノーモービルに乗り、そこを離れた。だが何となく気になって、すぐに停止し、振り返った。

男性が滑りだしたところだった。思った通り、あまりスキーはうまくない。というより、完全に初心者のレベルだ。レッスンを受けたほうがいいと思うが、そこまで口出しするのは余計なお世話というものだろう。

あんな腕前で、たった一人で、なぜこんなところを滑っているんだろう。しかも自然観察だとかいってコース外に出るとは――。

いくつもの疑問が湧いたが、合理的な答えが全く見つからぬまま、根津はスノーモービルを再スタートさせていた。

10

『里沢温泉サイコー！　めっちゃパウダー！　広いし長いし、どこ滑っても感動！　悪いけど、たっぷり楽しんでるよ。全部、みんなのおかげ。サンキュ。お土産、買って帰るから許して。じゃあね』

粉雪が舞うゲレンデを撮影した写真を添付し、佐藤と鈴木にメッセージを送った。昨夜遅く、急遽里沢温泉スキー場に行くことになったと二人に伝えたら、ブーイングのメッセージが届いたのだ。もちろん悪意を感じるようなものではなかった。どちらも、里沢温泉スキー場には行ったことがないからしっかり情報を集めておいてくれ、と締めくくっていた。

時計を見ると午後一時を少し過ぎている。秀人はゴンドラ降り場のそばにあるコーヒーショップで、ハンバーガーを食べ終えたところだった。店は混んでいるが、周りを見ると殆どが欧米人だ。日本人のほうが少ないぐらいだった。

父の和幸とは、午後五時までに宿に戻る、ということで話がついている。それで大丈夫かと和幸は確認してきたが、秀人にしてみれば、父親が無事に帰ってくるかどうかのほうが心配だ。まさか、あんなに下手だとは思わなかった。

考えてみれば、父の若い頃の話など、まともに聞いたことがなかった。話をされても鬱陶しいだけなので、敬遠してきた。最近は、なるべく顔を合わせないようにしていた。どうせ何か小言をいわれるだけだと思っていたからだ。

だが下手くそながらも懸命にボーゲンで滑ろうとする和幸の姿を見て、胸の奥が少し温かくなったのは事実だった。父が、現在自分が夢中になっているスノーボードと全く無縁の世界だけを生きてきたわけではないと知り、無性に嬉しくなった。転びながらも何とかしようとする姿には、少し大げさかもしれないが感動した。

来てよかった、と秀人は思った。仮に、ここほど素晴らしいスキー場でなくてもそう思えたのではないか、というのが実感だった。

それにしても父は、一体どこで何をしているのか。怪我をしていなければいいが、と切に願った。

コーラを飲み干し、支度をしてコーヒーショップを出た。今日は、ずっと天気が良い。斜面の入り口まで歩き、ボードを装着して滑りだした。今度は別のゴンドラに乗ろうと思った。里沢温泉スキー場には、ゴンドラが二つある。

秀人はスピードを上げ、気持ちよく滑った。圧雪された、程よい角度の斜面が長く続いている。カービングターンをするには最適だ。

フロントサイドターンからバックサイドターンに入った。その瞬間、視界の左側に人影を感じた。まずい、と思った時には遅かった。自分のボードの先端と、スキー板が交錯するのが目に入った。次の瞬間、身体に衝撃を感じた。バランスを崩し、そのまま転倒した。

両手をつき、上半身を起こした。すぐそばで相手のスキーヤーも倒れていた。ゆっくりと起き上がり、彼のほうを向いた。濃紺のウェアを着ているが、女だった。ゴーグルを着けているが、かなり若いことはわかる。

「ちゃんと前を見て滑れよ」秀人はいった。

「あたし？」相手は心外そうな声を出した。「そっちが急に前に出てきたんじゃない」

「違うよ。俺は、ちゃんと見てた」

相手は不愉快そうに口を閉じていたが、「まあ、いいけど」といって立ち上がった。外れて転がっていた右のスキー板を装着し、ポールを持ち直した。「怪我はしてない？」

「俺は大丈夫だけど……」

「だったらよかった」そういうと滑り始めた。見事なフォームだ。

秀人もスタートした。胸の内に、もやもやしたものが残っていた。いい争いになってもおかしくない局面だったが、向こうが打ち切ってくれたおかげで避けられた。しかも相手は、こちらのことを気遣ってもくれた。

複数の人間が高速で滑走しているゲレンデでは、常に周りの状況に気を配っておく必要がある。それでも接触事故が起きた時には、たとえ自分は悪くないと思っても、相手の身体を心配し、きちんと声をかけ合って別れるのがエチケットだと教えられた。それができなかった自分が情けなかった。

嫌な気持ちを抱えたままでは滑っていても楽しくない。コースがどんなふうなのかを確かめることもなく、気がつくとゴンドラ乗り場まで来ていた。

ボードを外して建物の中に入り、階段を上がった。すると、すぐ前に濃紺のウェアが見えた。先程のスキーヤーだ。どうやら一人らしい。

ゴンドラは六人乗りだが、すいているので客たちは、二人や三人といった仲間同士だけで乗り込んでいく。すぐに濃紺ウェアの彼女の順番になった。

彼女が一人で乗り込むのを見て、秀人は思いきって後に続いた。最初、彼女は気づかなかったようだが、向き合ってから、あっというように口を小さく開いた。

扉が閉まり、ゴンドラが出発した。

「あの、ええと」秀人は、ぺこりと頭を下げた。「さっきはごめんなさい」

彼女は少し背筋を伸ばすようにした。ゴーグルのレンズがミラーなので、表情はわからない。

「それをいうために乗ってきたの？」

「うん、だって、何だか気持ち悪かったから。君がいうように、俺のほうが悪かったのかもしれないと思って」

彼女の口元が綻んだ。

「お互い様だよ。あたしも謝ってなかった。ごめんね」

うん、と秀人は頷いた。胸の中が急速に晴れていった。

「どこから来たの？」彼女が尋ねてきた。

「東京。お父さんと二人で、今朝着いたばっかり」

「お父さんと？　何年生なの？」

「中学二年だけど」

「あっ、おんなじだ。背が高いから高校生かと思った」

「君も？　そうだったんだ。でも、すごくスキーがうまいね」

「ありがとう。でもこのあたりじゃ、あたし程度に滑れる子はいっぱいいるよ」

「ていうことは、地元?」

「そう。今日は学校のスキー授業で来てんの」

「ああそういえば、ゼッケンを付けてる人がいっぱいいたなあ」

「講習があるからね。あたしも午前中はゼッケン付けてた。でも午後からは、上級者は自由行動なんだ」

それで一人で滑っていたのか、と秀人は納得した。

「それにしても、いいスキー場だよね。俺、初めて来たんだけど、こんなに広いところだとは思わなかった。雪質も完璧だし」窓の外の景色を眺め、秀人はいった。

「どこのコースを滑ったの?」

「ええと……」秀人はゲレンデマップを取り出し、今朝から滑ったコースを説明した。

「じゃあ、あそこは行ってないんだ」

「あそこって?」

「穴場。ちょっとアクセスが悪くてわかりにくいけど、だからあまり誰も滑ってないの。たぶんこの時間でも、かなりパウダーが残ってると思う」

「ほんと? どうやって行けばいい?」

彼女は首を振った。「説明するの難しいから、案内したげるよ」

「いいの？」

「いいよ。あたしも行きたいし」

「よかった。ラッキー」

「ねえ、名前訊いてもいい？」

「うん、もちろん」

名前を教えると、「シュートって、何か格好いいね。サッカーみたい」と褒めてくれた。

「お母さんがラモスのファンだったんだ」

「あはは、そうなんだ」

彼女も名前を教えてくれた。山崎育美というらしい。

ゴーグルを外してくれないかな、と秀人は思った。かなりかわいいような気がするのだ。しかし外す気配はなかった。まず自分が先に外せばいいのかなとも思ったが、下心が見え見えのようで躊躇われた。

結局、そのままゴンドラが到着した。外に出て、秀人がボードを装着していると、「山崎」と誰かが呼びかける声が聞こえた。

同年代ぐらいの少年二人が近寄ってきた。どちらもスキーだ。

「これからタカノと秘密の場所に行くんだ。連れてってやろうか」茶色のウェアを着た少年がいった。

タカノというのは、後ろにいる緑色のウェアを着た少年のことだろう。

育美は小さく手を振った。「行かない。知り合いにコースを案内するから」

「ふうん」少年は秀人を興味深そうに見た。

タカノ君、と育美が後ろの少年に呼びかけた。「スキー、楽しんでる？」

少年は小さく肩をすくめ、「まあぼちぼち」と答えた。無愛想な態度に見えた。

「じゃあ、後でな」茶色ウェアの少年がいい、滑り始めた。タカノという少年も、その後に続く。二人ともあっという間に見えなくなった。

「行かなくてよかったの？」秀人は立ち上がり、育美に訊いた。

「いいの。秘密の場所って、どうせコース外だと思うし。パトロールに見つかったら、学校に連絡されて、後ですっごい叱られちゃう」

「それはまずいね」

「だから気にしなくていいよ。行こう」

育美が滑り始めたので、急いで秀人も後を追った。

11

目的地が近づいてきたので、川端健太はさらにスピードを上げた。途中に上り坂があるので、勢いをつけないと止まってしまうのだ。後ろは見えないが、高野裕紀もついてきているはずだ。二人は幼馴染みで同級生だった。

カーブを曲がった時、右前方に目標が見えた。木がまばらに生えていて、その手前に赤いロープが張られている。高さは雪面から一メートルほどだ。

健太は姿勢を低くし、真っ直ぐに向かっていった。ロープの下をかいくぐり、そのまま木の間を抜けた。期待通り、先に誰かが侵入した形跡はなかった。

やや木が密集しているところがあるが、健太たちにとっては何でもなかった。特別なスキー板を履いているわけではないが、小さい頃から深雪を滑ることには慣れている。圧雪されたコースを行儀よく滑ったって面白くも何ともない。午前中の講習だって退屈だった。

突然、目の前が開けた。健太はストップした。すぐ後ろからついてきた高野も止まり、隣に並んだ。

「ラッキー、やっぱりまだ誰も滑ってないぞ」斜面を見下ろし、健太はいった。

「昨日、結構降ったんだな」高野も頷いた。

眼下に広がる雪面には、一本のトラックさえも入っていなかった。密集した木に遮られているため、コースからだとこの場所は見えない。健太たちにしても、友人の兄から教わらなければ、こんなところに絶好のパウダーゾーンがあることにはなかなか気づかなかっただろう。

「行こうぜ。高野はどっちから行く？」

高野は軽く首を捻った。「左からかな」

「オーケー。じゃあ、俺は右から回っていく」

「行き過ぎないようにな」

「わかってるって」健太は跳ねるように滑りだした。ここからの斜面はどう降りても楽しいが、右側のほうが角度があり、しかも雪も深くて気持ちがいいのだ。ただし、行き過ぎると本来のコースに戻れなくなるというリスクもある。

深雪を滑る時のポイントは重心の位置だ。いつもよりも後ろに置く。すると自然にスキー板の先端が上がり、雪の中に沈むことなく、浮揚するように滑っていけるのだ。この感覚に慣れてしまうと、雪が降った直後には、通常のコースを滑るのは馬鹿馬鹿しくなってしまう。いけないことだとはわかっているが、滑走禁止である林の中やリフト下を攻めたいという誘惑には勝てない。

夢中になって滑っているうちに、これより先に行くと簡単には戻れないというポイントが近づいてきた。間違えて行き過ぎ、板を担いで歩いてコースに戻る羽目に陥ったことが何度かある。あんなことはもうごめんだった。

ターンし、左に進路を取った。しばらく進むと、前方に緑色のウェアが見えた。高野だ。なぜか止まっている。健太を待ってくれているのかと思ったが、そうでもないようだ。

速度を緩めながら近づいていった。「どうかした？」

すると高野は、何もいわずにそばの木を指差した。

「えっ、何？」健太は示されたところに目を向けた。木に釘が打たれ、奇妙なものが吊されていた。

「あれっ、どうしてこんなところに……」

それは小さなテディベアだった。見たところ、わりと新しい。

「何だと思う？」高野が訊いてきた。

さあ、と健太は首を傾げた。「わかんない。忘れ物のわけないしな」

「ここで誰か死んだのかな。交通事故が起きた時、よく現場に花とか置いてあるけど」

「それはないと思うぜ。このスキー場でそんなことがあったら大騒ぎになってるはずだし、パトロールなんか、もっと厳しくなってなきゃおかしいぜ」

「それもそうか……」高野は釈然としない様子で呟いた。

健太は腕を伸ばし、テディベアを手に取った。よく見ると、なかなかの高級品のようだ。ウェアのポケットを開け、そこに突っ込んだ。

あっ、と高野が声を出した。「持ってっちゃうのか?」

えへへ、と健太は照れ笑いをした。「やっぱ、まずいかな」

「まずいんじゃないか。何か意味があるのかもしれないし」

「でもさあ、本来ここへは誰も入っちゃいけないはずなんだぜ」

「そうだけど、勝手に持っていくのはよくないよ」

「じゃあ、誰に断ればいいんだよ」

「そんなのわかんない。でも勝手に持っていって、後で面倒臭いことになるのも嫌だろ?」

「うーん……」健太はポケットからテディベアを出した。彼には好きな女の子がいる。これをあげたら喜ばれるんじゃないかと思った。買っ

たものをプレゼントするのは照れ臭いが、これなら気軽に渡せそうな気がした。森の中で拾ったからおまえにやるよ、とでもいえばいいのだ。

しかし友人の意見を無視するのも気が引けた。高野は真面目で神経質だ。本来は、こういうコース外を滑ることにも抵抗があるはずなのだが、健太に付き合ってくれている。

わかった、といってテディベアを木に吊し直した。

二人は木々の間を抜けて斜面を横切り、パトロールがいないことを確かめてから、コースに戻った。

「よし、もう一本行ってみるか」健太は友人に訊いた。

高野は浮かない様子で首を傾げた。

「俺、このまま真っ直ぐ降りて、ちょっと休む」

「えっ、もうかよ。滑り始めたばっかじゃん」

「何か、気が乗らない。ごめん」

「ふうん……まあ、いいけど」

最近の高野は、いつもこんな調子だ。その理由は健太も薄々わかっている。しかし敢えて何もいわない。こうして一緒にスキーをすることで、元気になってほしいと思っているからだった。

高野と別れて健太が一人で滑っていると、「おーい」と横から声をかけられた。見ると、一年生の時に同じクラスだった男子だ。健太と併走するように滑っている。向こうもスキーの腕前は上級者レベルだ。

「どこに行ってたんだ」大声で訊いてきた。

「山頂」健太も声を張り上げて答えた。

「嘘つけ。さっき見てたぞ。コース外に出てただろ。俺も、後で行ってこよう」

「やめとけって。全然よくないから」

「そんなわけないだろ。騙されねえぞ。じゃあ、後でな」相手は片手を振り、遠ざかっていった。彼もコース外の地理には詳しい。たった今、健太たちが滑ってきたところへ行くつもりらしい。

あのテディベアを見つけられてしまうのではないか。諦めたはずなのに、何となく不安になった。

12

様々な色のウェアが行き来する中でも、ブルーと黄色の上下はよく目立っていた。おまけに相手のスキーの技術がお粗末なので、追跡はじつにたやすい。むしろ、もう少し速く滑ってくれないかと思うほどだった。向こうに気づかれないためには、一定の距離を保っておく必要がある。つまり、こちらものったりまったりと移動するしかないのだ。ほんの少し滑っては止まり、また少し進んでは転ぶ、といったことを繰り返すものだから、追うほうとしても同じように不自然な進み方をするしかない。

ほかのスキーヤーたちから変な目で見られないかと気になる。

それでもターゲット――栗林和幸は、どうにかこうにか山麓まで滑り降りてくれた。六人乗りゴンドラに向かっているようだ。もう一度、上を目指すつもりらしい。

折口栄治は栗林を追いながら電話をかけた。相手は姉の真奈美だ。繋がったので、今の状況を伝えた。

「そろそろ接触してちょうだい」真奈美の冷めた声がいった。「とりあえず、挨拶程度でいいから」

「その後は？　何を話せばいい？」

ふっ、と息を吹く音が聞こえた。

「相手を油断させるのが目的。適当に世間話をすればいい。それぐらいできるでしょ。子供じゃないんだから」

かちんときたが、ここは堪えることにした。

「受信機を奪わなきゃいけないんだろ。何か伏線を張っておくというか、話の種を蒔いておく必要はないのか」

「話の種とは、あんたらしくもなく難しい表現を使うじゃない。そうね、何か困ったことがあればいってください、とでもいえばいいかもね。このあたりの山には詳しい、と付け加えるのもいい」

「俺、ここらへんに詳しいわけじゃないぜ」

「そんなことわかってる。妙なところで正直になってどうすんのよ。いいから、いわれた通りにしなさい」

「わかったよ」

折口は電話を切り、歩を速めた。栗林がゴンドラ乗り場の階段を上がり始めたからだ。

乗り場はすいていて、数人が並んでいるだけだ。ブルーのウェアが最後尾にいる。その後ろに立った。

「さっきは大丈夫でしたか」相手の耳元で囁いた。

えっ、と驚いたように栗林は振り向いた。ゴーグルの奥で目が丸くなっている。

「あなたがコース外に落ちているところを見つけた者です」

栗林は、ああ、と大きく口を開いた。

「そうでしたか。下からだとよく見えなかったんで……。いやあ、あの時は本当に助かりました。身動きとれないし、助けを呼ぶにもコースは見えないし、一時はどうなるかと。上から声をかけていただいた時には、天の助けだと思いました。本当にありがとうございました」

「いや、お怪我がないようなのでよかった」

ゴンドラが来たので、一緒に乗り込んだ。

栗林はグローブを取り、ゴーグルを外した。ゴーグルの下に金縁眼鏡をかけていた。そのレンズが曇っている。ポケットから出したティッシュペーパーで拭き、改めてかけ直した。その一連の動作を終えてから、「いやあ、参っちゃいました。スキーって大変なんですねえ」といった。言葉に実感がこもっている。

折口もグローブとゴーグルを外した。「お一人なんですか」

「いえ、息子と来ました。あいつは、どこを滑ってるのかなあ」栗林は窓からゲレンデを見下ろしている。

「つかぬことを伺いますが、さっきはあんなところで、一体何をしておられたんですか。スキー板は外しておられたようですが」

「あ、あれですか。いや、特にこれといった目的があったわけではなく、ちょっと興味が湧いたといいますか……。コースの外ってどうなっているのかなと思いましてね」栗林はぎごちない笑みを浮かべて答えた。目が少し泳いでいる。

「そうでしたか。僕はまた、何か探し物でもしておられるのかなと思いました」

「探し物？」

「時々いるんです。リフトからグローブを落としたとか、意図的に滑走禁止区域を滑った時に何かを紛失したという人が」

「ははあ、そうなんですか……」

「もしそういうことなら、たぶんお力になれたのですがね」

「えっ、とおっしゃいますと？」

「自慢じゃありませんが、このあたりの山には詳しいんです。このスキー場のコース外の地形なども、かなり把握しているつもりです」折口は思いきっていってみた。

「へえ……あの、里沢温泉村にお住まいなんですか」

「いや、そうではないんですけど、何度も来ていますからね」

栗林は小さく頷きつつ、思案顔を作った。迷っているのが、よくわかる。やがて、あのう、と躊躇いがちに口を開いた。「見ていただきたいものがあるんですが」

「何でしょうか」

栗林はポケットからスマートフォンを出して、いくつかの操作をしてから画面を向けてきた。「これなんです」

そこには雪景色が映っていた。どうやら林の中らしい。目を引いたのは、一本の木にテディベアが吊されていることだった。

「とりあえず、テディベアのことは考えなくていいです」こちらの考えを見越したように栗林はいった。「この場所ですが、どこかわかりますか。このスキー場の中だと思うんですけど」

「えっ、この画像だけで？」

「ほかにも画像はあります。指をスライドさせてみてください」

たしかにほかにも画像があった。だがいずれも似たようなもので、場所の特定に役立ちそうなものは映っていない。強いていえば、遠くに見えるリフトらしきものだが、とても参考にはならなかった。

「これだけでは、ちょっと判断しにくいですね」

「やっぱりそうですか」

「この画像、コピーさせていただけますか。じっくりと検討すれば、何かわかるかもしれません」

「あ……いや、それはまずいので。すみません」栗林は、そそくさとスマートフォンをしまった。

「その場所を探しておられるのですか」

ええ、まあ、と歯切れが悪い。

「テディベアが目印なんですね」

「そうなんですが……」栗林は思い直したような顔をし、両手を小さく出した。「すみません。変なことを訊いてしまいました。どうか気になさらないでください。今の話は忘れてください」

「いいじゃないですか。お手伝いさせてくださいよ。僕も、ただ漫然と滑っているだけじゃ面白くない。それに大きな声ではいえませんが、ちょくちょくコース外に出たりするんです。もしかしたら、そのテディベアに出くわすってこともあるかもしれません」

栗林は瞬きした。視線の向きも不安定だ。心が揺れている証拠だろう。

折口はポケットから財布を出し、一枚の名刺を摘み出した。「和田といいます。よろしくお願いします」

この名刺は昨夜急遽パソコンで作ったものだ。長野市内の衣料品問屋の社名と『和田春夫』という名前が印刷されている。無論どちらもでたらめだ。携帯電話の番号は本物だが、いうまでもなく折口名義のものではない。

「あ……私は栗林といいます。すみません、名刺は持ってきてないので」

「そうですか。では一応、電話番号だけでも教えていただけませんか。もしテディベアを見つけたら、お知らせしたほうがいいでしょう？」

「あっ、それは……はい、そうですね」

栗林が番号をいったので、折口は電話に登録した。

「これからまた、テディベアを探しに行かれるわけですか」

「そうですけど……あの、和田さん、どうかこのことはほかの人にはいわないでもらえませんか。コース外を動き回っていることがパトロールの人たちにばれてもまずいので」

折口は笑いかけた。

「安心してください。誰にもいいません。ただ、もしあなたが無事にテディベアを発見した場合には、僕にも知らせてもらえますか。気になりますので」

「あ、そうですね。わかりました、お知らせします」

ゴンドラ降り場が近づいてきた。栗林はゴーグルを装着し、グローブを嵌めた。折口も、その二つを身に着けた。

ゴンドラを降りると、早速栗林は滑りだした。相変わらずの腰が引けたボーゲンだ。折口は二本のポールを片手で束ねて持ち、滑りながら空いたほうの手で電話を操作した。

「どんな様子？」いきなり真奈美が訊いてきた。「まさか、怪しまれなかったでしょうね」

「大丈夫だ。連絡先だって交換したんだぜ」

折口はゴンドラ内でのやりとりを話した。

「ふうん、テディベアか。たぶんそれが発信器ね」

「でも俺が見たところじゃ、あのおっさんが見つけられるとはとても思えないな」

「だったら好都合じゃない。もっと信用させて、受信機を手に入れるのよ」

「そんなことはわかってる。それより、本当に金になるんだろうな。一体、お宝って何なんだ。いい加減、教えてくれたっていいだろ」

「何度もいわせないで、あんたが知ったって何の意味もないから。とにかく発信器を見つけること。わかったわね」

「ああ、わかったよ」吐き捨てるようにいい、電話を切った。

久しぶりに姉の真奈美から連絡が入ったのは、昨夜のことだった。両親が離婚して以来、姉弟間の繋がりも希薄になっている。何事かと思っていると、うまい話があるのだが一口乗らないか、といってきた。一種の宝探しで、やり方次第で大金が転がり込むという。

聞き逃せなかった。最近、折口は新しく始めたビジネスが失敗に終わり、大きな借金を抱え込んだところだった。どうしようかと途方に暮れていたのだ。

だが真奈美は、それ以上はっきりとしたことをいわなかった。彼女がいったのは、里沢温泉スキー場のどこかに宝が埋まっていて、泰鵬大学医科学研究所の栗林という人物が手がかりを握っている、ということだけだ。その手がかりとは、宝の位置を探知するための受信機らしい。

胡散臭い話だとは思ったが、だめで元々だと思い、今朝早くこのスキー場に乗り込んできた。どうせ今のままでは、借金を返せる目処はないのだ。

まずは栗林の様子を探ることが先決だった。折口は真奈美から栗林の顔写真を送ってもらい、第一ゴンドラの降り場で見張った。このスキー場全体を見回ろうとしたら、必ず乗らねばならないゴンドラだ。しかも乗車時間が十五分と長いせいもあって、多くのスキーヤーやスノーボーダーがゴーグルを外している。

写真にそっくりな人物が現れたのは、午前十時を過ぎた頃だった。待ちくたびれて、もしかしたら来ないのではと不安になっていただけに、思わずその場で飛び跳ねた。

栗林は息子らしきスノーボーダーと一緒だったが、すぐに別行動を取った。折口は追跡を始め、栗林のスキーの腕前があまりにひどいことに面食らった。小さい子供が前を横切った程度で転んでいる。そんな様子を遠くから窺っていると、やがて栗林はスキー板を外し、そばのロープをくぐった。林の中に入っていくつもりらしい。折口は近づいていき、下を覗き込んだ。すると栗林が転倒し、雪に埋もれているのが見えた。どうやら動けなくなっているようだ。

チャンスだった。栗林に声をかけた後、パトロールに来てもらえるよう手配した。おかげで先程は、ごく自然に接触を果たせた。これからも偶然を装って何度か顔を合わせていれば、やがては受信機を奪えるチャンスも訪れるはずだった。

ふと気がつくと、栗林の姿が消えていた。急いで視線を巡らせると、コース脇に板とポールが並んでいるのが目に留まった。どうやらまた、コース外に出ていったようだ。

折口は近づいていき、林の奥に目をやった。ブルーのウェアを着た栗林が雪の中にいた。本人は歩いているつもりかもしれないが、もがいているようにしか見えなかった。

13

すごいすごいすっごい、あり得ないあり得ないあり得ない——。

滑走しながら、秀人は心の中で歓喜の雄叫びを上げていた。

育美が案内してくれたコースは、まさに穴場だった。メインコースからのアクセスがやや悪く、おまけに非圧雪なので、盛り上がった雪で妨げられて斜面の入り口がよくわからない。だがおかげで殆ど誰も滑っていなかった。雪の壁を乗り越えた先に広がっていたのは、極上のパウダースノーの世界だった。ここが正規のコースだとはとても思えない。

リフトを使い、同じところを三回続けて滑った。それでも飽きなかった。

「大感激。こんなの初めてだ。ありがとう、いいところを教えてくれて」

「喜んでもらえてよかった」育美が嬉しそうに笑った。「でも、ちょっと疲れちゃったね」

「俺も。それに喉が渇いた。下でジュースでも飲まない？　お礼に奢るよ」

「いいよ、そんなの」

「いや、お礼したいし。あっ、でも、そろそろ集合時間なのかな」

「まだ大丈夫。じゃあ、いいところがある。友達の親がやってるお店。そこへ行こうか」

「近いの？」

「うん。ゲレンデの下」

軽快に滑り始めた育美を、秀人は追いかけた。

その店は初心者用のコースに面して建っていた。『カッコウ』という店名で、山小屋を模したデザインだった。店の前で板を外し、秀人は育美に続いて入っていった。

店内は半分ほどの席が埋まっていた。育美は窓際のテーブルを選んだ。グローブを外し、ゴーグルを取った。帽子は被ったままだ。しかし素顔がはっきりと見えた。

睫の長い、大きな目をしていた。やや厚めの唇とマッチしていて、秀人が予想していた以上にかわいかった。

この店は食券を買うシステムのようだが、育美は直接カウンターに向かった。すると中にいた若い男性が彼女に気づき、爽やかな笑顔を見せた。胸に、『高野』と記されたネームプレートを付けている。

「育美ちゃん、授業は終わったの？」男性は親しげに訊いた。よく日焼けしているので、歯の白さが際立っている。

「今は自由行動中。さっき、上でユウキ君と会いました」

「そう」男性が真顔になった。

「カワバタ君と一緒でした。秘密の場所に行くとかいって」

「ふうん」男性は物思いにふける様子を見せてから、「ええと、御注文は？」と我に返ったように尋ねてきた。

育美が秀人のほうを向いた。「オレンジジュースでいい？」

「あ……いいよ」

オレンジ二つ、と育美は男性に注文した。それから秀人に、二百円、といった。

「二百円？　ジュース二つで？　ずいぶん安いね」

「スキー授業価格」そういって育美が笑った。

お待たせ、といって男性がオレンジジュースの入った二つのグラスを置いた。それで食券を買わなくていいのか、と秀人は納得した。

席に戻り、二人でジュースを飲んだ。目を伏せてストローを口にする育美を見て、秀人の胸の内側で何かが弾けた。暑くもないのに、手のひらに汗をかいている。

彼女が顔を上げたので目が合ってしまった。あわててそらし、瞬きした。

「どうかした？」

「いや、あの……カウンターの人は、さっき上で会った男子の家族なの？」

「そう、お兄さん」育美は頷いた。「高野君、緑色のウェアを着てたほうの。去年大学に入ったばかりで、今年からお店を手伝ってるんだって」

「そうなんだ」

親がスキー場内にある喫茶店を経営していて、兄はそこでバイトをし、弟は学校の授業でスキーを習う――地元っ子ってすごいなと思った。

育美がじっと一点を見つめている。視線を辿った先には、パネルに収められた大きな写真があった。ダイナミックなフォームで滑っているスキー選手の写真だ。国体優勝という文字が見えた。

「ところでさ、明日もスキー授業があるといってたよね」秀人はいった。二人でリフトに乗っている時、そう聞いたのだ。「それって、今日と同じような時間なの？」

「たぶん。午前中は講習で、あたしらは午後は自由だと思う」

「ふうん……」

だったら、明日も一緒に滑らないか――その一言を口にする勇気が出なかった。会ったばかりなのに厚かましい、と思われそうな気がする。

しかしここで誘わなければ、もう会えないかもしれない。だったら、断られて元々ではないのか。

よし、と決心して息を吸った時、あっ、と育美が声を発した。入り口を見ている。

緑色のウェアを着たスキーヤーが入ってきたところだった。先程から話に出ていた高野だ。もう一人の茶色ウェアはいないようだ。

高野はゴーグルを外し、カウンターに近づいた。「母さんは？」

「昼過ぎに帰った」カウンターの男性が答えている。「体調がよくないってさ」

「またかよ。一人で帰らせたのか」

「仕方ないだろ。親父は厨房で忙しいし、誰に送らせろっていうんだ」

「大丈夫なのか。ほっといても」

「大丈夫だよ。そう心配すんな。ただの気分の問題なんだから」

高野は不満そうにカウンターから離れた。育美に気づいたらしく、こちらに目を向けてきた。彼女が手を振ると、小さく頷いてからゴーグルを着け、再び外へ出ていった。

「彼んち、かわいそうなんだよね」育美が、ぽつりといった。

「何かあったの？」

「うん……二か月ぐらい前に妹さんが亡くなったの」

「へえ」

しかし育美はそれ以上のことは話そうとしなかった。考えてみれば当たり前だ。秀人は余所者だし、今日会ったばかりなのだ。

秀人はしんみりとした気持ちになった。発すべき言葉が思いつかず、ジュースを吸った。グラスはすぐに空になり、底でストローがずずずと音をたてた。

「話は変わるけど」育美がいった。「明日はどうするの？」

「えっ……」

「今日、来たばっかりなんだよね。だったら、明日も滑るんじゃないの？　まさか、滑らずに帰るってことはないよね」

「あ、うん、たぶん滑ると思う」

「思うって……そもそも、いつまでこっちにいるわけ？」

「それがよくわからないんだ。お父さんの仕事で来てるからさ、それがいつ終わるのか、俺にも予想がつかなくて」

「でも明日は滑るんだね。何か予定してるの？　スクールに入るとか、バックカントリーツアーとか」

秀人は首を振った。「何も予定してない。ふつうに滑るだけ」

「じゃあさ、明日も一緒に滑ろうよ。今日行ったところもいいけど、もっとすごいところが里沢にはいっぱいある。案内したげるよ」

「ほんと？　だったら嬉しいけど」一気に身体が熱くなった。顔が赤くなるのが自分でもわかった。

「いいの？」

「いいよ、もちろん。だって、このスキー場の良いところをもっとよく知ってもらいたいし。時間と場所を決めよ。たぶんあたしらは、お昼御飯の後は自由だと思う。午後一時に第一ゴンドラ乗り場の前ってことでどう？」

「うん、それでいい。そうだ、念のためにＩＤ交換しとく？」

「いいよ」

育美はウェアのポケットを探り、スマートフォンを出してきた。秀人も取り出し、ＩＤを交換した。

スキー授業の集合時間が近づいたようなので、二人で店を出た。

「じゃあ、また明日ね」店の前で板を付けてから、育美が声をかけてきた。

「うん、明日」

颯爽と滑りだした彼女の背中を眺め、秀人は幸せな気分に包まれていた。明日も一緒に滑れると思うと、早くもわくわくした。一方で、なぜ自分のほうから誘わなかったんだろうと後悔した。最初にぶつかった時もそうだが、彼女にリードされてばかりだ。

明日はしっかりしようと決意し、滑り始めた。

営業終了の午後四時半までしっかりと楽しみ、宿に戻ることにした。一人で滑るのも悪くないが、やはり少し寂しい。育美との時間が楽しすぎたから、余計にそう思った。

宿に帰ると、すでに和幸は戻っているということだった。地下一階の乾燥室でブーツを脱ぎ、ボードを立てかけてから部屋に向かった。

ドアをノックしたが、返事がない。お父さん、と声をかけてみたが同じことだった。試しにドアノブを回すとドアが開いた。鍵はかかっていなかったのだ。

中に入ると真っ暗だった。秀人は壁を手で探り、電気のスイッチを入れた。

ベッドが二つ並んでいて、奥のベッドで和幸が下着姿で伸びていた。

14

「無理だと？　無理とはどういうことだ。たった一日で、そんな弱音を吐いてどうするんだ」怒気を含んだ東郷の声が、栗林の鼓膜を響かせた。思わずスマートフォンを耳から遠ざけた。

「しかしですね、やっぱり難しいんです。受信範囲は三百メートルということですが、それはおそらく好条件が揃った時の話だと思います。見通しの良い平地で、間に何も障害物がないとか。ところがスキー場というのは、思った以上に障害物だらけなんです。例の発信器がある場所は、たぶんコースの外です。木に囲まれているし、そこへ辿り着くまでには、たくさんの起伏があると思われます。だからコース上にいるかぎり、いくら受信機のアンテナを向けても、電波をキャッチできそうになく——」

だったら、と東郷が言葉をかぶせてきた。「コースの外に出たらいいじゃないか。森でも林でも、どんどん入っていったらいい」

無茶苦茶いいやがる、と栗林は腹の中で毒づいた。人の気も知らないで。

「ええとですね、所長はスキー場のコース外がどういうものか、御存じですか」

「知らん。そんなもの、考えたこともない」

「では、想像してみてください。スキー場ですから、当然ものすごく雪が積もっています。十センチとか二十センチのレベルではありません。一メートルとか二メートルとか、いや場所によってはそれ以上です。そんなところに入っていったら、足がずぼずぼと沈むわけです。気がついたら腰のところまで埋まってる、というようなことになるわけです。身動きがとれず、発信器を探すどころの騒ぎじゃありません」

「しかし葛原が行けた場所だ。同じ人間なんだから、君が行けないわけがない」

栗林は口元を歪めた。わかってないなあ、といいたいところだった。

「それが違うんです。この場合においては、私と彼とは別種の人間なんです。彼にはスキーという武器があります。スキーを使って、そういうところでもすいすい進んでいけたわけです」

「それなら――」

「私にはできません」今度は栗林が言葉をかぶせた。「ふつうのコースを滑るのが精一杯なんです。しかも尻で滑っている時間のほうが長いぐらいです。コース外をスキーで移動するのは不可能だと断言しておきます」

電話の向こうで東郷が唸った。

「じゃあ、どうするというんだ」

「ですから、私には無理です。誰か、応援を寄越してもらえるとありがたいのですが」

「応援だと」

「はい。スキーのできる人間です。スノーボードでも構いません。研究所内にも、何人かいるはずです」

「いたとして、そいつにはどう説明するんだ」

「それはやはり、本当のことを話すということで……だめでしょうか」語尾が弱くなった。

「ばっかもーん」東郷が怒鳴った。「だめに決まってるだろう。そいつを確実に口止めできる保証はないんだぞ。ふざけたことをいうな」

「では何か別の理由を考えます。スキー場で発信器を探さなきゃいけない理由をです。それならいかがでしょうか」

東郷は少し沈黙した後、ふん、と鼻を鳴らした。

「そんなうまい理由が思いつくのか。説得力がないとだめなんだぞ。少しでも怪しまれたら、元も子もないんだからな」

「わかっています。じっくり考えてみます。ですから、スキーかスノーボードのできる人間を探しておいてもらえませんか」

ため息が聞こえてきた。「今日は無理だ。明日になるぞ」

「仕方がありませんね。とりあえず明日は、私一人でがんばってみます。たぶん無駄だと思いますけど」

今度は舌打ちが聞こえた。「情けないことをいうな。諦めたら負けだ」

「それはわかっていますが……」

「ところで昨日の電話の後、折口真奈美から話を聞いてみた。やはり、葛原にいいくるめられて手引きしたようだ。話を聞いたかぎりでは、あの女は何も知らんな。違反行為をしたという自覚もあまりなかったようだ。全く鈍い女だよ。そのくせ、注意したら泣きだしやがった」

「へえ、彼女がですか」

仕事上であまり繋がりがないので、栗林は折口真奈美のことをよく知らない。表情が乏しい印象があるので、泣いたというのは意外だった。

「今回のことで彼女を処分するおつもりですか」

「いや、下手に問題を大きくしたくない。放っておくことにした。しかし本人はかなりショックだったらしく、しばらく仕事を休みたいといってきた。自宅謹慎しますとさ」

「そうなんですか。何だかかわいそうですね」

「自業自得だ。気にすることはない。では、引き続きよろしく頼む。くれぐれも諦めるんじゃないぞ。いいな、わかったな」

念を押す言葉をしつこく繰り返し、東郷はようやく電話を切った。栗林はスマートフォンを握りしめ、白い息を吐いた。

会話を秀人に聞かれたくないので、宿の外に出ている。寒さに耐えるため、電話をしている間はずっと足踏みを続けていた。せっかく温泉に浸かったのに、すっかり身体が冷えてしまった。

宿に入り、部屋に向かった。階段を上るのが辛い。一段進むごとに、足と腰が悲鳴を上げている。

部屋では秀人がベッドに寝転がって電話をしていた。

「とにかくさあ、二人とも一度来ればわかるって。信じられないパウダーだから。……いやほんと、あんなもんじゃないから。……何だよ、たまにはいいじゃないか。いつもおまえたちの自慢ばっか聞かされてんだぜ。……そうだよ」秀人は父親を一瞥した。「じゃあ、そういうことだから、よろしくな。……うん、そう。また連絡するよ。……うん、じゃ」電話を切った後も、そのままスマートフォンをいじり続けている。

部屋にはベッドのほかに簡易ソファが置いてあった。栗林はそこに座り、リモコンを操作してテレビをつけた。いきなり画面に映ったのは、薄暗い風景だ。字幕で、明日の天気予報が流れている。何だこれは、と呟いていた。

「ライブカメラだよ。ゲレンデの今の状況を映しているんだ。風の強さとか、客の混み具合とかがわかるように」秀人がいった。

「そういうことか。なかなか親切だな」

「そうなんだよ。村全体で何とかスキー場を盛り上げようとしてる。地元のスキーヤーなんかは、こっちが遠くから来たって知ったら、面白い穴場を教えてくれたりする。あとそれから、スキー授業で来てる生徒にはジュース代を安くしたり」

「ふうん。おまえ、どうしてそんなことを知っているんだ」

「あ……ゴンドラで一緒になった人から聞いた」そういうと秀人は再びスマートフォンに視線を戻した。

テレビのチャンネルを変えながら、まずいよなあ、と栗林は改めて思った。

『K−55』の恐ろしさについては十分にわかっている。東郷に訴えた危険性に誇張は一つもない。

それでもここへ来るまでは、わずかながらも望みを抱いていた。それはスキー場の立地に関係している。周囲に集落がなく、雪が消える頃にはあまり人が近寄らなくなるような場所なら、被害が出ない可能性もあると思っていたのだ。

　ところがここにやってきて、それはとんだ甘い考えだとわかった。集落どころではない。里沢温泉という大勢の人々が暮らしている立派な村が、すぐ目の前にあるのだ。

　栗林は『Ｋ－５５』のケースが割れる様子を想像した。春風に乗った超微粒子は、たやすく麓まで届くことだろう。夏を迎えるまでに里沢温泉村で被害が出る可能性は極めて高い。吸入炭疽の症状はインフルエンザに酷似している。おそらく治療は後手に回るだろう。仮に炭疽だと判明しても、ペニシリンなどの抗生物質は一切効かない。何しろ遺伝子操作を施した生物兵器なのだ。

　どんなことをしてでも絶対に発見し、回収する必要があった。しかし今日一日のことを振り返ると絶望的な気持ちになる。東郷に伝えた通りだ。下手くそなボーゲンでコース内を移動したところで、電波をキャッチできる可能性は限りなく低いと思われた。だからといってコース外に出れば、今度は移動自体が恐ろしく困難になる。最初の滑落後も、決死の覚悟で二度コース外に出てみたが、どちらも立ち往生した挙げ句、元の場所に戻るのにとてつもない時間を要した。

　やはり応援が必要だ。『Ｋ－５５』のことを伏せたままで発信器の捜索に協力してもらえるような適当な理由を、何としてでも明日までに考えなければ、と思った。

しかし――。

頭が重かった。いや、瞼が重いというべきか。強烈な眠気が急激に襲ってきた。無理もない。早朝からのドライブ、慣れない雪道走行、そしてもっと慣れないスキー、もはや体力の限界だった。

そのままソファでごろりと横になった。テレビを消さねばと思うが、リモコンに手を伸ばす気力もない。

「お父さん、そんなところで寝たら風邪ひくよ」

秀人の声にも返事ができなかった。

15

身体を揺すられて目が覚めた。すぐ目の前に秀人の顔があった。

「へっ？　はあ？」栗林は室内を見て、少し混乱した。自分がどこにいるのか、よくわからなかった。

「もう朝だよ。早く起きないと朝食に間に合わない」

秀人にいわれ、ここがスキー場の宿だということを思い出した。しかもベッドではなくソファで丸くなっていた。毛布を被っているが、どうやら秀人がかけてくれたらしい。

のろのろと起き出した。全身の筋肉が強張り、関節が錆びついたように動かしにくい。立ち上がろうとすると、腰と足に激痛が走った。「いてて」

「何やってんの？」秀人が呆れたようにいう。

「だめだ、立てない」

「俺、先に行くよ」

「待て、何とかする」

横の壁に手をつき、ゆっくりと腰を上げた。身体の節々が、ぎしぎしと軋み音をたてそうだ。おそるおそる足を踏み出したが、筋肉痛がひどく、まともに歩けそうになかった。

「大丈夫？」

「ん……大丈夫だ」

まるで百歳の老人のような摺り足で、食堂に向かった。階段を下る時には地獄の苦しみを味わうことになった。

食堂に行くと、ほかの宿泊客がすでに食事を始めていた。栗林たちのテーブルの隣では、親子連れと思われる三人の客がいた。女の子は、まだ小学校低学年だろう。

あっ、と父親らしき男性が栗林を見て声を漏らした。「昨日はどうも」頭を下げてきた。

「えっ？」

ああ、と女性も何かに気づいた表情になった。「同じ宿だったんですね」

「ええと……」栗林は三人の顔を見返し、やがて女の子が穿いているピンク色のスキーパンツに記憶を喚起された。「ああ、昨日の」大きく口を開けた。

マナーの良かったスキーヤー親子だ。あの時、栗林はゴーグルが外れていたので、彼等は顔を覚えていたらしい。

「あなた方もこちらの宿でしたか。これは偶然だなあ」

「昨日は本当に失礼しました」男性は笑顔で頭を下げた。三十代半ばだろうか。よく日に焼けた、なかなかの二枚目だ。

「いえ、こちらこそ」

女の子はやや硬い表情をしていたが、おはよう、と栗林が挨拶すると、おはようございます、と丁寧に応えてくれた。しつけが行き届いているようだ。

秀人が不思議そうな顔をしているので、昨日のことを話してやった。

「どうせお父さんが、のろのろ滑ってたんだろ」秀人が白けた顔でいう。

「いや、あれはうちの子が悪くて」男性が申し訳なさそうに手を横に振った。

「でもすごいですよね」栗林は女の子を見た。「こんなに小さいのに、もうあんなに滑れちゃうんだもんなあ。羨ましいですよ」

男性は顔をしかめ、首を振った。

「ろくに周りを見ないでスピードを出すものですから、危なくて仕方がありません。昨日の終わり頃も、人と接触したんです。幸い、どちらにも怪我はありませんでしたが」

「あれはあたしが悪いんじゃないもん」女の子が口を尖らせた。「向こうのお兄ちゃんだって謝ってくれたよ」

「そうだけど、ミハルが周りの状況をよく見ていたら防げたかもしれない。お互い様なんだ。今日は、気をつけて滑ること。いいね」

父親の言葉に女の子は、はあい、と少し不満げに答えた。ミハルという名前らしい。

栗林は彼等を見ていて温かい気持ちになった。親子で共通の楽しみがあり、それを通じて親は子に様々なルールを教えている。そして子の成長を、はっきりとした形で確かめられる。

自分たちには無理なのだろうかと思い、栗林は向かい側を見た。額にニキビを作った中学二年の息子は、仏頂面で朝食のパンをかじっていた。

朝食を済ませて部屋に戻り、支度を始めた。筋肉痛が辛く、着替えるだけでも難儀だ。

「俺、先に乾燥室に行ってるから」そういって秀人は出ていった。

悪戦苦闘しながらスキーウェアに着替えると、栗林は荷物をチェックした。『K－55』を収める容器が壊れていないことを確認し、リュックサックに入れた。続いて受信機のスイッチを入れる。パイロットランプが点灯したので、バッテリーは切れていないようだが――。

はっとした。八つの発光ダイオードのうち、二つが点灯している。

「えっ？」思わず目を擦った。

だが次の瞬間、それらは同時に消えた。

「えっ？　何だ？　どういうことだ」栗林は受信機を持ったまま立ち上がり、部屋の中を歩き回った。

筋肉痛どころではない。

しかし発光ダイオードが点灯することは二度となかった。栗林はベッドに腰掛け、受信機を見つめた。

今のは一体何だったのか。それとも目の錯覚か。

いや、断じて錯覚などではない。たしかに点灯した。なぜなのか。電源スイッチは、これまでに何度も入れたり切ったりしている。だが一度たりともこんなことはなかった。

単なる誤作動か。そうではなく、故障してしまったのだとしたら――。

昨日、栗林は何度も転倒した。その衝撃で受信機が壊れたとしても不思議ではない。

背筋が寒くなった。そのくせ額から汗が流れ落ちた。その汗は冷たかった。

傍らに置いたスマートフォンが着信を告げた。秀人からだった。栗林は頭が混乱したままで電話に出た。「はい」

「何やってるんだ」秀人の不満そうな声が聞こえた。「先に行っちゃうよ」

「ああ……今すぐ行く」栗林は腰を上げようとしたが、足がもつれてよろけた。それが筋肉痛のせいなのか、気持ちが動揺しているせいなのか、彼自身にもわからなかった。

昨日と同様に、十二人乗りの第一ゴンドラを降りたところで秀人とは別れた。スキー板を担ぎ、とぼとぼとリフト乗り場に向かう。頭の中では様々な考えが交錯していた。この受信機は本当に正常なのだろうか。壊れてはいないのだろうか。もし壊れているのなら、修理するのが先決ではないか。だがどうやって修理すればいいのか。メーカーに送って修理を依頼するなど非現実的だ。修理が終わる頃には発信器のバッテリーが切れている。

あれこれと考えるが、結論は出ない。とにかく今は、壊れていないことを祈るしかなかった。心配のあまり胃が痛み、吐き気さえ覚えた。

スキー板を付け、リフト乗り場まで滑り降りた。四人乗りリフトだが、すいているので列はできていない。

やってきた搬器に腰掛け、ぼんやりと雪面を眺めていると、やあどうも、と隣から声をかけられた。横を見ると、昨日ゴンドラで会った男が笑っていた。

「ああ、おたくは……」名前を聞いたはずだが忘れていた。

「和田です。おはようございます」

「あ……おはようございます」頭を下げた。「よく会いますね」

「あなたの姿が前に見えたんで、あわてて追いかけたんです。御迷惑でしたか」

「いえ、そういうわけじゃあ」

「今日もお一人ですか？」

「ええ、まあ……」

「じゃあ、御一緒しても構いませんか。僕も一人なので」

「あっ、いやあ、それはちょっと」

「いけませんか。例のテディベアを探すんでしょう？　お手伝いしますよ」

「いえいえ、そんな」栗林は細かく首を振った。「関係のない方に手伝っていただくわけにはいきません。お気持ちだけで十分です。はい」

「そうですか。遠慮しなくていいんですよ。何だか楽しそうなんで、仲間に入れてもらいたいなと思ったまでで」

「楽しいだなんて、そんなことはありません。それに遠慮しているわけでもないです。どうか、昨日の話は忘れてください。お願いします」

うーん、と和田は唸った。「そういわれると、余計気になっちゃうなあ」

「本当に何でもないんです。どうってことのない話ですから」

面倒臭いことになったと思った。テディベアの写真を見せたことを後悔した。あの時は藁にもすがる思いだったのだが、もう少し相手を選ぶべきだった。

その後も和田は、あれこれと話しかけてきた。栗林は適当に受け流しながら、早く着かないかなと思った。高速リフトのくせに、やけに遅く感じられた。

ようやく降り場に着いた。それでも和田は、なかなか離れようとしない。

困ったなあと思っていたら、栗林に向かって手を振る人物がいた。白いウェアを着ている。そばには黄色のウェアとピンクのウェア。あの親子連れだ。助かったと思った。

「やあやあやあ、どうもどうも」栗林は陽気な声を発し、近づいていった。「先程はどうも。いやあ、嬉しいなあ、またこんなふうに会えて」

「今日は素晴らしいですよ。昨夜のうちにまた降ったらしくて、最高のコンディションです」男性がいった。

「そうですか。それは楽しみだなあ。ええと、ミハルちゃんだっけ？　がんばって滑ってる？」栗林は女の子に訊いた。彼女は、うん、と頷いた。

和田のほうを見ると、ちょうど滑り始めたところだった。栗林が知り合いに会ったと思い、諦めたらしい。

三人の親子も滑り始めた。相変わらず、見事なフォームだ。小さな女の子も果敢な滑りを披露している。

栗林も滑りだした。筋肉痛があるにもかかわらず、昨日よりは少し安定している。さすがに慣れてきたようだ。学生時代の勘が戻ってきているのかもしれない。

しばらく滑っていくと、数人のスノーボーダーがコース外に出ていくのが見えた。頭を下げ、器用にロープの下をかいくぐっていくのだ。

もしかすると、と栗林は思った。このスキー場には、マニアだけが知る絶好のコース外エリアというのが存在するのかもしれない。葛原が、そうしたところに『K－55』を埋めた可能性はある。

だとすれば、行ってみる価値はある。しかしスキー板を外し、歩いて入っていくのは論外のような気がした。とにかく身動きがとりづらいのだ。スノーシューというものを使えば幾分楽らしいが、所詮徒歩だ。行動半径には限度がある。

スキーで行ってみるか、と思った。とにかく時間が惜しい。こんなところでぼやぼやしている場合ではない。それに今日は滑りの調子も悪くない。

腹を決めた。栗林は深呼吸を一つすると、ロープに向かって滑りだした。懸命に姿勢を低くし、足を踏ん張った。

うまくロープの下をくぐり抜けた。そのまま林の中に入っていく。トラックが何本か入っているので、それを辿ればいいだけだ。

見通しのいいところに出たので一旦止まり、リュックから受信機を出して電波をチェックした。相変わらず、無反応だ。壊れているのではないか、という疑念がまたしても頭をもたげてくる。

その後も、少し滑っては電波をチェックということを繰り返したが、慣れてくると受信機をいちいちリュックにしまうのが面倒になってきた。秀人は大げさなことをいっていたが、深雪を滑ること自体はさほど難しくない。スピードが出ないから、圧雪されたコースよりも易しいぐらいだ。

だがそんなふうに思って気を抜いた途端、突然足を取られた。まるで柔道の足払いをかけられたようだった。天地が逆転したかと思うと、奇妙な衝撃が下半身にあった。栗林は横転し、雪に顔を突っ込んでいた。

「かー、くっそー」

起き上がろうとして愕然とした。右足が動かないのだ。動かそうとすると、とてつもない激痛が走った。

ええっ、こんなところで――。

目の前が暗くなった。これではとても滑れない。いや、歩くことさえできそうにない。

秀人に電話をかけ、救助を要請してもらうしかないか。だが、この状況をどう説明すればいいのか。レンタル店でのやりとりが蘇る。コース外に出る時の注意事項を息子から散々聞かされた。それを無視し、挙げ句の果てに身動きがとれなくなった父親のことを、秀人は一体どう思うだろう。

しかしそんなことをいっている場合でないのも事実だ。このままでは『K－55』を探せない。いやそれ以前に、自分自身が遭難してしまうおそれさえある。

雪に埋もれたまま悶々としていると、どこからか物音が聞こえてきた。栗林は首を伸ばし、後方を見た。

真っ赤なウェアを着たスノーボーダーが、密集する木々の間を華麗に滑り降りてくるところだった。惚れ惚れするような滑りっぷりだが、見とれている場合ではない。おーい、おーい、と懸命に声を張り上げた。

16

ポケットに入れた携帯電話が鳴ったのは、客

がリフトに乗っている時に落としたというグローブを回収し、持ち主に返した直後のことだった。着信表示を見ると、瀬利千晶となっている。

「おう、どうした？」

「あ、根津さん？　あたしだけど。千晶」

「わかっている。何かあったのか」

「うん、怪我人発生。至急救護を求むって感じ」

怪我人と聞き、根津の気持ちは引き締まった。「場所はどこだ」

うーん、と千晶は唸った。「ちょっと説明が難しいんだよね」

「コース名をいってくれ。それがわからないなら、どこのリフトをどう乗り継いだかを説明してくれ。大体見当がつく」

「それがねえ」千晶は歯切れが悪い。「根津さん、怒んない？」

「はあ？　何だよ、どういう意味だ」そういいながら、ぴんときた。「おい、もしかして、コース外か」

ピンポーン、と千晶はいった。「さすが、正解」

「馬鹿野郎、何がピンポーンだ。一体どこだ。状況を説明しろ」

「ええとねえ、入り口はブナコース第一リフトの手前で――」

千晶の説明を聞き、おおよその位置は把握できた。降雪後、多くのスキーヤーやスノーボーダーが侵入するエリアだ。雪崩の危険は少ないが、木に激突するおそれがある上、下手をするとコースに戻ってこられなくなるので滑走禁止にしてあるのだ。

「怪我の具合は？　足か？」

「右足。わかんないけど、たぶん骨折はしてない。でも動けそうにないみたい」

根津はため息をつく。本来、コース外で怪我人が出ても救護する義務はない。しかし放っておくわけにもいかない。待ってろ、といって電話を切った。

詰め所に戻り、スノーモービルに跨がった。警報音を派手に響かせ、ゲレンデを縦走していく。楽しそうに滑っていたスキーヤーたちが、何事かと注目した。

目的地付近に着くとスノーモービルを止め、スキーを装着した。近くのロープをくぐり、視線を巡らせながらゆっくりと滑り始めた。

やがて眼下に赤いウェアが見えた。すぐそばでブルーのウェアを着た人物が座り込んでいる。赤いほうが気づいたらしく、根津に手を振ってきた。そちらが千晶だろう。

滑り降りていき、彼等のそばで停止した。

「お勤め御苦労様です」千晶が敬礼してきた。

根津は舌打ちし、ブルーのウェアを着た男性を見下ろした。パンツは派手な黄色だ。外したスキー板とポールが転がっている。

「あれえ、おたくは昨日の……」

「あっ、どうも」男性は申し訳なさそうに首をすくめた。

コース外で埋まっていた人物だ。自然観察のためだとか、わけのわからないことをいっていた。

「だめじゃないですか。昨日、注意したでしょう。コース外には出ないでくださいって」

「えっ、そうなんだ」千晶が隣で驚いたようにいった。「二日連続で……。鈍くさ」

「しかも今日はスキーを付けていたようですね。どういうことですかっ」根津は声を荒らげ、男性を見下ろした。

「すみません。あの、いろいろと事情がありまして」男性は、ぺこぺこと頭を下げた。

「どんな事情ですか。納得のいく説明をしてください」

「いや、その、どうしてもですね、一度こういうところを滑ってみたくて……」

根津は、持っていたポールを思いきり雪に突き刺した。「ふざけないでくださいっ」

ひっ、といって男性は身体を引いた。そして、痛てて、と顔を歪めた。

「根津さん、とりあえずこの人を下まで運ばないと」

千晶にいわれ、根津は唇を噛んだ。たしかにその通りだ。

「歩けますか」

「いやあ、それがちょっと無理のようで……すみません」

しょうがねえなあと呟き、根津は足場を固めてからスキー板を外した。男性のほうに背中を向け、腰を落とす。「おぶさってください」

「えっ、この歳でおんぶされるんですか」

「格好をつけてる場合じゃないでしょう。自力で動けるなら話は別ですが。さあ、早く」

「大丈夫ですか。私、結構重いですよ」

「慣れてますから平気です。千晶、手を貸してやれ」

千晶の助けを借り、男性は雪の中から這い出すと、根津の背中に覆い被さってきた。たしかに軽くはなかった。担ぎ上げた瞬間、根津の両足がさらに深く雪にめり込んだ。それでも何とかしてスキー板を装着した。

「千晶、この人のポールと板を持ってきてくれ」

「オーケー」軽く答えてスキー板を掴んだ千晶だったが、「あれっ、何これ？」といって雪の中から何かを拾い上げた。見ると、何かの装置のようだ。アンテナが付いているから、無線機の類いらしい。

「あっ、それは、それは」途端に男性があわてた。「私のものです。お嬢さん、リュックに、私のリュックに入れてください。お願いします」

怪しいが、詰問は後からできる。「いう通りにしてやれ」と根津は千晶に指示した。

男性を背負ったままで滑り、とりあえずコースに戻った。スノーモービルを取ってくると、男性を乗せ、救護室に向かった。

「たぶん骨に異状はありませんね。靱帯を少し傷めた程度じゃないかな。応急措置はしましたが、すぐ近くに病院がありますから、診てもらってください」短髪の男性が冷静な口調でいい、病院の場所を記した地図を差し出した。整体師でもあり、救護スタッフの中でもベテランに属する人物だ。彼がこういうのだから、重傷ではないのだろう。

事実、怪我をした男性も、さほど辛そうではなかった。ありがとうございましたといって頭を下げると、ベッドから自力で立ち上がった。右足を引きずってはいるが、どうにかこうにか、歩くこともできるようだ。

「大丈夫ですか」根津は訊いた。詳しい事情を問い詰めるため、応急措置が終わるまで待っていたのだ。隣には千晶もいる。おまえは関係ないから待ってなくていいといったのだが、気になるから一緒に話を聞きたいというのだった。

「ええ、何とか」男性は弱々しい声を出した。「病院に行ってきます」

「その足では大変でしょう。車で送りますよ」

「いやそんな、申し訳ないです」男性は両手を振った。

「そのかわり、二三、質問させていただきます。いいですね」

「あ、はあ……」男性は俯いた。

救護室の外にベンチがあった。そこに男性を座らせた。

「お名前は？」

「名前……ええと、ヤマモトといいます」

目が泳いでいる。大いに怪しかった。

「では、あなたの身元を明かすものを見せてください。免許証か何か、お持ちですか」

「えっ、いやあ今は何も」

うっそー、と千晶がいった。「ふつう、何か持ってるよ」

「本当です。宿に忘れてきちゃったんです」

「宿はどこですか」根津は訊いた。「病院に行く途中、寄りましょう」

「えっ、いやあ、それは、ちょっと」

ますます怪しかった。千晶、と呼びかけた。「警察に通報を」

「えーっ」男性が目を見開いた。

「不審人物を見かけたら即座に連絡するよう、地元の警察から指導を受けています」

「そんなあ」

千晶がウェアのポケットを開け、スマートフォンを出した。男性の顔色が変わった。

「わかりました。はい、わかりました。出します。出しましょう。持っていました、免許証。持ってたことを忘れてました」男性はパンツのポケットをまさぐり、財布を出した。そこから何かを出そうとしたが、指先がかじかんでいるのかうまく出せないでいる。焦れたように千晶が財布ごと引ったくった。

彼女は免許証を引っ張り出して一瞥すると、「全然ヤマモトじゃないし」といって根津のほうに差し出した。そこには『栗林和幸』とあった。

根津は栗林なる男を見下ろした。「どうして偽名を？」

だが栗林は答えない。苦しげな表情で唇を結んでいる。

あっ、と千晶が声を漏らした。「こんなのもあったよ」

根津のほうに身分証のようなものを示した。それには泰鵬大学医科学研究所入館証、と記されていた。写真が付いているし、名前も一致している。

「泰鵬大学といったら一流だよ」

千晶の言葉に根津は頷き、「そんな偉い人が、あんなところで何をしていたんですか」と栗林に訊いた。「さっきの無線機は何ですか。そろそろ教えていただけませんか」

しかし依然として栗林は黙り込んだままだ。根津はため息をついた。

「仕方がないですね。本当に通報するしかなさそうだ」

栗林が顔を上げた。眼鏡の向こうの目が血走っている。根津はポケットに手を入れ、自分の携帯電話を取りだした。本気だと示すためだ。

「わかり……ました」栗林が呻くようにいった。

「話していただけますか」

「はい。その前に財布を返していただけますか。免許証とかも」

ああ、と根津は免許証を千晶に渡した。彼女がそれらを財布に戻し、栗林に返した。

「少々、こみいった話なんです」財布をポケットに入れながら彼はいった。「このことは内密に願いたいのですが、じつは最近、うちの研究所からあるものが盗み出されまして」

「あるものとは？」

「それは、あの……極秘の品です」

「それじゃあ、わからない。具体的にいってもらえませんか」

「だから、極秘なので話すわけには……」栗林は言葉を詰まらせた。

「薬とか？」千晶がいった。

栗林が電気ショックを受けたように身体を小さく痙攣させ、彼女を指差した。

「うそっ、ビンゴなの？」

「ビンゴです。それです。薬。うちの研究所で開発した新薬が盗まれたんです。まだ世間に公表していない、重要機密でもあります」

「警察には届けたんですか」根津が訊いた。

「いえ、届けてません」

「なぜですか」

「それは……届けるわけにはいかないからです。こちらにもいろいろと事情がありまして」

「何かやましいことでも？」

根津がいうと、栗林は黒目をきょときょとと動かし、はい、と頷いた。

「おっしゃる通りです。警察に届ければ、新薬のことが公になってしまいます。それは避けたいんです」

「公になると、なぜいけないんですか」

「なぜいけないかといいますと、ええと……じつはうちの病院に一人、命が危ない患者さんがいます。不治の病です。助かるとしたら、その新薬しかありません。今すぐに投与すれば、回復する可能性があります。しかし新薬の治験を実施するには、いろいろと手順が必要なんです。でも時間がないので、無許可でやろうということになりました。だから事を荒立てたくないわけです」

「薬のことが公になると、それができなくなると？」

「できません。役人が介入してきますから」

話を聞き、根津は小さく頷いた。難しいことはよくわからないが、何となく事情は呑み込めた。要するに、公的な手続きを踏まず、非合法な治療を施そうとしているらしい。

「人の命を救うためなんです。仕方がないんです」栗林はすがるような目を向けてきた。

「わかりましたが、それとこのスキー場と、どんな関係があるんですか」

「薬を盗み出した犯人からメールが届いたんです。薬を返してほしければ、三億円を払えという内容でした。三億円ですよ。ひどい話だと思いませんか」

根津は千晶と顔を見合わせた。話は想像以上に大きいようだ。

「たしかに大金ですね。それで？」

「関係者が集まって話し合いました。どうしたらいいかとね。でも結局、その議論は無駄になりました。というのは、犯人が死んじゃったからです」

「死んじゃった？」根津は眉をひそめた。

「はい、交通事故で。三日前のことです。関越自動車道でトラックに轢かれて死にました」

意表を衝かれた思いで、根津は少し身を引いた。

「嘘っぽい」千晶がぽつりといった。

「嘘じゃないよっ」栗林がむきになった。

「でも、そんな間抜けな話ってあるかなあ。すごい脅迫事件を起こしてる最中にトラックに轢かれるなんて」

「私も間抜けな話だと思ったけど、本当なんだから仕方がない。嘘だと思うなら、ネットで検索してみてくれ。関越の本庄児玉インター付近で交通事故死だ。死んだのは、クズハラって男だから」

千晶がスマートフォンの操作を始めた。その様子を横目で見ながら、「まだこのスキー場との繋がりがわからないのですが」と根津はいった。

栗林は咳払いをした。

「犯人は研究所をクビになった男でした。それはいいのですが、問題は薬をどこに隠したかです。そこで犯人からのメールや遺留品を調べたところ、どうやらこのスキー場のどこかに埋められていることが判明しました」

「埋める？　なぜそんなことを？」

「じつは……薬といいましたが、正確にはワクチンなのです。そのワクチンは摂氏十度以上になると死滅するので、雪の中に埋めるというのは理想的な保存方法なんです。犯人は三億円と引き替えに、埋めた場所を教えるといってきました」栗林はポケットからスマートフォンを出し、いくつかの操作をしてから画面を根津のほうに向けた。「犯人が持っていた画像です。こちらのスキー場でしょう？」

根津は画面を見た。たしかにそこに映っているのは、このスキー場らしき風景だ。

「木にテディベアが吊されていますね」

栗林は頷いた。「発信器です」

「発信器？」

「この木の下にワクチンを埋めたそうなんです」栗林は傍らのリュックから、例の無線機を取り出した。「この受信機は、発信器の電波を探知できる設定になっています」

あっ、と隣で千晶が声を上げた。

「どうした？」

これ、といって彼女はスマートフォンの画面を根津のほうに向けた。そこには、関越自動車道での事故を報じるニュースが表示されている。場所は本庄児玉インターチェンジの近くとなっていた。故障車から外に出たドライバーが、後方から走ってきたトラックに轢かれるという事故だ。日付も一致している。

「いった通りでしょ？」栗林が勝ち誇ったようにいう。

根津は腕組みをして考え込んだ。突飛ではあるが、栗林の話は筋が通っている。咄嗟に考えた嘘とは思えなかった。

「お願いです。どうか、見逃してもらえませんか。さっきもいいましたが、人の命が懸かってるんです」栗林は深々と頭を下げた。

「でも、これからどうするんですか。その足では、とても動き回れないでしょう？」

「だからそれは、誰かに応援に来てもらうしかないんですけど……」語尾が消えた。栗林にしても、今後の方針はまだ決まっていないようだ。

どうしたものか、と根津は迷った。どの道、栗林自身が再びコース外に出ることはないだろう。別の人間が応援に来るとして、その者がどう行動するかを確認してから対応を考えればいいわけだが——。

「千晶、この人を病院まで案内してくれ」

「根津さんは？」

「班長に相談してみる。人の命が懸かっているとなれば、放ってはおけない」

栗林が目を見開いてから、瞬きを繰り返した。「どういうことですか」

「その受信機、俺に預けてくれませんか。あなたの代わりに俺が探します」

「えっ、あなたが……」

「事情はわかりましたが、地形を知らない人間が山に入っていくのを、黙って見逃すわけにはいきません。万一遭難でもされたら、そっちのほうが迷惑です。とはいえ、人の命が懸かっているとなれば、放ってもおけません。いかがですか」

思いがけない提案だったからか、栗林は当惑したように視線を彷徨わせていた。やがて思考が整理されたらしく、根津を見上げてきた。

「もしあなたが探してくださるというのなら、それが一番いいかもしれない。こちらとしても助かります。お願いしても構いませんか」

「一応、班長に相談します。ほかの者にはいわないつもりです。それでいいですね」

栗林は大きく頷くと、「よろしくお願いします」といって立ち上がろうとした。だがその直後、「あ痛たたたっ」と顔を歪めて腰を落とした。

「大丈夫ですか」千晶が心配そうに声をかけてから、根津のほうを振り返った。「根津さん、それ、あたしにも手伝わせて」

17

午後一時を十分ほど過ぎた頃、濃紺のウェアを着たスキーヤーがゴンドラ乗り場に向かって滑り降りてきた。そのフォームで、山崎育美だとすぐにわかった。秀人は手を振った。

育美は彼のそばまで滑ってきて止まり、ごめーん、と謝った。「昼食の後、一旦上で集合させられてた。電話しようかと思ったんだけど、滑ったほうが早いと思って」

「いいよ、全然問題ない」

二人でゴンドラに乗った。育美はゴーグルを外し、ポケットから取り出した布でレンズを拭き始めた。秀人はゴーグルを外さなかった。彼女の顔をじっと見つめていることに気づかれないためだ。

昨夜は眠りにつくまで育美のことを考えていた。交わした会話を振り返り、彼女の笑顔を何度も思い浮かべた。今朝目を覚まして最初に思ったのは、昨日の出来事は現実だったのだろうか、ということだ。二人で過ごした様々なシーンを脳裏に蘇らせ、夢ではなかったと確信し、一人でにやにやした。今日も会えると思うと、気分が浮き立った。

今日は写真を撮ろうと決めていた。昨日も撮りたかったのだが、何となくいい出せなかった。できれば二枚撮りたい。育美一人を撮ったものと、二人で並んだところだ。

ゴンドラに乗っている間、育美が秀人の学校について、あれこれと質問してきた。どんなものが流行っているかとか、どういうファッションをしている子が多いか、といったことだ。女子のファッションについてはうまく言葉でいえなかったが、最近盛り上がっているネットゲームのことなどを話した。

「ふうん、じゃあ、あたしらとあんまり変わらないんだ。そのゲーム、うちのクラスでもはまってる子が多いみたい」

「そりゃそうだよ。ネットなんて、世界中に繋がってるわけだし」

「あっ、そうか。そうだよね。あたし、馬鹿じゃん」育美は舌を出した。そんなしぐさも秀人の胸を熱くする。

ゴンドラを降りると、そこからさらにもう一本リフトを乗り継いだ。リフトの下を数人のスノーボーダーが滑っている。すぐそばの林間にも人の姿があった。

「昨日、ここ滑った？」育美が訊いてきた。

「滑ってない。だって、滑走禁止区域でしょ？」

「それが、そうじゃないんだよね。自己責任エリア」

「えっ、そうなの？　だめだとばかり思ってた」

「たぶんそうじゃないかなと思った。それで、まずはここを案内したかったんだよね」

「そうかあ」

見回せば、全面パウダーだ。まだトラックが一本も入っていないところがたくさんある。育美と一緒にいられるだけでも嬉しいのに、一層わくわくしてきた。

リフトから降り、育美がいうところの自己責任エリアに入ってみた。実際に滑ってみると、想像以上の素晴らしさだった。深雪特有の浮遊感が得られるだけでなく、斜面の途中に程よいウェーブがあるのだ。安定して滑るには技術が求められるが、予期しない方向に身体が振られる感覚は、秀人にとって初体験のものだった。

木の間を通り抜けるのも爽快だった。後半には自然のハーフパイプといえるものまであり、秀人は自分の持てるテクニックを駆使して、その中を縦横無尽に動き回った。トリックを決めようとして転んでしまったのは恥ずかしかったが、通常のコースに戻ってからサブロクを決められたことには満足した。ちょうど、育美が見ていたのだ。彼女が手を叩いてくれたので、ピースサインで応えた。

そんなふうに滑っているうちに、瞬く間に時間が過ぎた。気づくと二時を過ぎている。休憩しようということになり、昨日と同様、『カッコウ』を目指した。

店の前で板を外し、中へ入っていった。空席を探そうと店内を見回し、啞然とした。父の和幸が座っていたからだ。一瞬、見なかったふりをして店を出ようかと思ったが、遅かった。向こうが気づいてしまったからだ。「おう、秀人っ」でかい声を出し、手を振ってきた。舌打ちしたい気分だった。

仕方なく、小さく手を振った。

「お父さん？」育美が訊いてきた。

うん、と答え、秀人は和幸に近づいていった。なぜか父は、傍らにスキーポールを一本置いている。しかもスキーブーツを履いていなかった。履いているのは、見覚えのないゴム長靴だ。

「何やってんの？」秀人はゴーグルを外しながら訊いた。

「何って……休憩だ。お父さんだって、たまには休憩する」

「仕事は？」

「それは……ちょっとしたアクシデントがあって、ほかの人に代わってやってもらっている。だからその、休憩しつつ、その人たちからの連絡を待っているというわけだ」

「アクシデント？　一体どうしたの？」

「転んだ拍子に足をな」和幸は右膝のあたりを擦った。「まあ、大したことはないんだが」

「えー」秀人は顔をしかめ、父の顔を見返した。「帰れんの？　病院には行ったの？」

「ちゃんと診てもらった。大丈夫だ。骨に異状はないということだし、運転にも支障はない」和幸は自信たっぷりにいってから、「たぶん」と付け加えた。

「何だよ、それ……」脇に置いてあるスキーポールの意味がわかった。おそらく松葉杖代わりなのだろう。

気づくと、和幸の視線が秀人の背後に向けられていた。好奇心たっぷりの表情だ。面倒臭いなあと思ったが、あれこれ詮索されるぐらいなら自分からいったほうがましだ。

「山崎育美さん。地元の中学生で、スキー授業で来てるんだって。ゲレンデの穴場とか、教えてもらってる」

「へえ、そうなんだ」

育美がゴーグルを外し、こんにちはと挨拶した。顔なんか見せなくてもいいのに、と秀人は思った。

こんにちは、と和幸も返す。そして秀人を見上げ、「おまえ、なかなかやるじゃないか」と意味深長な笑みを向けてきた。

「何がだよ」

「いやあ、見直したと思ってな」

「何をだよ。変なこといわないでくれよ」

「別に変なことをいってるわけじゃあ――」

「俺たち、あっちのほうの席にいるから」父親の言葉を遮り、秀人は少し離れたテーブルを指した。

「ああ、わかった。邪魔はせんよ」和幸は、にやにやして眉毛を上下に動かした。

秀人としてはいろいろといい返したいことがあったが、時間を無駄にしたくなかったので、黙って席を移動した。

グローブと帽子を取り、ウェアの上着を脱いでカウンターに行った。すると今日は女性がいた。秀人の母親と同じぐらいの年格好だ。胸に『高野』のネームプレートを付けているから、高野兄弟の母親だろう。

「あら、育美ちゃん」向こうから声をかけてきた。「元気だった？　スキー授業で来てるんだってね。楽しい？」

育美は、「ええ、まあ」と答えてから、「今日は何がいい？」と秀人に尋ねてきた。

「俺はコーラかな」

「じゃ、コーラ二つ」

秀人が財布を出すと、「あっ、今日はあたしが奢る」と育美はいった。「昨日、家で秀人君の話をしたら、親に叱られちゃった。里沢温泉の宣伝をするのはいいけど、奢ってもらってどうするんだって」

「でも、俺は案内してもらってありがたいと思ったから……」

「それならよかった。東京のお友達にも宣伝してね」

「もちろんしてる。すっごい自慢してる、昨夜なんかも――」

「はい、お待たせ」

秀人が熱っぽく語りかけた時、おばさんがコーラの入ったグラスをカウンターに置いた。さらにおばさんは、「学校のみんなは元気？」と育美に訊いた。

「はい、みんな元気にしています」

「そう。それならよかった」おばさんの顔から、ふっと笑みが消えた。「インフルエンザは？　流行ってない？」

やけに具体的なことを訊くんだな、と秀人は思った。インフルエンザが流行していたのだろうか。しかしこの質問に対し、育美が即答しないことのほうが気になった。そこで彼女を見ると、少し様子がおかしい。頬を強張らせているようだ。

「はい、今は特にそんなことはありません」そう答えた時の口調も硬かった。

ふうん、とおばさんは頷いていた。その顔から笑みは消えていた。

席に戻り、二人でコーラを飲んだ。だが育美の様子は明らかにおかしかった。無口になり、ぼんやりと窓の外に目を向けている。

「あのさ、どうかしたの？」秀人は訊いてみた。

「えっ」育美は我に返ったような顔をした。「ううん、別に何もない」

「そう？　でも、急に元気がなくなったように見えるんだけど」

「何でもない。大丈夫」育美はウェアを手にした。「そろそろ行かない？」

「いいけど、コーラがまだ残ってるよ」秀人は彼女のグラスを指した。

「いいの。おなかいっぱいになっちゃったから」

「そうか」秀人のグラスにもコーラがまだ残っていたので、ストローで一気に飲み干した。

グラスを下げ、出発の準備をしていると、和幸が立ち上がるのが見えた。電話がかかってきたらしく、スマートフォンを耳に当てながら入り口に向かっている。スキーポールをついて移動する姿がやけに痛々しかった。

18

「はい、栗林です」スキーポールを杖代わりにして歩きながら答えた。まだ慣れないので、やたらと腕が疲れる。

「どんな状況だ」東郷の野太い声が訊いてきた。

「まだ大きな変化はありません。パトロール隊員からの連絡を待っている状態です」

「何もいってこないのか。途中経過の報告とかはどうなんだ」

「はあ、今のところは……はい、何もないです」

舌打ちが聞こえ、続いて、「どういうことだ」と苛立ちの籠もった声が響いた。「その連中はパトロールなんだろう？　その山については誰よりも詳しいんだろう？　地形を熟知しているプロに任せたほうがいいといったのは君だぞ。その言葉に納得したからこそ、部外者に受信機を渡すことも許可した。それなのに、どうしてすぐに見つけられないんだ。おかしいじゃないか」

「そういわれましても」栗林は言葉が続かず、口ごもるしかなかった。

「本当に信用できるんだろうな、その連中」

「それは、あの、信用していいと思います」栗林はいった。「午前中の電話でもいいましたように、損得抜きで協力してくれているんです。報酬とかを要求されたわけではありません。彼等が嘘をつく理由などないと思います」

「じゃあ、どうしてこんなに時間がかかってるんだ」

「さあそれは……詳しい理由は彼等に訊いてみないとわかりませんが、あの小さなテディベアを探すには、やっぱりこの山は広すぎるんじゃないでしょうか」

「だけど受信機があるだろうが。そいつらは山の中を自由自在に動き回れるんだろ？　受信機のスイッチを入れたままにして虱潰しに調べていけば、どこかで電波をキャッチできるはずだ。違うか？」

「いえ、違わないと思いますが……」

そんな簡単にいくかよ、と腹の中で呟く。東郷は、広大なスキー場をどこかの公園か何かと間違えているようだ。

「そもそも、君がそんなところで怪我をするのがどうかしている。不注意極まりない」

「すみません」

そのことについては前の電話で散々謝ったじゃないか、とぼやきたくなる。

「全く何をやらせても君は要領が悪いな。肝心なところでポカが多い。いつもそうだ。そんなことだから主任研究員止まりなんだ。たとえばこの間の研究発表にしてもだな、君がもっと手際よく分析してくれていたら——」

東郷の愚痴が、『K－55』とは無関係な説教に変わった。こうなると話が長くなる。栗林は適当に相槌を打ちながら周りを見た。

喫茶店のドアが開き、秀人が連れの女の子と共に出てくるところだった。どうやら一緒に滑りに行くらしい。わりとかわいい子だ。中学二年の息子にナンパの才能があったとは驚きだ。自分があの歳の頃は、クラスメートに声をかける時でさえ少し緊張したものだが、と栗林は思った。

二人を目で追っていると、秀人も気づいたらしく目が合った。栗林は小さく手を振った。だが息子のほうは応えようとしない。ゴーグルのせいでよくわからないが、仏頂面をしているであろうことは容易に想像できた。そりゃばつが悪いよなあ、と理解した。ナンパした女の子と一緒にいるところを父親に見つかって、楽しいわけがない。

二人が滑り去っていくのを見送っていると、栗林君、おーい栗林君、と東郷が呼びかけてきた。あわててスマートフォンを持ち直す。

「ああ、はいはい」

「はいはいじゃないだろ。何で黙ってるんだ。私の話を聞いてるのか」

「聞いています。今ちょっと電波が悪くなっちゃって。でも、聞いています。十分に反省しております」

「何をいってるんだ。そんなことは訊いてない。そいつらは、本当にちゃんと探してくれてるんだろうな、といってるんだ」

「ちゃんと、といいますと？」

「発信器探しに専念してくれているのか。パトロールの片手間に、とかじゃないのか」

「いやあ、そんなはずはありません。人命が懸かっていることも話しました。時間がないってこともいってあります」

「人命が懸かっている……新開発のワクチン話か」東郷は訝しむようにいった。「そんな話、本当に真に受けたのかなあ」

「疑っている様子はなかったですけど」

「摂氏十度で死滅するワクチンって何だ。それじゃあ、人間の身体に入った瞬間、無効になるってことじゃないか。そんなもの、屁の役にも立たん」

「そんなふうにすぐに突っ込めるのは、所長が専門家だからですよ。ふつうの人間は、そんなものかと聞き流すだけです。それに私の話を信用したからこそ、自分たちが探すといってくれたのだと思います。そうでなきゃ、そんなことはいわないでしょう？」

栗林の問いかけに対し、東郷は低く唸るだけで答えない。それもそうかと同意している証拠だ。

「今後の予定はどうなってる？」話を変えるように訊いてきた。

「とりあえず今日は、スキー場の営業が終わるぎりぎりまで捜索を続けてもらえることになっています。それで見つからなければ、話し合って、新たな対策を講じようと思います」

「対策？　たとえば、どんな対策だ」

「それはですから、もっと山に詳しい人に相談してみるとかです」

「そんなことをして大丈夫か。話がでかくなって、ネットとかで拡散したら取り返しがつかんぞ。それこそ、嘘がばれるおそれが出てくる」

「ですからそれも、状況を見ながら慎重に行います。軽率なことはしないつもりです」

「よろしく頼むぞ。全く、雪山からガラス容器ひとつを回収するのに、こんなに手こずるとは思わなかった」

「はあ、すみません」

謝りながら、一体誰のせいだ、といいたくなるのを栗林は堪えた。葛原がよからぬ動きをしているのを薄々知りつつ、わざと放置していたのが原因ではないのか。それなのに自分は東京でふんぞり返り、部下に電話で叱咤するだけとはいい気なもんだ――ひとたび不満を口にすれば、東郷への悪口など怒濤のように出てきそうだ。

「発信器のバッテリー寿命を考慮すると、今日明日が勝負だ。何が何でも見つけ出してくれ。頼んだぞ」

わかりました、と栗林が答えた時には電話は一方的に切れていた。

スマートフォンをポケットにしまう時、二つの思いが去来した。なぜ自分一人がこんな目に遭わねばならないのかという不満と、果たして本当に『K－55』を発見できるのかという不安感だ。

根津というパトロールに捕まった時には、目の前が真っ暗になった。足を怪我して途方に暮れただけでなく、何もかも警察に白状せねばならないのか、と覚悟する状況にまで追い込まれた。

しかし開き直ってついた嘘が道を切り開いた。公式に認可されていないワクチンが盗まれた――たしかに東郷がいったように専門家が聞けば稚拙な嘘だが、相手は信用してくれた。それだけでなく、自分が代わりに探すと申し出てくれた。

栗林は彼等に賭けることにした。どうせ自分は動けない。だったら誰かに代わってもらうしかない。そして目の前にいる屈強なパトロール隊員は、十分に頼もしく見えた。すべてを任せられそうな雰囲気があった。もしかするとこれで何もかも無事に解決するのでは、と期待に胸が膨らんだ。

ただし、楽観はしていなかった。東郷はプロに任せたのだからすぐに見つかって当然と思っていたようだが、雪の中を嫌というほど右往左往した栗林は違う。ここの山は広大だ。地形を理解していてスキー技術が高いことは大きなアドバンテージになるだろうが、だからといって一時間や二時間で小さなテディベアを見つけられるとは思えなかった。待ち合わせ場所として、この『カッコウ』という喫茶店を指定されたのだが、何時間も待たされることは覚悟している。

ただ――。

依然として、栗林の胸の内側で燻り続けているものがあるのもたしかだ。そのことについては東郷にも、そして発信器探索に乗り出してくれている根津たちにも話していない。口に出すと事実になってしまいそうで怖いのだ。またそれを聞けば、根津たちはともかく、東郷は荒れ狂うに違いない。

考えても仕方のないことだと自分にいい聞かせるが、つい考えてしまう。そしてそのたびに栗林の胃はきりきりと締めつけられるように痛む。

あの受信機は果たして正常なのか、壊れてはいないのか、テディベアを見つけ出してくれるのか――。

19

勢いよく停止すると雪煙が舞った。この山の雪は本当に軽い、と改めて感心する。どれだけ厳しく注意しても、コース外を滑走しようとする輩が一向に減らないのもわかる、とパトロールとしては御法度の思いもよぎった。

根津はトラックが一本も入っていない斜面を見渡した。無個性なブナの木が、雪面を守る番人のように、ほぼ等間隔で立っている。

すぐ横で停止した瀬利千晶が、スマートフォンを取り出し、液晶画面を確認した。

「リフトが見える角度から考えると、大体このあたりだよね」

彼女のスマートフォンには、栗林が持っていた画像が取り込まれている。それと実際の風景を見比べながら、二人は発信器を探しているのだ。

「撮影したカメラのレンズにもよるんだよなあ。背景に写っているものが、案外遠かったり、逆にびっくりするほど手前だった、なんてことはよくある」

根津は方向探知受信機を構え、スイッチを入れた。しかしこれまでと同様、何の反応もなかった。栗林の話では、電波をキャッチした場合は、その強度に応じて八つの発光ダイオードのいくつかが点灯するらしいが、まるで無反応だった。

受信機のスイッチを入れたまま、ゆっくりと滑り降りた。アンテナの向きを、あれこれと変えてみる。しかし変化はなかった。

そのまま危険区域の手前まで降りた。まさか、ここより下だとは思えなかった。画像の光景とはまるで違ってしまう。

仕方なく受信機をリュックに戻し、トラバースしてコースに戻った。

「おかしい。めぼしいところは一通り回ったはずなんだけどな」

「もう一度回ってみる？」

「そうするしかないだろうな。最初から調べ直してみよう」

「わかった」そう答えてから千晶が根津のそばに寄ってきて、耳元でいった。「一つ、気になっていることがあるんだけど」

「何だ」

「そっちを見ちゃだめだよ。今、あたしたちより五十メートルぐらい上にグレーのウェアを着たスキーヤーがいるんだけど、さっきからずっと、あたしたちの動きを監視しているような気がする」

「えっ」思わず振り向きたくなったが、寸前で堪えた。「たしかか？」

「たぶん間違いない。あたしたちがコース外から戻った時、必ずといっていいほど、すぐ近くにいる。偶然とは思えない」

「何者かな」

さあ、と千晶は首を捻る。

「単なる野次馬なのかもしれない。パトロールの人間が、あちらこちらのコース外を調べてたら、気になるのは当然だとも思うしね」

「それにしても、ずっとつけてるってのは、おかしすぎないか」

「あたしもそう思うから、こうして話したわけ」

よし、と根津は頷いた。

「とりあえず、すぐ下のリフト乗り場まで降りてみよう。まずは全速力だ。俺についてきてくれ。決して、先には行くな」

「わかった」

根津はスキーポールで雪面を突き、斜面下に向かって滑りだした。即座にトップスピードに乗る。やがて後方から滑走音が聞こえてきた。千晶が、ぴったりとついてきているようだ。一流の技術を持つ彼女のことだ。目前で根津がどんな予想外の動きをしようとも、咄嗟に対応してくれるはずだった。

コース幅が少し狭くなった。おまけにカーブしている。したがって、その先は見通せない。そこを通り過ぎると、根津は周囲に誰もいないことを確認した後、鋭くターンしてロープを飛び越え、コース脇の林に突っ込んでいった。そこはコースよりも一段低くなっている。着地し、ブレーキをかけた。間もなく千晶も後に続いた。林の中だから、当然深雪だ。彼女が止まった瞬間、小さな爆発が起きたように雪が舞った。

「何で、こんなところに？」

「しっ、頭を下げろ」根津は千晶の頭を上から押さえ、自らも身を屈めた。これで二人の姿は、コース上からは見えにくくなったはずだ。少なくとも、前方だけを見て滑っている人間の視界には入らないだろう。

やがて目の前を一人のスキーヤーが滑り抜けていった。例のグレーのウェアを着た人物だ。若干癖のあるフォームだが、滑りには慣れているようだ。

根津たちが後ろから見つめていると、スキーヤーは突然スピードを緩めた。やがて停止し、きょろきょろとあたりを見回している。

「当たりのようだな」根津はいった。「俺たちを追ってきたんだ。ところが急に姿が見えなくなったものだから、変だと思って止まったんだろう。もしかすると、俺たちがコース外に出たんじゃないかと考えているかもしれない」

どうやらこの推理は当たっていたようだ。男はコース脇のロープに近づき、そばの林の中を覗き込んでいる。時折斜面を見上げたりするのは、根津たちがもっと上でコース外に出た可能性に気づいたからかもしれない。

もし歩いて上ってきたらどうしようか、と根津は考えた。その時には突然目の前に現れて、詰問してみてもいいかもしれない。

だが男の選択肢は違った。スキーポールを持ち直すと、ゆっくりと滑り降り始めたのだ。諦めたのか、何か別の考えが浮かんだのかはわからない。

「行っちゃったね」

「ああ。もしかしたらリフト乗り場で待つつもりかもしれないが」

「だったら、すぐには行かないほうがいいかな」

「いや、構わない。あの男がこっちを見張ってることはわかった。だったら、こっちも同じことをしてやればいい。尾行されてることに気づいてないふりをして、向こうの動きを窺うんだ」

「なるほど、裏の裏をかくわけか。面白そー」

「面白がってりゃいいのなら、気楽なんだけどな」

行こう、といって根津は滑りだした。

コースに戻り、周囲に注意を配りながら降りていった。やがてリフト乗り場に着いたが、グレーのウェアを着た男は見当たらなかった。

「いないね」後から来た千晶がいった。「見失ったと思って、諦めたのかな」

「あるいは、俺たちに気づかれたと察知したのかもな」

「どうする?」

根津は首を振った。

「どうもしない。俺たちはやるべきことをやるだけだ。時間が惜しい。あの男のことは、後で栗林さんに訊いてみよう。何か知ってるかもしれない」

「そうだね。うん、賛成。人の命が懸かってるわけだし」

「そういうことだ」

二人でリフト乗り場に向かった。

じつに奇妙な展開だと根津は思った。単なるスキー場のパトロールにすぎない自分が、顔も知らない誰かを救うために、小さなテディベアを探し回っている。だが、面倒なことに巻き込まれたという気持ちはなかった。あの栗林という男には、憎めない雰囲気がある。手を貸してやりたいと思わせる何かがある。

班長の牧田に事情を話したところ、了解した、と即答してくれた。さらにこう続けた。

「コース外の遺失物を探すのは、パトロールの仕事だ。何も問題はない。見つかるまで、通常業務はやらなくていい」

瀬利千晶を同行させることにも許可を得た。元々、コース外での活動は二人以上でするのが常識だ。万一、片方に何らかのアクシデントが起きた場合でも、救助が可能だからだ。ただし、彼女にもそれなりの装備をさせることになった。だから今は、彼女もシャベルやゾンデ棒を収めたリュックを背負っている。

この後も根津と千晶は、様々な場所に分け入った。中には、到底写真の場所とは思えないところも回ってみた。だが受信機のランプが点灯することはなかった。

気がつくと、ずいぶんと山麓まで降りてきていた。ブナの木など一本もない。六人乗りのゴンドラで、再度上がってみることにした。

「おかしいな。どこか、見落としているところがあるのかな」根津はゴンドラの中でゲレンデマップを広げた。じつのところ、そんなものを見なくても、地形はすべて頭に入っているのだが。

「根津さん、機械に強い？」千晶が訊いてきた。

「どういう意味だ」

「いやあ、その」彼女は躊躇いがちに口を開いた。「それ、使い方を間違えてない？」根津が傍らに置いたリュックを指差した。

「それって……受信機のことか」

うん、と千晶は顎を引く。

根津は大きなため息をつき、リュックから受信機を取り出した。

「どう間違えるんだ？　ただ、スイッチを入れるだけだ。栗林さんが、そういってただろ」

千晶が手を出したので、受信機を渡した。彼女はそれを両手で持ち、そうだよねえ、と呟いた。だろ、と根津もいう。

何気なさそうに千晶が受信機のスイッチを入れた。予想外のことが起きたのは、その直後だ。八つの発光ダイオードのうち、三つが光ったのだ。

根津はぼんやりと見つめていたので、反応が少し遅れた。えっ、といって千晶と顔を見合わせた。

そしてもう一度受信機に目を落とした。

「点いてるっ」千晶が叫ぶと同時に、点灯していた発光ダイオードの一つが消えた。

えっ、彼女がいうと今度は二つ目が消えた。そして次の瞬間には、すべてが消えた。

「わっ、どういうこと？」千晶が受信機を上下に揺さぶった。

「馬鹿、振ってどうする。アンテナの向きをいろいろと変えてみるんだ」

千晶はアンテナを四方八方に向けた。だが発光ダイオードが光ることはなかった。

根津はゴンドラの後方に目をやった。受信機が反応したということは、今通り過ぎたあたりにテディベアがあるわけか――。

「いや、あり得ないだろ……」思わず呟いていた。

後方に広がっているのは、日向ゲレンデという名称の、奇麗に圧雪された初中級者向け斜面だった。ブナ林など、どこにもなかった。

20

スピードを保ったまま、キッカーに突入していった。リップのどのあたりで抜けるかは、すでに決めてある。ボードが鋭く駆け上がった。タイミングを計ってオーリーし、ボードの反発力を利用してリップを抜けた。身体が宙に飛び出す。一瞬伸びた足を、思いきって引きつけた。ボードのエッジに辛うじて手がかかる。後傾にならないよう軸を維持し、着地に備えた。ここで転んだら、元も子もない。

少し上体を被せるようにして、何とか着地できた。秀人は、胸を撫で下ろした。これまでに挑んできたキッカーの中では、かなり大きい部類だった。１８０とかをする勇気はとてもなかった。

脇で見ていた育美のところへ行くと、彼女は手を叩いてくれた。

「うまくいったね」

「何とかね。でも、本当はもっと高さを出したかった」

ふうん、といってから彼女はキッカーの上に視線を向け、あっと口を開いた。

「どうしたの？」秀人もそちらを見た。

茶色のウェアを着たスキーヤーがスタートしようとしていた。見覚えがあった。

「あれは昨日声をかけてきた……」

「うん、同級生のカワバタ君」

カワバタが滑りだした。低い姿勢でリップから飛び出したかと思うと、後方宙返りをした。ものすごい高さだ。そして着地も見事に決めた。

「すげえ……」それしか言葉がなかった。ローカルたちの技術の高さを見せつけられた思いだった。

育美に気づいたらしく、カワバタが近づいてきた。ゴーグルで顔は見えないが、バックフリップを決めたという気負いはまるで感じられなかった。

「おーっと山崎、またデートかよう」おどけた口調で声をかけてきた。

「ばーか、知り合いを案内してんの。先生からもいわれたじゃん。機会があったらどんどん案内して、里沢のいいところを知ってもらえって」

「じゃあ、どっかからかわいい女子を連れてきてくれよ。俺、案内すっから」

「何いってんの。そんな気なんてないくせに」

「はあ？　どういう意味だ」

「カワバタ君にはモモカがいるじゃん。みんな知ってるよ」

「何だよ、それ。うるせえんだよ」カワバタの口元が曲がった。どうやらモモカという女の子のことが好きらしい。「じゃあな。しっかり案内しろよ」身体の向きを変えた。

「高野君は？　一緒じゃないの？」

「今日は別行動。あいつ、何だか乗りが悪い」

「そうなの？」

「ああ、機嫌がよくないんだ」

「カワバタ君、今日は『カッコウ』に行った？」

「『カッコウ』？　行ってねえよ」そう答えてからカワバタは、グローブの甲で鼻の下を拭い、にやにやした。「何だよ、山崎。どうして高野のことばっか、そんなに気にするんだ。もしかして、スキー授業をきっかけにときめいちゃったわけ？」

「何いってんの。そんなわけないじゃん。友達だから心配してるだけ」

「ふーん、そうか。まっ、俺には関係ないや。じゃあなー」カワバタは軽やかに滑っていった。

育美は、じっとカワバタの背中を目で追っている。だが何か特別な理由があるわけではなく、考え事をするついでのように秀人には見えた。

今日、育美の様子は何となくおかしかった。昨日に比べると元気がなく、リフト上でも黙り込んでいることが多い。

あの『カッコウ』という喫茶店を出てからだ。明らかに、あれから育美の表情は沈んだものになった。もっと細かく振り返るなら、高野の母親と言葉を交わした瞬間からだ。彼女の顔色が変わるのを秀人は見た。

どうしたの、何かあったの、と訊きたかった。しかし学校は違うし、昨日知り合ったばかりの自分が口出しするのは、あまりにお節介だと思った。

ねえ、と秀人は育美の横顔に声をかけた。「滑らないの？」

あっ、と育美は我に返ったように声を漏らした。「ごめん、ぼんやりしてた」

「このまま、一番下まで滑る？」

「うん、そうだね。行こう」育美が滑り始めたので、秀人はその後を追った。

一本目に「自己責任」のエリアを滑った後は、主に圧雪されたバーンを滑っている。それはそれで気持ちがいい。スピードに乗ってロングターンを続けていると、風になったような気がする。雪質が素晴らしいので、エッジの効きが最高だ。つい、自分の技術が上がったように錯覚してしまう。

調子に乗って滑っていたが、不意に前で育美が停止した。秀人もスピードを落とし、横に並んだ。

「どうしたの？」

「うん、ちょっと待っててくれる？」遠くに視線を向けながら彼女はいった。

秀人はそちらに目を向けた。すると緑色のウェアを着たスキーヤーが、コースの脇でぽつんと立っている。高野だった。

「あの子と話したいことがあるの。待ってるのが嫌なら、先に行っててくれてもいいけど」

秀人は首を振った。「いいよ、待ってる」

「すぐに済むから」育美はスキーポールを大きく後ろに突いた。

高野は遠くの山を眺めていたようだが、育美が声をかけたらしく、振り返った。そして二人で何やら会話を始めた。

秀人は落ち着かなくなった。なぜ育美は彼のことをそんなに気にしているのだろう。先程のカワバタの言葉が耳に蘇る。スキー授業をきっかけにときめいた――。

やがて高野が滑り始めた。カワバタに負けず劣らず、見事なフォームだ。

育美が滑りだす気配はない。それを見て、秀人は近づいていった。

終わったの、と尋ねようとして、言葉を呑み込んだ。彼女がゴーグルをずらし、ポケットから出したハンカチで目元を拭い始めたからだ。さらに洟を啜った。

秀人は俯いた。見てはいけないものを目にしたような罪悪感が胸に広がった。

ごめん、と育美の小さな声が聞こえた。「もういいよ、行こう」

「大丈夫？」秀人は顔を上げて訊いた。彼女はすでにゴーグルを着けていて、うん、と頷いた。どこか、よそよそしかった。

もやもやした思いを抱えたまま、秀人は滑り降りていった。やがて第二ゴンドラの乗り場が近づいてきた。その前で止まり、ボードを外した。

すると、見覚えのあるウェアを着た三人組がいた。白と黄色とピンク――今朝、宿の食堂で言葉を交わした親子だ。

こんにちは、と挨拶しながらゴーグルを外した。向こうはすぐには気づかなかったようだが、やがて、ああと黄色いウェアの女性が笑顔になった。「こんにちは」

「午前中に山頂でお父さんと会ったよ」白いウェアの男性も思い出したようだ。「一緒には滑らないの？」

「昨日から、ずっと別々です。それに、足を怪我したみたいで、今は喫茶店にいます」

「えっ、大丈夫なの？」

「大丈夫です。そんなに大したことはなさそうだし、元々スキーをするために来てるんじゃないし」

「ふうん。まあ、大した怪我でないのならいいけど」

「皆さんは、ずっとこのあたりを滑ってたんですか」

「午後はそうだね。日向ゲレンデは滑りやすくて、娘を練習させるにはもってこいだ」

「お父さん、ミハル、もっと違うところも滑りたい」ピンクウェアの女の子がいった。

「そうか。じゃあゴンドラで上がったら、また山頂に行ってみるか」

うんっ、と女の子は元気に答える。

「じゃあ、また宿で」白いウェアの男性がいい、板を担いでゴンドラ乗り場に向かった。あとの二人もついていく。

「あの人たちと宿が同じなんだ」秀人は育美にいった。

ふうん、と彼女は曖昧に頷く。興味はなさそうだった。

「次はどこを滑る？　俺たちも山頂に行ってみる？」

しかし育美は気乗りのしない様子で首を捻った。「あたし、そろそろ行こうかな……」

「えっ、まだ時間があるんじゃないの」

「そうだけど、少し疲れちゃった。今日は、これぐらいにしておく。明日もあるし」

スキー授業は明日までということだった。それを聞いた時には、心が躍ったのだが——。

「じゃあ、明日はどこで待ち合わせする？　今日と同じところでいい？」

だが育美の態度は煮え切らなかった。首をゆらゆらと振った後、「明日は……わかんないな」といった。「検定みたいなのがあるし」

「あ、そうなんだ……」

「ごめんね。はっきりしたことがわかったら、メッセージを送るから」

「うん、よろしく」

じゃあね、といって育美は滑り去っていった。その後ろ姿を見送りながら、秀人は何となく取り残されたような気分になった。

21

根津と千晶が喫茶店『カッコウ』の前に辿り着いたのは、午後四時を少し過ぎた頃だ。リフトやゴンドラはすでに営業を終了している。

店内に入り、ゴーグルを外して見回した。栗林は、ぽつんと一人で座っていた。近づいていくと気配で気づいたらしく顔を上げ、嬉しそうに目を輝かせた。

「お待たせしました」根津がいった。

「どうでしたか？」栗林が期待の籠もった視線を、根津と千晶に注いできた。

根津はリュックを下ろしながら、首を捻った。「残念ながら、だめでした。見つかりません」

ああ、と途端に栗林の表情が暗くなっていった。「そうでしたか……」空気入りのビニール人形がしぼんでいくように肩を落とした。

根津は席につき、テーブルの上でゲレンデマップを広げた。

「画像からおおよその位置は見当が付いたと思ったのですが、何度トライしても電波をキャッチできませんでした。それではほかの場所も徹底的に調べてみました。ブナの木が生えていない場所もです。しかし林の中では、とうとう一度も受信機は反応しませんでした」

「そうですか。プロのあなた方でさえ見つけられないとなると、一体どうすればいいんだろう……」

栗林は両手で頭を抱えた。

ただ、と根津はいった。「林の中以外でなら、話は別です」

「えっ」栗林が顔を上げた。「どういう意味ですか」

根津はリュックから受信機を出した。

「一度だけ、ランプが光ったんです。しかも三つも」

「三つもっ」栗林の背筋がぴんと伸び、眼鏡の奥の目は丸くなった。「どこでですか」

「ゴンドラの中でです」

「ごんどらあ？」栗林の眉間に皺が寄った。

根津はゲレンデマップの上に指先を置いた。

「第二ゴンドラ乗り場のすぐ上に日向ゲレンデというのがあるでしょう？　このあたりを通過した時に光ったんです」

「まさか……」

「本当です」横から千晶がいった。「あたしが機械のスイッチを入れた時、光りました。二人で見てましたから、たしかです」

根津は改めてマップの上で指を滑らせた。

「この地図でもわかりますが、この付近には林はありません。ただ、少し先に行けばあります。そこで念のために、その付近を調べてみました。しかしどう見ても画像の場所とは似ても似つかないし、電波を捉えることもできませんでした。一応、日向ゲレンデ上でも確認したのですが、結果は同じです」

栗林は呆然とした様子で、話をちゃんと聞いているのかどうかも不明だ。そのくせ、目は赤く充血している。栗林さんっ、と呼びかけてみた。

「あ……はい」我に返ったのか、身体を小さく震わせた。

「どういうことだと思いますか。そばに発信器がなくても、受信機が反応することってあるんでしょうか。たとえば混線とかで」

「コンセン？」

「どこかで似たような周波数が発せられて、たまたまそれを受信した可能性です。アマチュア無線の電波とかトランシーバーとかです」

栗林は、きょとんとしている。「そんなことがあるんですか」

根津は眉根を寄せた。「訊いてるのはこっちですけど」

「えっ？　ああ……」栗林は大きく口を開いた。「あるかもしれませんね。はい、あると思います。これまでにも何度かそういうことは。だから気にしなくていいと思います」

「やはりそうですか。だとすれば、紛らわしいですね。いずれにせよ、今日はもう探索は無理なわけですが、明日はどうしましょうか」

「明日は……それはもう、明日には絶対に見つけないといけません。ですからその、ひとつよろしくお願いいたします」栗林は頭を下げてきた。

「もちろん、明日も我々がやるつもりです。ただ、ほかにもっと手がかりはないんですか。場所を特定できる何かが」

だが栗林は辛そうな顔で頭を掻いた。「それがねえ……ないんです」

「いっそのこと、もっと大勢で探したらどう？」そういったのは千晶だ。「テディベアという目印があるんだし、百人とかで探せば、受信機とかがなくても見つけられるんじゃない？　アナウンスして協力者を募ったら、きっとすぐに集まると思うよ」

「それはどうだろう……」

悪くないアイデアだと根津は思ったが、「いやいや、それは困ります。いけませんいけません」と栗林が血相を変えた。「最初にいったでしょ。事を大っぴらにしたくないんです。ワクチンのことは極秘にしておかないと」

「ワクチンのことは隠してたらいいじゃないですか」千晶はいった。「あくまでもテディベアを見つけるのが目的のゲームだってことにするんです。見つけた人には素敵なプレゼントを進呈。で、テディベアをどこで見つけたかを、それとなく訊く。これ、グッドアイデアだと思うけどなあ。あっ、ただしプレゼントは栗林さんが自腹でよろしく」

「自腹？　それはまあ、いいけど……」栗林は考え込む表情になり、指先で眉の横を掻いた。「そうか。ワクチンのことは隠しときゃいいわけか。まずはテディベアを見つけてもらう。それから場所を聞き出す。なるほどねえ、いいかもしれない」

「でしょー？」

「いや、やっぱりだめだ」そういったのは根津だ。

「どうして？　栗林さんだって納得してるのに」

「考えてみろ。どうして俺たちが探すことになった？　一般人のコース外への立ち入りを認めるわけにはいかないからだ。大勢の人間がコース外に出てみろ。いつどこで雪崩が発生するかわからないし、怪我人が出るおそれもある。そもそも、スキー場から許可が下りないだろう」

「ちぇっ、良いアイデアだと思ったんだけどなあ」千晶は拗ねたように頬杖をついた。

「この山については、我々よりも詳しい人間がたくさんいます。彼等に例の写真を見せて、もっと正確な位置を割り出してみようと思います。もちろん詳しい事情を話したりはしません。それらの情報を元に、明日は朝一番から動いてみるつもりです。そういうことでいかがでしょうか」

根津の提案を聞き、栗林は思案顔をした後、ふっと息を吐いて頷いた。

「わかりました。こちらとしてはお任せするしかないわけですし……。どうかよろしくお願いいたします」

「だけど、もし見つからなかったらどうしますか。これは俺だけでなく、班長の意見でもあるんです。場合によっては、警察に届けることもお考えになったほうがいいんじゃないでしょうか。ワクチンを見つけられなければ、その患者さんは助からないわけですよね。だったら、まずは警察の力を借りてでもワクチンを発見して、それから法律的な問題を解決する方法を考えるのが合理的だと思うんですけど」

班長の意見でもある、というのは本当だった。それどころか、牧田がいいだしたことだ。

栗林は眉を八の字に、口をへの字にして黙り込んだ。まさに苦悶の表情だ。

「か……考えておきます」低く唸った後で彼はいった。「上司にも相談しなきゃいけませんし」

「わかりました。結論が出たら、すぐに教えてください。それからもう一つ、お尋ねしたいことがあります」根津は人差し指を立てた。「捜索中、不審な人物を見かけました。いや、不審というのは大げさかもしれませんが、奇妙な動きをしていました。我々のことを陰から見ていたようなんです。何か心当たりはありませんか」

栗林は訝しげに瞬きし、眼鏡をかけ直した。「どんな人物ですか」

「グレーのウェア、黒っぽいパンツ」千晶が答えた。「帽子は変な色の縞柄」

根津は隣で聞いていて、内心舌を巻いた。上着の色は何となく覚えているが、帽子の色まではまるで記憶にない。瞬間的に相手の服装を観察し、記憶に留める能力は、男にはないものだ。

栗林は親指を顎に当て、「もしかしたら……あの人かな」といった。

「お知り合いですか」

「いや、知り合いってほどのものじゃありません。ほら、昨日私が雪に埋もれていたのを助けてくださったじゃないですか。あの時、私を見つけてパトロールに連絡してくれた人です。あの後、何度か会いましてね。うっかりテディベアのことを話したら、興味を持っちゃって、つきまとわれて困ってたんです」

「ワクチンのことも話したんですか」

いえいえ、と栗林は顔の前で手を振った。

「まさか。そこまでは話しません。とにかく、あの人は無関係です。でも、かなり野次馬根性の強い人のようですから、用心したほうがいいでしょうね。あなた方がコース外で活動しているのを見て、きっとまた好奇心が刺激されたんだと思います。私と関係があると知ったら、いろいろと出しゃばってくるかもしれない。気をつけてください」

「わかりました。気をつけます」そういいながら根津は釈然としないものを感じた。千晶と二人でコース外で隠れていた時、猛然と滑走していった姿が目に浮かぶ。あれは単なる野次馬の滑りではなかったように思うのだった。

22

里沢温泉村の一見冴えない雑貨屋で購入した双眼鏡は、なかなかの優れものだった。コンパクトなわりに倍率が大きい。数十メートル先の喫茶店の入り口が、すぐそこにあるように見えた。

折口は初心者ゲレンデの端に立ち、双眼鏡を目に押し当てていた。パトロール隊員と真っ赤なウェアを着たスノーボーダーが店に入っていってから、かれこれ二十分が経っている。一体何をしているのかと苛立つが、待つしかない。

全くおかしなことになったものだ、と彼は思った。午前中、早速栗林に声をかけた。だが昨日とは様子が違う。どうやら、折口の協力を求めてはいないようだ。

鬱陶しがっているのが明らかだったので、追い払われるふりをして、一旦遠ざかった。改めて初心者スキーヤーを捕捉することなど、造作もないことだと思ったからだ。

案の定、その後すぐに栗林を見つけることができた。ところがその状況は折口が予想もしないものだった。パトロールに担がれて、コース外から戻ってきたのだ。

気づかれぬように彼等の後を追った。救護室に駆け込んでから約三十分、栗林が片足を引きずって出てきた。パトロール隊員たちも続いて出てくる。

何やら話した後、栗林は女性スノーボーダーに助けられながら立ち上がり、移動を始めた。だがそれよりも気になったのは、栗林の荷物を手にしたパトロール隊員が別行動を取ったことだ。荷物の中身は受信機のはずだ。

迷った末、折口はパトロール隊員を追った。やつはパトロールの詰め所に入っていった。

仕方なく、詰め所を見張り続けた。すると赤いウェアの女性スノーボーダーが戻ってきた。やがて彼女は先程のパトロール隊員と共に出てきた。どちらもバックカントリーに入る装備を担ぎ、女性は腕章を付けていた。

ここに至り、折口は事態を把握した。パトロール隊員たちは、栗林の代わりに発信器を探す気なのだ。栗林がどんなふうに説明したのかは不明だが、そのことは、まず間違いなかった。

そうなれば折口としてはやることは一つだ。彼等の行動を見張るしかない。そして彼等が発信器を見つけた後は、誰よりも素早くお宝を掘り出すのだ。

とはいえ、何事もそううまくはいかない。何度目かの時、パトロールたちにものの見事に撒かれてしまった。あれはたまたまではないだろう。おそらく折口の存在に気づいたのだ。

どうしていいかわからず、真奈美に電話をかけた。事情を話すと、「ドジね」と冷たくいい放たれた。

「どこがドジなんだ。見つかったことか？　街中で尾行するのとはわけが違うんだぞ」

「わかってるわよ、そんなことは。だからこそよ。あんたのことだから、どうせ同じウェアで追いかけてたんでしょ。それじゃあ怪しまれるのも当然だっていってんの。何種類か用意しておいて、時々着替えればよかったのに。レンタルだってできるでしょうが」

折口は返す言葉がない。いわれてみればその通りだが、まるで思いつかなかった。

「どうしたらいい？」

「そんなの決まってるでしょ。栗林の居場所を押さえておくの。目的の品を見つけたら、パトロールたちは必ず栗林のところへ行く。勝負は、それからよ」

「横取りするってわけか。そううまくいくかな」

「うまくいかなかったら、あんたは首をくくるしかないわね」冗談めかした口調でもなく、冷淡にさらりという。実の弟に吐く言葉だとは思えない。

「嫌なことをいうなよ」

「そうなりたくなかったら、知恵を絞りなさい。大丈夫、横取りでなくてもいい。お宝が栗林の手に渡ってから、ゆっくりと奪うっていう手もあるでしょ」

「その場合は、少々荒っぽい手を使うことになるぜ」

「だからあんたは考えが浅いっていうの。もっと頭を使いなさい。それが無理なら、余計なことはしなくていい。情報だけ集めてちょうだい。後は私が何とかする。じゃあ、次の報告を待ってるから」

ぷつん、と電話が切られたのが、今から三時間ほど前だった。

改めて思うことだが、折口は真奈美から優しい言葉をかけられた覚えがない。いやそれどころか、彼女に人間らしい温かみを感じたことがなかった。あの姉には、子供の頃から妙に冷めたところがあった。何かに一所懸命になったり、夢中になったりしたことは、おそらくなかったと思われる。

弟の目から見て奇妙だと感じた思い出の一つに、中学時代、真奈美が自分の試験の点数を調整していたことがある。試験があった日、帰宅した彼女は折口の前で問題用紙を広げ、自分の解答を採点してみせた。教科書も参考書も一切見ずにだ。彼女によれば、じつは正解なんかはすべてわかっていて、わざといくつか間違えたのだという。

「百点なんか獲って目立ったところで、いいことなんか何もないからね。ただ妬まれるか、そうでなければ、クラス委員っていう面倒な仕事を押しつけられるだけ。ほどほどが一番いいの」

真奈美の好きな言葉は、「能ある鷹は爪を隠す」なのだそうだ。今の職場に身を置いてからも、その信念に変わりはないようだ。はりきって仕事ができるところを見せたって、必ずしも評価してもらえるわけではない。便利屋のように利用され、すりきれて利用価値がなくなったところで捨てられるのが落ちだとよくいっている。

「私たちみたいな人間はね、一攫千金を狙うなら、どこかで一発勝負を仕掛けるしかない。その時が来るまで、じっと地味に待つの。のろまで鈍くて警戒する必要のない人間――周りの者にはそんなふうに思わせて、息をひそめているの。そうすれば、きっとチャンスはやってくる。大事なのは、その時に決して躊躇ったり、情に流されたりしないこと。目的を果たすためには手段を選んじゃいけない」

この台詞は、真奈美から何度も聞かされた。人はそれぞれだな、と折口は思う。自分なら、姉ほどの才気があるならビジネスに生かすだろう。爪を隠したりはしない。能あるところを世間にアピールしていたはずだ。

だがそんな姉が、今回、ついに動きだしたのだ。はっきりとしたことは教えてくれないが、それこそ一攫千金を摑むチャンスが来たということだろう。

これは絶対にしくじれない——改めて思った。

その後、真奈美の指示に従い、折口は懸命に栗林を探した。滑っているわけがないから、どこかのレストランや食堂にいる可能性が高かった。宿には戻っていないだろうと思った。ゲレンデの外だと、パトロールたちが移動に時間がかかるからだ。

そうして先程、『カッコウ』にいる栗林を見つけた。その後は張り込みをする刑事の心境だ。雪の上で、じっと待ち続けた。身体が芯まで冷えてくる。パトロールと赤いウェアのスノーボーダーの姿を確認した時には、心底ほっとした。

しばらくして彼等が出てきた。栗林も一緒だ。スキーポールを杖にして、何とか歩いている。

折口は双眼鏡の焦点を合わせた。三人の会話の内容はわからない。しかし栗林の表情はよく見えた。その顔に歓びの色は全くなかった。

まだ発信器は見つかっていないのだ、と確信した。

23

栗林は、途方に暮れながら宿に向かっていた。根津たちが心配して送るといってくれたが、丁重に辞退した。これ以上世話をかけたくなかったし、早く宿に戻ったところですることがないからだ。それならば杖をついてゆっくりと歩きながら、今後のことなどを考えたほうがいい。

とはいえ、発信器探しについては根津たちに任せるしかない。どの道、自分にはできないことだ。問題は、果たして彼等に探し出せるのか、ということだ。

初心者ゲレンデの上を通過している時に受信機が反応した、とのことだった。それをどう考えるべきか。根津がいったように、何か別の電波を拾ってしまったと考えることも可能だ。そうであってほしい、というのが正直な気持ちだった。

だがもし受信機に何らかの異状が生じており、それが原因で発信器を探知できないのだとしたら、由々しき事態だ。『K－55』の発見は不可能ということになる。

スキーポールを杖代わりにして宿のそばまで戻ってくると、女将が玄関の前にいた。三十代後半と思われる女性と何やら話している。

「それでね、かなり気が早いんですけど、今年もゴールデンウィークにはやろうと思うんですよ」相手の女性がいった。

「いいんじゃない。去年も好評だったし。また専門の先生にも来ていただけるんでしょ？」

「そのつもりです。ブナ林での講習なんか、すごく受けがよかったし」

ブナ林と聞き、栗林は反応した。足を止め、女性を見つめた。

「あら、お帰りなさい」女将が彼に気づいて、笑いかけてきた。「どうですか、足の具合は？」

「ええ、まあ何とか」栗林は苦笑を浮かべるしかない。

病院で軽度の靱帯損傷という診察を受けた後、宿に戻って女将に事情を話し、ゴム長靴を貸してもらったのだ。

「せっかくの久しぶりのスキーなのに残念でしたね。でも、大事に至らなくてよかった」

「それはもう、本当にそう思います。――それより」栗林はもう一方の女性のほうを向いた。「今、ブナ林のことを話しておられましたよね。講習とか何とか。一体何ですか」

「それは、ええと……」相手の女性は戸惑ったように女将を見た。知らない男から突然尋ねられたのだから当然だろう。

「このスキー場では、シーズン締めくくりの時期に、ゴミ集めのイベントがあるんです」女将が説明を始めた。「リフト料金を半額以下にする代わりに、ゲレンデに散らばっている煙草の吸い殻だとか空き缶とかの収集をお客さんにお願いするんです。結構皆さん、楽しんで手伝ってくださいますよ」

「ブナ林での講習というのは……」

「それはその中でも特別なツアーで、大学の先生に講師をしてもらって、ブナの木やブナに寄生する生物なんかについて解説してもらうんです。滑走禁止の林の中とかも自由に散策できるのが人気で、結構人が集まるんですよ。よかったら、栗林さんもいかがですか。あれなら滑るわけじゃないので安全ですし」

「それをゴールデンウィーク中に？」

「はい」

「参考までに伺うのですが、その頃、ブナ林に雪はどの程度残ってますか」

女将は首を傾げた。

「その年によりますけど、殆ど残ってないんじゃないでしょうか。それが何か？」

「あっ、いえ、ちょっと訊いてみただけです」栗林は愛想笑いを浮かべ、杖代わりのポールを不器用に使いながら玄関の入り口をくぐった。

屋内に入った後は壁伝いに歩いた。右足が動かない上に、左足の筋肉痛はたっぷり残ったままだ。

階段を上がる前に、そばの椅子に腰を下ろした。動悸が激しくなっていた。しかしそれは移動が大変なせいだけではない。

殆ど雪が消えたブナ林を皆で散策——。

その光景を頭に浮かべ、栗林は震撼した。その頃にはすでに『K－55』の容器は破損し、中身は露出しているだろう。それだけでなく空気中に漂っているに違いない。それらが風に流されて村まで到達することを恐れていたのだが、それどころではなかった。そんなところに入り込んでくる輩がいるとは思わなかった。

力を振り絞り、立ち上がった。右足を動かせない不自由さと全身の筋肉痛に耐えながら、どうにかこうにか自分たちの部屋まで辿り着いた。

ドアを開けると、真っ暗だった。手探りで壁のスイッチを入れた。秀人はベッドで横になっ

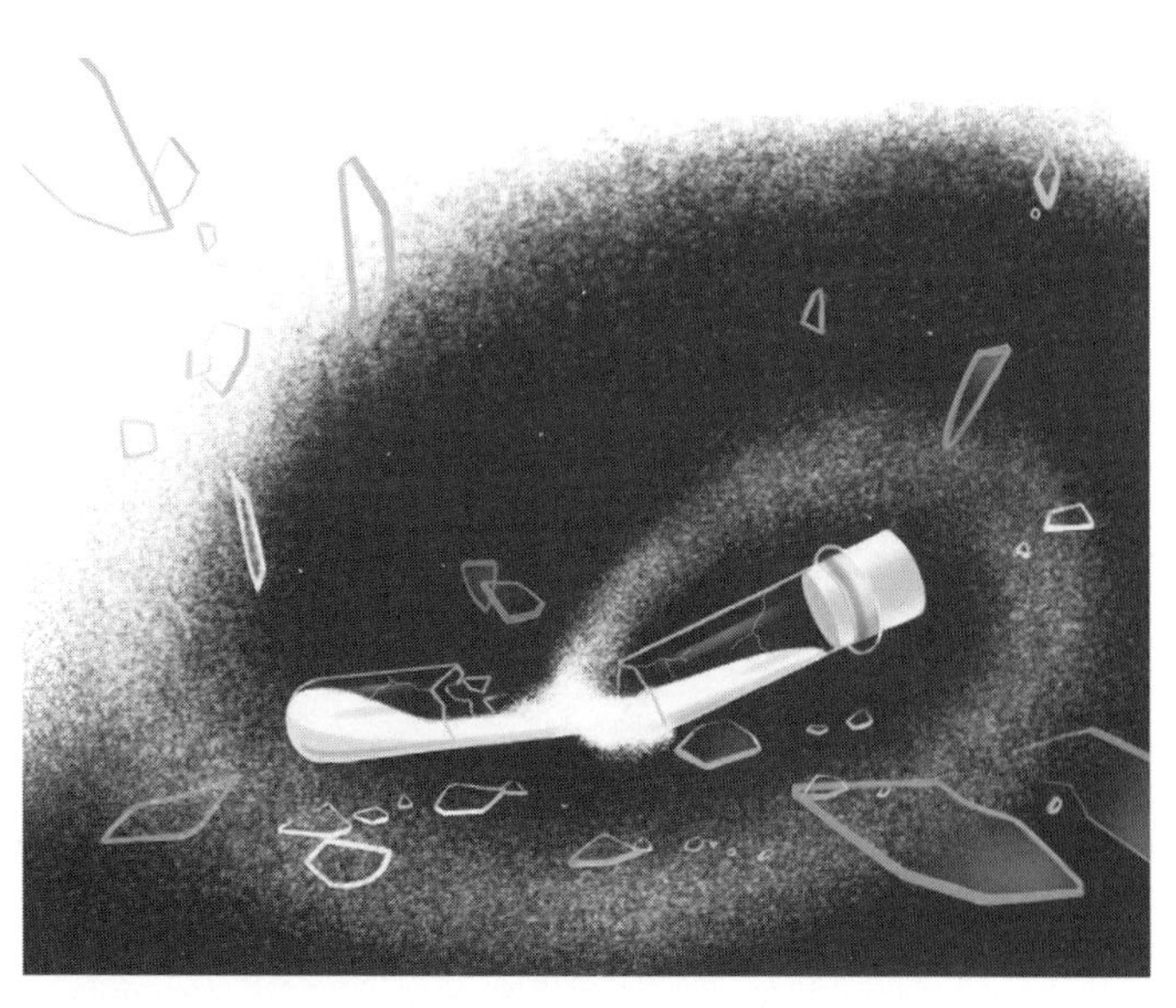

ている。

どっこいしょ、とソファに腰を下ろした時、電話に着信があった。表示を見ると研究所となっている。東郷からだ。部屋を出るべきかどうか迷ったが、結局そのまま電話を繋いだ。秀人は眠っているようだし、動くのが億劫だったからだ。

どんな具合だ、と東郷が例によって訊いてくる。進展があれば連絡するといってあるのだが、じっとしていられないのだろう。

栗林は現在の状況、つまり進展はないということを話した。

「明日の方針は？　何か対策は練ってあるのか」

「ですから昼間もいいましたように、もっと地形に詳しい人に相談して、画像の場所を絞りこむことになっています。すでに今頃は、いろいろな人に当たってくれているんじゃないでしょうか」

「何だか不安だな。話が大きくなりすぎてるんじゃないか」

「いや、しかし所長」栗林は唾を呑み込み、改めて口を開いた。「人の命が懸かっているわけですから、決して小さな話ではありません。彼等自身は単なる人助けだと思っているだけなので、とても心苦しいんですが……」

「おい、まさか、本当のことを話すとかいいだすんじゃないだろうな」

栗林は一呼吸置いて、「正直なところ、話したいです」と答えた。

「おいっ」

「わかっています。話しません。話したところで、パニックになるだけですからね。それにスキー場を閉鎖しなきゃならなくなります。彼等にとっては死活問題です」

ふっと息を吐くのが聞こえた。「わかっているならいい」

「それより、昨日お願いした件はどうなっていますか。誰か、手伝ってくれる人間を探していただくことになっていましたが」

「はあ？　そんなものは探しとらんが」

「えっ、しかし昨日は……」

「たしかにそんな話はしたが、今日になって君が怪我をし、パトロールの連中に探してもらうことになったというものだから、探すのはやめた。だって、もう必要ないだろう」

「いやそれがですね、足の具合が思った以上によくなくて、移動自体が大変なんです。運転できるかどうかも怪しいという状況でして。『K－55』は、見つけ次第、速やかに研究所に運ぶ必要があります。扱う物が物だけに、宅配便で送るというわけにもいきません。誰か、迅速に対応できる人間を応援に寄越してもらえませんか」

「そんなにひどいのか」

「泣きたいぐらいです」

「泣きたいのは私も同様だ。わかった。細かいことを詮索せず、こちらのいいなりになりそうな人間を探してみよう」

「よろしくお願いします」

電話を終え、スマートフォンを投げ出した。またしても、受信機が故障している可能性については言及できなかった。話したところで東郷のことだ、何か方策を考えてくれるわけではなく、どうするつもりだとヒステリックに喚くだけだろう。

何気なくベッドに目を向けると、秀人が目を開けていた。横になったまま、天井を見つめている。

「すまん、起こしちゃったか」

別に、と秀人は覇気のない声を出した。「最初から寝てないし」

「そうだったのか。寝てるみたいだったけど」

「目をつぶってただけだよ」

「そうなのか……」

「パニックって何?」

「えっ」

秀人が栗林のほうに顔を向けた。

「今、電話でいってたじゃん。パニックとかスキー場閉鎖とかって」

「聞いてたのか」

「聞こうとしなくたって、耳に入ってくるよ。こんなに狭い部屋なんだから」

「そうか」傍らのスマートフォンに目を落とした。

「ねえ、一体何だよ。このスキー場で何かあるの？　お父さんは雪の中の特殊なバクテリアを採りに来たんだろう？　違うの？」

「違わない。バクテリアを採りに来たんだ。秀人のいう通りだ」栗林は眼鏡を外すと、そばにあったティッシュペーパーの箱から一枚抜き取り、レンズを拭き始めた。「電話で話してたのは、ほかのスキー場のことだ。ここは関係がない」眼鏡をかけ直し、息子の顔を見た。「おまえは気にしなくていい」

「そうなの？」だが秀人は訝しげな顔だ。

「嘘をいってどうなる？　あっ、おまえ、あれだな。このスキー場に関する何か面白いネタでも摑めたら、昼間の女の子に自慢できるとでも思ったんだろ。甘い甘い、あまいなー。悪いけど、そんな甘い話はないからな」大げさに言葉に抑揚をつけて冷やかした。

しかし秀人は照れ隠しに怒ることも、むきになることもなかった。白けた表情を見せると、無言で背中を向けた。その後ろ姿には失意の色が漂っているようだ。

我が息子も何かの壁にぶち当たっているらしい、と栗林は思った。

24

居酒屋の女将さんは千晶のスマートフォンの画面をじっくりと眺めた後、テーブル上に広げられた地図を引き寄せた。それはゲレンデマップではなく、里沢温泉スキー場がある禿鷹山全体の地図だ。

「そうねえ、私はこのあたりだと思うけど」女将さんは指で山の一部を囲った。

「やっぱりそうか……」根津は腕組みをした。

「こういう答えじゃいけなかったの？」

「いえ、そんなことないです。忙しいところ、すみませんでした」

「力になれた？」

「ええ、助かりました」

よかった、といって女将さんは腰を上げ、カウンターに戻っていった。やや太めの体形からは想像しにくいが、この村で生まれ育った彼女は、若い頃はアルペンスキーの選手だったらしい。里沢温泉スキー場なら、どこからでも目をつむって滑って降りてこられると以前いっていた。

根津は向かい側の千晶と顔を見合わせ、首を捻った。「おかしいな」

「誰に訊いても、同じような答えしか返ってこないね」千晶はスマートフォンをジーンズの尻ポケットにねじこんだ。

根津は頷きながら地図を畳んだ。

千晶のいう通りだった。パトロール班長の牧田をはじめ、索道管理事務所の人間やバックカントリーのガイドといった、スキー場や山の地形に詳しい人間たちに当たってみたが、皆の意見は概ね一致していた。つまり画像の場所は、根津たちが見当をつけた付近に間違いないだろうというのだ。

地図を鞄にしまい、根津は生ビールのグラスを手にした。

「栗林さんの話では、電波を受信できる最長距離は三百メートルということだった。だけど実際には、もっと短いのかもしれないな」

「短いって、百メートルとか？」

「いや、もっとだ。地形は複雑だし、木とかの障害物も多い。もしかしたら、かなり近寄らないと受信機が反応しないのかも。十メートルとか二十メートルとか」

「だとしたら、今日みたいなペースじゃだめだね。もっとゆっくり滑って、木を一本ずつ確かめていく感じじゃないといけないんじゃない？」

「だと思う」根津はビールを飲み、枝豆を摘んだ。「明日はゴンドラが動き次第、捜索だ。何としてでもテディベアを見つけるぞ」

「了解。じゃあ、ゴンドラ乗り場で集合ってことでいい？」

枝豆の皮を捨てた後、根津はかぶりを振った。「君は来なくていい」

千晶の表情が険しくなった。「どうしてよ」

「練習があるだろ？　今日一日付き合ってくれたことは感謝する。だけど、明日もってわけにはいかない」

「あたしのことなら気にしないで。やりたくてやってることだから。忘れたの？　あたしのほうから手伝わせてって頼んだんだよ」

「忘れたわけじゃないが、パトロール隊員でもない君を巻き込んだこと自体、反則なんだ」

「でも班長さんは許可してくれた」

「特例ってことでな。だけど君の貴重な時間を奪うわけにはいかない。次の大会に進退を賭けるんだろ？　だったら、しっかり準備をすることだ」

千晶は瞼を閉じて首を振った後、改めて根津の顔を見つめてきた。

「あたしの話を聞いてなかったの？　あたし自身がやりたい、手伝いたいといってるの。クロスの練習より、今は根津さんと一緒にテディベアを探したい。あたしがやりたいことをやっちゃいけないわけ？」

根津はビールを飲み干し、空のグラスをテーブルに置いた。

「もしかして、逃げてるのか」

「うん、たぶんね」千晶は真っ直ぐに根津を見たまま、きっぱりと答えた。こういう時でも目をそらさないところが、気の強い彼女らしい。

根津はため息をついた。

「相変わらず、調子が上がらないわけか。神経が鈍って、スピードを感じられなくなってきたとかいってたな。逃げるぐらいなら、さっさとやめちまったらどうだ。引退しろよ。それなら手伝わせてやる」

「わかった。じゃあ、引退する」千晶は即答し、にっこり笑った。

根津は口元を曲げ、店員を呼んだ。生ビールを注文した後、千晶に目を戻した。

「むきになってどうするんだ」

「別にむきになってないよ。根津さんが引退しろっていうから、じゃあそうするって答えただけでしょ」

根津は顔をしかめ、頭を掻いた。

「俺が本気でいってるわけじゃないことぐらいはわかるだろ。次の試合を最後にするというならそれでいいけど、悔いが残らないようにしてほしいんだ。こういうことに君を巻き込んじまうと俺が気を遣うんだよ」

千晶はロックグラスの中の氷を指先でくるくると回し、芋焼酎を口にした。そして猫を連想させる目を根津に向け、唇をふっと緩ませた。「根津さん、相変わらずやさしいね」

意表を衝かれた思いで、根津は思わず身を引いた。「別に、やさしかねえよ」

「うん、やさしい。だから、あたしのためを思ってくれる。でもあたしにもいわせて。こんなあたしだって、自分の生き方に疑問を持つこともある」

根津は一瞬息を止めた後、ゆっくりと吐き出した。「テーマが大きくなったな」

「茶化すなら、この話はここまで」

「すまん、続けてくれ」

千晶はテーブルの上で両手の指を組んだ。

「東日本大震災の直後、全国のスキー場が早々にクローズしたよね。覚えてる？」

「もちろん、覚えてる。その時に俺が働いていたスキー場もそうだった」

「節電とか燃料不足という理由もあったけど、実際のところはお客さんが激減したからだった。その理由は自粛。スキーやスノーボードを楽しめる雰囲気じゃなかったってこと。あたしが出場する予定だった大会も中止になった」

「あの頃は、そういうことが多かったな」

「ボランティアで、被災地に荷物を運ぶ機会があったの。現地に行ってみて、すごいショックを受けた。こんな悲惨な現実ってあるんだろうかって目眩がした。自粛も仕方がないと思った。でも同時に、こんなふうにも思った。あたしがしてきたことって、こういう時には自粛しなきゃいけないことだったんだなって。練習では苦しいことも多いし、自分なりに努力してきたつもりだけど、その成果を出すのは不謹慎ってことになっちゃう」

「当時はみんな、萎縮しすぎてたと思うよ」

「じゃあ、もしまた同じようなことが起きたとしても、今度は自粛ムードにはならないと思う？」

それは、といって根津は首を傾げた。「どうだろうな」

「あたしは同じだと思う。スポーツなんて所詮道楽。プロ野球でさえ、開幕が延期された。ましてやスノーボード。マイナースポーツのスノーボードクロス。おなかが減っている人や家をなくした人、病気や怪我で苦しんでいる人を助けられるわけじゃない。エネルギーの無駄遣いだから、しばらくおとなしくしていましょうってことになる。きっとそうなる」

生ビールが運ばれてきたが、根津はすぐには手を伸ばさず、白い泡を見つめた。

「そうかもしれないな。それじゃ不満か？」

「そんなことない。そういうものだとわかってるつもり。だから、こんなふうにも思う。試合であたしが勝とうが負けようが、誰も困らないってね。あたしの中にいるもう一人のあたしが、滑っている間もずっと囁きかけてくる。何だよ、千晶。何、必死になってんの。おまえがやってることなんて、何の役にも立たないのにって」

「役に立つとか立たないとか、そういうものじゃないだろ、スポーツってのは」

「わかってる。あのね、根津さん、理屈は全部わかってるの。むしろ、わかりすぎちゃったから身体が動かない。何も考えず、無我夢中で滑るってことができなくなっちゃった。こんなあたし、どうしたらいい？」千晶の口元には笑みが浮かんでいたが、その目に宿る光は真剣そのものだった。彼女の心に落ちた影の濃さが窺えた。

根津は生ビールのグラスを摑んだ。

「しばらく競技については考えたくないってことだな」

「まあ、そういうこと。じつをいうとね、もう東京に帰るつもりだった。その前に大好きなツリーランを一本だけしておこうと思って、栗林さんを見つけちゃったってわけ」

「なるほどね」

考えてみれば、大会を数日後に控えた千晶がコース外を滑っていたのも妙だった。

「迷ってるんだよ、いろいろと。テディベアは時間稼ぎ。結論を出すのを引き延ばす、あたし自身への言い訳」千晶は焼酎のロックをごくりと飲んだ。「だめ？」

根津は生ビールを口に含み、首を横に振った。

「明日は八時にパトロールの詰め所に来てくれ」

千晶は顔を斜めにしてにっこり笑い、ありがとう、といった。

25

雪道を歩いていた。両側に並んでいるのは、どこか懐かしい雰囲気のある民家だ。それぞれの窓には明かりが灯り、中の様子が影絵のように映っている。

しばらく進むと人々が集まっていた。道端に置かれた台を囲み、楽しそうに談笑している。台の上には饅頭や漬け物などが並んでいた。

中学生ぐらいの女の子が笑顔で近づいてきた。はい、と差し出したのは白い饅頭だ。

ありがとう、と礼をいって受け取ろうとした。だがその途端、饅頭は彼女の手の上で崩れ始めた。それは白い粉になり、舞い上がった。

はっとして女の子を見ると、顔一面に黒い斑点が生じていた。彼女は悲しそうな顔で、じっと黙っている。

右足に激痛が生じた。見下ろすと、自分の足が腐り始めていた。黒い斑点が右足から全身へと広がっていく——。

ひゃあ、と悲鳴を上げた。次の瞬間、見慣れない模様が目に入った。眼鏡を外しているので、よく見えない。

手探りで枕元の眼鏡を取った。かけてみると、壁紙の柄がよく見えた。

栗林はベッドで上半身を起こした。たっぷりと寝汗をかいている。

「どうしたの？」洗面所のドアが開けっ放しになっていて、中から秀人が顔を出した。タオルを手にしているところを見ると、顔を洗っていたらしい。

「いや、別に……何でもない」

ふうん、と鼻を鳴らし、秀人は顔を引っ込めた。

栗林は息を整え、夢の内容を反芻した。またよりによって、ベタな夢を見てしまったものだ。白い粉は『Ｋ－５５』を、黒い斑点は炭疽をイメージしたものだろう。そして、あの女の子は——。

秀人が歯ブラシをくわえて洗面所から出てきた。その姿を見ながら、栗林は夢に出た女の子の顔を思い返していた。彼女は、昨日秀人と一緒にいた女の子にほかならなかった。一度会っただけなのに、やけにはっきりと顔を覚えていたものだ。

好きなタイプだからかなと心の中で呟き、そんなまさか、とあわてて否定する。相手は中学生だぞ。しかし中学時代に好きだった女の子に少し似ているのも事実だった。つまり秀人に女性の好みが遺伝しているということか。

「何だよ」秀人が不機嫌そうに訊いてきた。「何でそんなにじろじろ顔を見るんだよ」

「あっ、いや」栗林は手を振った。「見てたわけじゃない。ちょっとぼんやりしてただけだ。それよりおまえ、今日もあの子と会うのか。あの、かわいい子と」訊いてから、かわいいは余計だったかなと思った。

秀人は眉根を寄せた。「そんなの、お父さんには関係ないだろ」

「関係ないけど、訊いたっていいじゃないか」

「何で訊くんだよ。どうだっていいじゃん」秀人は洗面所に入り、ドアをばたんと閉めた。

どうやら照れているらしい、と栗林は解釈した。息子は青春真っ直中だ。

ベッドから降りようとして顔をしかめた。右足の痛みが増している。これはまずいと思った。到底運転は無理だろう。やはり東京から誰かに来てもらうしかない。もっとも、今日『K－55』が確実に見つかるという保証はないのだが。

朝食の時刻になったので、壁を伝って食堂に向かった。秀人は仏頂面をしながらも、「大丈夫なのか」と訊いてくる。栗林は、うんうん、と頷くだけだ。

食堂に行くと、例の親子三人が昨日と同じテーブルについていた。おはようございます、と男性がにこやかに挨拶してきた。おはようございます、と栗林も応じる。

「足を怪我されたと聞きましたが、どんな具合ですか」男性が栗林の下半身に目を向けた。

「ははは、やっちゃいました。でも大したことはないんです」栗林は彼等の娘に笑いかけた後、どっこいしょ、と椅子に腰を下ろした。

「息子さんから伺ったのですが、スキーが目的の旅行ではないそうですね。お仕事か何かの関係ですか」

「ええ、まあ、そんなところです」

どういう仕事かと訊かれたら面倒だと思い、「おたくは純粋に家族旅行ですよね。羨ましいなあ」といってみた。

「久しぶりに家族サービスができました。――なあ？」妻に同意を求めている。彼女は、まあね、といって微笑んだ。

「いつまでこちらにいらっしゃるんですか」栗林は訊いた。

「残念ながら今日までです。午後には発つ予定です」

「そうですか。ええと、お住まいはどちらですか」

「名古屋です」

「愛知県ですか。すると、どれぐらいかかるのかな」

「高速道路の混み具合にもよりますが、まあ四時間ちょっとというところですかね」男性は首を傾げながらいった後、「お二人はいつまで？」と逆に質問してきた。

「ええと、とりあえず宿は今夜までとってあります」

「じゃあ、明日お帰りですか」

「ええ、まあ……」腋の下を汗が流れた。帰ればいいが、と栗林は思った。

食事後、早々に準備を済ませた秀人を先にスキー場に行かせ、栗林は根津に電話をかけた。時刻は午前八時半を過ぎたところだ。

「おはようございます」根津が挨拶してきた。声を抑え気味だ。「ついさっき、ゴンドラに乗り込んだところです」

「早速、捜索に取りかかってくださってるわけですか。ありがとうございます」スマートフォンを耳に当て、栗林はぺこぺこと頭を下げた。

「今日こそは発見するつもりです。栗林さんは、どちらにいらっしゃいますか」

「昨日と同じ喫茶店にいるつもりです。『カッコウ』でしたっけ」

「わかりました。何かありましたら、連絡します」

「了解です。どうか、よろしくお願いいたします」

電話を終えた後、栗林は深呼吸をした。根津たちは純粋に単なる人助けのつもりで捜索に出てくれている。まさか、自分たちの村が危機に直面しているとは思っていない。そう考えると良心が痛んだ。

こんなところでじっとしているわけにはいかなかった。

右足の痛みを堪え、立ち上がった。

26

リフト下のパウダーゾーンは今日も健在だった。昨夜も少し降雪があったらしく、見事にノートラック状態だ。リフトに乗っている人々に見せつけるように雪を飛ばし、滑走した。風は冷たいが、身体は熱い。

初日、育美に教わった穴場も最高だった。柔らかい雪が、ふんわりと程よく吹き溜まりになっている。ボードの先端を上げ、思いきって直進した。スピードが上がると、このまま空を飛ぶのではないかと錯覚するほどの浮遊感が得られた。実際、何度かボードが雪面から離れたが、少しも怖くない。三キロを超えるロングランを味わい、山麓へと降りていった。爽快感はある。しかし秀人は、やはり何か物足りなかった。

もちろん理由はわかっている。昨日までが楽しすぎたのだ。このスキー場自体が素晴らしいのはいうまでもないが、やはり「誰と滑るか」というのも大切な要素なのだなと改めて痛感していた。

初心者用斜面まで降りてきて、次はどうしようかと思案していると、ゲレンデの一部に集合している一団が目に留まった。全員がゼッケンを付け、座り込んでいる。

育美たちの学校だ、とすぐにわかった。そういえば今日は検定があるようなことを彼女はいっていた。

　間もなく彼等は立ち上がり、スキー板を担いで移動を始めた。これから講習なり検定なりが行われるのだろう。

　秀人は素早く視線を走らせ、育美の姿を探した。やがて見慣れた濃紺のウェアが見つかった。今日は彼女もゼッケンを付けていた。友人らしきほかの女子たちと談笑しながら歩いている。どうやら六人乗りのゴンドラに乗るようだ。乗り場には、たちまち長い列ができた。

　秀人も何となく、その列の後ろについた。特にはっきりとした目的があるわけではない。強いていえば、スキー授業とはどんなことをするのか、ちょっと見てみたいと思った。

　彼のすぐ前にも、ゼッケンを付けた生徒がおり、何やらひそひそと言葉を交わしている。盗み聞きをする気はなかったが、会話の途中で「タカノ」という言葉が出てきたので、つい耳をそばだてていた。

「そうなんだよ。一昨日はいないって聞いたから、ジュースを飲みに行ったんだ。そしたらやっぱり高野のお兄さんしかいなくて、いつも通りに百円にしてくれた。だけど、昨日はいたんだ。外から覗いてみたらさ、カウンターのとこにおばさんがいるんだよ。それで何となく嫌な予感がして、店には入らないでおいた」

　秀人は、はっとした。彼等が話しているのは、『カッコウ』のことではないか。

「やっぱりそうなのか。ほかのやつからも同じような話を聞いた。そいつも昨日は行かなかったっていってた」

「行きにくいよなあ、あんな話を聞いちゃうとさ。恨まれてると思ったら、いい気しねえもん」

「でも本当なのか、あの話。カワバタは、そんなことないっていってたけどな」

また一人、秀人が知っている名前が出てきた。一層、耳を澄ませる。

「あいつは高野と仲がいいから、そういってるだけだって。内心じゃ絶対、あそこのおばさんはやばいって思ってるはずなんだ」

「そうなのか。何か、おっかないな」

「おっかねえよ。俺たちのことを子供を殺した張本人みたいに思ってるんだぜ」

秀人は、ぎくりとした。突然、不穏な言葉が出てきた。

「でも俺たちが悪いのか。インフルエンザなんて、どうしようもないじゃん」

「どうしようもねえよ。俺もかかったけど、かかりたくてかかったんじゃねえもん。女の子が死んじゃったのは同情するけど、恨むんなら、さっさと学校閉鎖にしなかった校長を恨めってんだよ」

やがて彼等の乗る番がやってきた。秀人は話の続きが聞きたかったが、部外者が同乗していたら、彼等はきっと口を閉ざすに違いない。仕方なく、ゴンドラに乗り込む二人の背中を見送った。

27

一見したところ、その木の幹にはテディベアはなかった。だが雪に包まれていて、見えなくなっている可能性があった。根津はその木の前で止まり、受信機のスイッチを入れた。

発光ダイオードは一つも光らない。それでもすぐには諦めず、アンテナの向きをいろいろと変えてみた。しかし結果は同じことだった。

「反応なし」そう呟き、頭を小さく振った。元々存在していないものを探そうとしているのではないか、という疑念が頭をもたげてくる。

斜面の少し下を滑っていた千晶が、「この木はどう?」と尋ねてきた。彼女の数メートル前に、大きなブナの木が生えている。「あの画像の景色に、わりと似てる」

根津は彼女のそばまで滑り降りた。たしかに彼女のいう通りだった。受信機のスイッチを入れてみる。

どう、と千晶が訊いてきた。

根津は首を振った。「だめだ」

「じゃあ、次ね。あの木なんかはどうかな?」千晶が先に滑りだした。

こういった要領で地道に探知を行っているが、受信機は電波の欠片も拾ってはくれなかった。時間だけが過ぎていく。

やがてこの斜面の一番下に達した。二人は立ち尽くした。

うーん、と千晶が唸った。「いよいよ、焦ってきた」

「同感だ」腕時計を見た。十時半を少し回ったところだ。「もう一度、さっきのブナ林を当たってみよう。こだま第二コースの脇から入ったところだ」

「あの場所は、昨日から三回も当たってるよ」

「だけど、一番可能性が高いのがあそこなんだ。何度も回っているうちに確信した。きっとあの林の中に、テディベアは隠れてる。もしかしたら雪に覆われて、そのせいで電波を捉えられないのかもしれない」

「だとしたら、見つけられないよ。それが役に立たないってことでしょ」千晶は根津が持っている受信機を指差した。

「だから、木の一本一本を目視で調べるんだ。雪が付着していたら、それを取り除いてな。もう、それしかない」

「えー、気が遠くなりそう」

「嫌なら付き合わなくていい」

「嫌だとはいってない。気が遠くなりそうだっていっただけ」

「時間との勝負だ。急ごう」

コースに戻り、全速力でリフト乗り場を目指した。金曜日なのでゲレンデは昨日までより幾分賑わっている。スピードを出しつつ、ほかの客に接近しすぎないよう注意した。

やがて乗り場に到着した。根津が担いでいたリュックを背中から下ろすと、「根津さん、受信機を貸して」と千晶がいった。

「いいけど、何をする気だ」

「リフトの上から調べてみる。もしかしたら、高いところのほうが電波をキャッチしやすいかもしれないでしょ」

根津は苦笑した。「一番近くのブナ林でも、三百メートル以上あるぞ」

「いいじゃない。一応やってみたいの」

「まあいいけど、落とすなよ」リュックから受信機を出し、千晶に渡した。

リフトは四人乗りだったが、すいているので二人だけで乗った。千晶は早速受信機のスイッチを入れ、アンテナの方向を遠くのブナ林に向けている。

「だめだ。何の反応もなし」

「当たり前だ」

すぐ横のコースを十数名のスキーヤーが滑り降りていった。全員がゼッケンを付けている。板山中学のスキー授業に参加している生徒たちらしい。このスキー場には修学旅行などの名目で、全国から中学生や高校生たちがやってくる。彼等と地元のスキー授業の生徒たちとの大きな違いは二つある。一つは、服装や道具だ。地元の子供たちの多くは自前のウェアやスキーの道具を持っていてそれで参加するが、修学旅行などの場合はウェアも道具もレンタルだ。そしてもう一つの大きな違いは技量。これはもう比べるまでもない。地元の子供の中には、物心つく頃にはもう滑っていた、という者さえいるのだ。

「ねえ根津さん、お願いがあるんだけど」受信機を操作しながら千晶がいった。

「何だ。金の相談なら無駄だぞ」

「金じゃなく、仕事の相談。あたしをパトロールとして雇ってくんない？」

「はあ？　何をいいだすんだ」

「本気だよ。昨日もいったように、時間稼ぎが必要なの。でもテディベア探しは今日でおしまいだし、明日からどうしていいかわかんないんだよね」

「ふざけんなよ。そんな甘い考えでやれる仕事だと思ってるのか」

「やるからにはしっかりやるよ。スキーに履き替える。知ってる？　あたし、スキーだってそこそこやれるんだよ」

「そこそこじゃだめだ。第一、俺にそんな権限はない」

「だから根津さんが上の人に頼んで……あああっ」突然、千晶が声を張り上げた。

「どうした？」

「これっ。これ見て、これっ」受信機を差し出した。

　それを見て根津も目を見張った。八つの発光ダイオードのうち、六つが光っているのだ。

「えっ、どういうことだ？　あっちか」ブナ林が遠くに見える左前方を指差した。

「違う。あっちに向けるとランプが消えちゃう。そうじゃなくて」千晶はアンテナを右に向けた。

「こっちの方角っ」

「だけど、こっちにはそれらしき林はないぞ」

「でも、間違いなくこっち。あっ、ランプが七

つになった」

根津は、千晶がアンテナを向けている先に目をやった。単なるコース上だ。三人のスキーヤーが滑っている。一人は小柄だから子供だろう。親子連れなのか。

「根津さん、根津さん、ほらこれ」千晶がアンテナを左右に細かく動かした。そのたびに点灯する発光ダイオードの数が変わる。やがて彼女は、どうすれば多く点灯するのかを発見したようだ。もちろん、横で見ていて根津も気づいた。

アンテナの先端が一人のスキーヤーに向けられた時、発光ダイオードの点灯数が増えるのだった。そのスキーヤーとは、ピンクのウェアを着た女の子だ。

三人の親子連れは、根津たちの下を軽快に滑り降りていった。距離が遠くなるにつれ、発光ダイオードの点灯数は減り、やがてゼロになった。

「どうしてこうなるの？　これも混線？」

「いや、受信機がはっきりと反応を示していた。混線とは考えられない」

「じゃあ、何なの？」

「あの女の子が電波を発するものを持っていたとしか思えない。それがたまたまテディベアに仕込まれた発信器と同じ周波数だったということか。あるいは——」唇を舐めてから根津は続けた。「あの子がテディベアを持っているか、だ」

「あの子が……」

「親らしき大人二人が一緒だった。彼等が林の中でテディベアを見つけ、それを娘に与えたってことは十分にあり得る」

根津の話を聞いた千晶は、いきなりセーフティバーを上げようとした。

「おいっ、何をする気だ」

「だって追いかけないと」

「馬鹿野郎。飛び降りる気か。そんなこと、させられるわけないだろ」

「お願い見逃してっ」

「だめだっ。何を考えてんだ」根津は右手でセーフティバーを押さえ、左手で千晶の腕を掴んだ。

「ああ、もう、どうしたらいい？」千晶は受信機を抱えたまま、天を仰いだ。

「とりあえず、あの親子を見つけるんだ。もしテディベアを持っているなら、どこで見つけたのかを聞き出さないと」

「ああ、リフトがのろい。じれったい」

千晶が搬器を揺すりだしたので、根津はあわててやめさせた。

それからしばらくして、ようやくリフト降り場に到着した。千晶は滑り降りながら、後ろ足をボードに装着した。

「どうする？　あの人たちがいた場所からだと、どこのゲレンデにでも降りられるよ。分かれ道がいっぱいある」

「手分けして捜そう。子連れだから、あまり難しいコースは行かないと思う。初中級者向けの斜面を中心に、最終的にはゴンドラ乗り場に向かうんじゃないかな」

「わかった。じゃあ、あたしは第二ゴンドラ乗り場を目指す。根津さん、覚えてる？　女の子のウェアはピンク、ほかの二人は白と黄色だから」

「ピンクと白と黄色だな。オーケー、俺は第一のほうを引き受けた」

ほぼ同時に、二人は勢いよくスタートした。

28

入り口のドアを開け、秀人は『カッコウ』に入った。ゴーグルを外しながら店内を見渡すと、昨日と同じ席に和幸が座っていた。コーヒーを飲みながら、スマートフォンをいじっているようだ。

秀人は向かい側の椅子に腰を下ろした。ここでようやく和幸は顔を上げて瞬きした。

「何だ、おまえか」

「お父さん、何やってんの？」

「何って……連絡待ちだ。怪我をしちゃったから、代わりの人に仕事をやってもらってるといっただろ」和幸はスマートフォンをウェアのポケットに押し込んだ。

「それ、昨日も気になったんだけど、代わりの人って誰？　大学の人？」

「いや、このスキー場の人だ」

「スキー場の？　こっちに知り合いなんかいるの？」

「それはまあ、いろいろと人脈を使ったわけだよ。おまえはそんなこと気にしなくていい」

和幸の態度は明らかにおかしかった。いつだったか、同僚に誘われてキャバクラに行ったことを隠そうとした時にも、こんなふうに泳いだ目をしてしゃべっていた。あの時は、道代に簡単に見抜かれてしまったのだった。

まあいいや、と秀人は思った。何を隠しているのかは知らないが、自分には関係がない。

「コーラ、買ってくる」手を出した。

「金、持ってるだろ」

「いいじゃんか。一緒にいるんだから」

和幸は不承不承といった顔で財布を出し、五百円硬貨をテーブルに置いた。秀人はそれを手にし、腰を上げた。その時だった。入り口のドアが開き、育美が入ってきた。

育美は秀人には気づかない様子で、グローブを外しながらカウンターに向かった。そこには、昨日と同じおばさんがいる。彼女を見て、おばさんの表情が少し硬くなったようだ。

育美はオレンジジュースを注文し、代金の百円を出した。おばさんは新しいグラスに氷を入れ、そこにジュースを注いだ後、彼女の前に置いた。その間、二人とも無言だった。

グラスを持った育美が振り返った時、秀人と目が合った。彼女は、あっというように口を小さく開いた。

こんにちは、と秀人はいってみた。こんにちは、と彼女も返してくれた。ほんの少しだけ表情が緩んだようなので、何だかほっとした。

秀人はカウンターを見た。すると、いつの間にかおばさんがいなくなっている。どうしようかと思っていたら、奥から若い女性従業員が出てきた。コーラを注文したところ、スキー授業の生徒ではないとばれたらしく、食券を買うようにいわれた。

改めて食券を買ってコーラを手に入れた後、育美が座っている席に近づいていった。

「隣、いい?」

育美は小さく頷いた。「うん、いいよ」

秀人は腰を下ろしてから声をひそめ、「カウンターのおばさん、いなくなっちゃった」といった。

「俺の顔を覚えてくれてたら、スキー授業割引を使えるかもって期待したんだけどな」

育美はカウンターをちらりと見た後、目を伏せた。「あたしが来たからかも」

「君が？　どうして？」

彼女は答えなかった。ジュースのグラスを両手で包むように持ち、じっと見つめている。

何か話さねば、と秀人は思った。しかしうまい話題が思いつかない。焦った挙げ句、「さっき、君の同級生が変なことを話してた」と切りだしていた。「ゴンドラ乗り場で」

育美が顔を向けてきた。「変なことって？」

「この店のことだけど」そういいながら、こんな話はしないほうがよかったかもと後悔し始めていた。

案の定、育美は不快そうに眉をひそめた。「どんなことをいってた？」

「ええと、そんなにじっくりと聞いてたわけじゃないんだ。だから、聞き間違いだったのかもしれないけど……」

「どんなふうにいってたの？　はっきりいって」

「あのう……」

「おばさんのこと？」秀人の目を覗き込むようにして育美は訊いてきた。

うん、と彼は頷いた。「何か、その、生徒たちを恨んでるとか、そんなようなことを」

育美は落胆したようにため息をついた。「やっぱり、そういう話か……」

「それ、どういうこと？　君たちのことを恨むって」

「秀人君には関係ないよ」

「あ……そうだよね。ごめん」秀人は頭を掻き、コーラを飲んだ。

気まずい沈黙の時間が流れた後、「女の子のこと、話したっけ?」と育美が呟いた。

「女の子?」

「高野君の妹のこと」

「二か月ぐらい前に亡くなったって……」

育美は頷き、またカウンターのほうに視線を走らせた。

「元々心臓が弱かったらしいんだけど、直接の原因になったのはインフルエンザなんだ」

「ああ……何か、そんなことも聞いた。学校閉鎖にしなかったのが悪いとか」

「うちの学校ですごく流行ったの。あたしもかかった。高野君も。それで結局、高野君の妹にもうつって……」後を続けるのが辛いように、育美は唇を噛んだ。

あまりに重い内容に、秀人は返す言葉が思いつかなかった。そうだったんだ、と小声で呟くのが精一杯だった。

「でもその当時は、特に話題になることもなかった。高野君だって何もいわなかったし。だけど最近になって、変な噂が流れるようになったの。高野君のお母さんが、板山中学の生徒たちを恨んでいるらしい、仕返しをしようとしているって。ネットなんかで広まったみたい」

秀人は顔を歪めた。「マジで?」

「あたしは信じなかったよ。高野君のお母さんのことは小学生の時から知ってるし、そんな人じゃないと思ってたから。だけど昨日久しぶりに話をしてみて、ちょっと怖いかもと思っちゃった」

「インフルエンザのこと訊かれてたね」

うん、と育美は小さく首を動かした。

「やっぱり、あたしたちのことを良くは思ってないんだなって感じた。楽しそうにスキー授業とかをやってるのを見てるのも面白くないかもって。高野君も、スキー授業が始まってから、ずっと元気がないし。だから昨日、本人に訊いてみたの。本当のところはどうなのって」

「彼は何て？」

「うるさい、余計なお世話だって。あたしは心配して訊いただけなのに……」

育美の沈んだ横顔を見ているうちに、秀人の胸の内に焦燥感のようなものが芽生えてきた。昨日、彼女は高野と話した後、目を潤ませていた。単なる同級生のために、涙を流すことなどあるだろうか。

「今日は、どうしてここへ来たの？」秀人は訊いた。

「もう一度確かめたかったから。昨日、おばさんから変な雰囲気を感じたのはあたしの気のせいで、もしかしたら今日なら、愛想良く笑ってくれるんじゃないかと思った。でも、やっぱりだめみたい。あたしたちは嫌われてる」そういって育美はジュースを飲み干し、椅子から立ち上がった。

29

第一ゴンドラ乗り場が近づいてきた。

根津は速度を落としながらゲレンデ全体を見渡した。いきなりピンク色のウェアが目に飛び込んできてはっとしたが、明らかに成人だった。しかも、同行者たちのウェアの色も違っている。

ゴンドラ乗り場の前で停止すると、リュックから受信機を出し、スイッチを入れてみた。アンテナの向きをあれこれと変えてみる。だが八つの発光ダイオードは無反応だ。

板を外し、ゴンドラ乗り場の階段を駆け上がった。乗客の列はさほど長くない。パトロールの制服を着ているという強みを生かし、ずんずんと前に進んでいった。誘導係をしているバイトの女性とは顔馴染みだ。彼女は根津を見て、何事かというように目を丸くした。

根津は三人組のウェアの色を伝え、見かけなかったかと訊いてみた。

さあ、とバイトの女性は困惑したように首を捻った。

「小さな子は何人か乗ったと思います。ピンク色のウェアの子もいたような気がしますけど、一緒にいた大人の人たちのウェアの色までは……ごめんなさい、よく覚えてないです」

無理もなかった。さほど混んでないとはいえ、乗客はひっきりなしにやってくる。スキーやスノーボードのウェアはカラフルで目立つものが多いが、だからこそ逆にどれも印象に残らないということはある。

根津は礼をいい、踵を返した。再びゴンドラ乗り場の外に出て、視線を巡らせる。やはりあの親子連れの姿は見当たらない。

電話に着信があった。千晶からだ。急いで繋いだ。

「どうだ？」

「いないっ」千晶が声を張り上げた。「今、日向ゲレンデを見回してるけど、あの家族はいない。ゴンドラ乗り場やリフト乗り場で係の人にも訊いてみたけど、よく覚えてないっていわれた」

そうか、といって根津は唇を嚙む。日本有数の広大さを誇るスキー場だが、そのことが逆に恨めしい。

「どうしたらいい？　もう一度山頂まで上がって、滑りながら捜す？」

「いや、この広いゲレンデだ。向こうも移動しているとしたら、下手に動き回っても見つけられる可能性は低い。ゴンドラ乗り場で待っていたほうが、出会える確率は高いと思う」

「そうだね、同感。じゃあ、乗り場で見張ってる」

「よろしく頼む。昼が近いから、もしかしたら昼食を摂っているのかもしれない。見える範囲でいいから、食堂やレストランの出入り口付近にも気をつけておいてくれ」

「わかった」

電話を切ると根津はゲレンデを見渡した。またしてもピンク色のウェアが目に留まったが、スノーボーダーだった。子供のスキーヤーもいたが、今度はウェアの色が違う。

気長に待つしかないかと思った時、また電話が着信を告げた。表示を見ると、今度は栗林からだった。

ちょうどいい、と思いながら電話に出た。「はい、根津です」

「あっ、栗林です。いろいろとお世話になっております。一体どんな具合かと思って、お電話した次第です。お忙しいところ、申し訳ございません」滑稽なほどに平身低頭な物言いだ。だが単に卑屈になっているわけではなく、本当に申し訳なく思い、心底感謝してくれているのだろう。

「一つ、大きな進展がありました」根津はいった。「受信機に反応がありました」

「えっ、そうなんですか。どこでですかっ」さすがに栗林は食いついてきた。

「それが、意外な場所なんです。何と、ゲレンデの真ん中でした。近くにブナ林なんてないところです」

「えっ……どうしてそんなことに」

「さらにいえば、受信機が反応したのは、場所にではなく人に対してです。ある一人のスキーヤーから強い電波が発せられていることが判明しました。じつに奇妙な現象だと思いましたが、あれは偶然ではないと思います」

「スキーヤーから？　どうしてそんなことになるんですか」

「考えられることは一つです。発信器を仕込んだテディベアを、そのスキーヤーが持っているということではないでしょうか」

息を吸う気配があった。だがその後、栗林は言葉を発しない。もしもし、と根津は何度か呼びかけた。

「ああ、はい……はいはい、聞こえています」栗林が、たどたどしく応じてきた。「テディベアを持ってるって、それはつまり、現場から持っていっちゃったってことでしょうか」

「その可能性が高いと考えています」

えーっ、と困惑したような声が聞こえた。

「そのスキーヤーってのは、どこにいるんですか」

「わかりません。電波に気づいた時、我々はリフトに乗っていて、どうすることもできなかったんです」

ええーっ、と今度はさっきよりも声のトーンが上がった。

「まずいじゃないですか、それ。もし見つからなかったら、ケイ……じゃなくて、例のワクチンの在処もわからなくなってしまいます」

「だから今、懸命になって捜しているところです。でもこっちが動いてしまうと余計に見つけられないと思い、二手に分かれてゴンドラ乗り場で待つことにしました。いずれは、どちらかには現れるんじゃないかと思いまして」

「なるほど、それはそうするしかないかもしれませんね」

「栗林さんは今、『カッコウ』ですか」

「そうです」

「では、ちょっと周りを見ていただけませんか。ちょうどお昼時だから、その人たちも昼食を摂っている可能性があります」

「あっ、そうか。ええと、その人たちの特徴は？」

「問題のスキーヤーは小柄な女の子で、ピンク色のウェアを着ています。両親と思われる男女と一緒で、男性のウェアは白、女性のウェアは黄色です」

「ええと、ピンクのウェア……あっ、いますけど、子供じゃないな。子供はいるけど、ウェアが水色だ。ほかには……うーん、見当たりませんねえ」

「そうですか。でも、これから現れるかもしれません。気をつけていてください」

「わかりました。該当しそうな三人組を見つけたら、すぐに連絡します」

「お願いします。我々は引き続き捜してみます」

「すみません。ひとつよろしくお願いいたします。本当に申し訳ありません」栗林が何度も頭を下げている姿が目に浮かぶようだった。

根津は電話を切り、改めてゲレンデの隅々にまで視線を配った。問題の三人組は見当たらない。するとまた着信音が聞こえた。千晶だろうかと思って表示を見ると、またしても栗林からだった。

「根津です。どうかしまし――」

「ロトキーですよねっ」栗林の大声が鼓膜を響かせた。

根津は思わず携帯電話を耳から遠ざけた。「何ですって？」

「白と黄色ですよね。お、お、女の子がピンクで、両親は、し、し、白と黄色。たしか、そうおっしゃいましたよねっ」

「そうです。もしかして、店に入ってきたんですか」根津は電話を握りしめた。

「違います。ここにはいません。でも知ってるんです。もしかしたらその人たちは、私たちと同じ宿に泊まっていた家族かもしれません。お父さんが白で、お母さんが黄色、そして女の子がピンク。たしかにその組み合わせでした。さっき聞いた時には気がつかなかったんですけど、電話を切ってからどこかで見たことがあるなあと考えてみて、ふと思い出したんです」

すごい偶然だ。当たっていたなら、大きな手がかりとなる。

「何という人ですか」

「それが名前までは聞いてなくて……。あ、でも、宿に問い合わせたらわかると思います」

「至急、問い合わせてください。場内アナウンスで呼び出してもらうよう手配します」

「わかりました」そういった後、ああー、と栗林が声を上げた。

今度は何だ、と根津は思った。「どうかしましたか」

「あまり時間がないかもしれません。あの人たち、午後には車で名古屋に帰るようなことをいってました」

「えっ」根津は腕時計を見た。正午になろうとしていた。「滑った後は、どこで着替えるといってましたか。一旦宿に戻るってことはありませんか」

「ごめんなさい。わからない」

「じゃあとりあえず、宿に問い合わせてみてください。その人たちの連絡先がわかれば、それも聞いておいてください。こちらは駐車場を当たります」

「はい、了解しましたあ」

栗林が勢いよく答えるのを聞き、根津は電話を切った。そのまま続けて、今度は千晶にかけた。

電話が繋がるなり、「見つかったの?」と彼女は訊いてきた。

「まだだ。その代わり、重大なことが判明した」

根津は栗林から聞いたことを彼女に話した。

「何それ。同じ宿に泊まってて、今まで気づかなかったわけ？　あの栗林さんって人、本当に鈍臭いね」

「仕方がないだろう、それは。そんなことより頼みがある。第二ゴンドラ駐車場に行って、それらしき親子がいないか確かめてほしい。俺はこれから、第一駐車場を見てくる」

「わかった」

電話を終えるとスキー板を装着し、スケーティングで詰め所に戻った。牧田がいたので、これまでの経緯を話した。

「よし、パトロールに出ている連中に、それらしき親子連れを見かけたら知らせるように連絡しておこう。もちろん、詳しい事情は話さない。重要な落とし物が届いている、とでもいっておけばいいだろう」

「すみません、よろしくお願いします」

根津は靴を履き替え、受信機を入れたリュックを手に、詰め所を飛び出した。パトロール用の機材などを運ぶためのワンボックスバンに乗り込むと、急いで第一駐車場に向かった。

30

宿の女将は優しい顔をしているわりに頑固だった。今朝まで泊まっていた親子連れについて栗林が尋ねたところ、ワタナベカズシゲという名前だけは教えてくれたが、個人情報保護法があるので電話番号は絶対に教えられないというのだ。理解できるが、時と場合によるじゃないかと思ってしまう。

「何とかなりませんか。急用なんです。何としてでも連絡を取りたいんです」

女将がため息をつくのが聞こえた。

「では、こうしましょうか。こちらから先方に連絡して、栗林さんに電話してくださるようお願いしてみます。それでどうですか」

「あっ、それで結構です。お願いします」

自分の電話番号を女将に伝え、栗林は電話を切った。後はワタナベ氏からかかってくるのを待つだけだ。

ほっとすると何だか腹が減った。栗林はスキーポールを手にして立ち上がった。食券販売機で生ビールとフランクフルトの食券を買い、カウンターの前まで行った。そこにいるのは精悍な顔つきをした若い男性だった。胸のネームプレートには『高野』と記されている。いらっしゃいませ、と愛想よく声をかけてきた。

　栗林は二枚の食券を差し出した。

「生ビールとフランクフルトですね。席までお持ちしますから、どうぞお掛けになっていてください」

「あ、いいんですか」

「もちろんです。怪我をされているみたいですけど、大丈夫ですか」

「まあ、何とか。お恥ずかしい」

「スキーで滑ってて怪我を？」

「ええ、あの、急斜面を大胆に攻めすぎまして」栗林は手首を曲げ、指先を斜め下に向けて動かした。

「そうでしたか。テクニックがあるからといって、油断するのはよくないですよ」

「はあ、全く。骨身に染みました」

　その時、横から一人の少年が近づいてきた。秀人と同い年ぐらいだろうか。

「母さんは？」カウンターの男性に訊いた。

「奥で休んでる」

「ふうん」

「おまえ、スキー授業は？」

「検定は終わった。後は自由」

「合格したのか」

「当たり前だろ」そういい放ち、少年はカウンターの奥へと消えていった。

どうやら二人は兄弟らしい。こんなところで生まれ育ったなら、さぞかしスキーの腕前はすごいのだろうなと栗林は想像した。

席に戻ってテーブルに置いたスマートフォンを睨んでいると、早速着信があった。喜び勇んで手に取ったが、表示を見て落胆した。東郷からだった。

「はあい、何でしょうか」露骨に気合いの入らない声が出てしまった。

「何だ、その返事は。やる気があるのか」

「やる気は満々です。現在、緊迫感のある展開になっておりまして」

「おっ、何か進展があったか」

「大ありです」栗林は、今朝からの出来事をかいつまんで話した。

東郷は、むむ、と唸り声を漏らした。

「その家族が見つかるかどうかが、大変重要だというわけだな」

「重要どころか、見つからなかったらアウトです」

「しかし連絡は取れそうなんだろ？　だったら、どこでテディベアを見つけたのか、いずれはわかるじゃないか」

「それは何ともいえません。人の記憶なんていい加減ですから、時間が経てば忘れるおそれがあります。しかも名古屋ですからね。再びこっちに来てもらうには、それなりの理由が必要です」

「例のワクチンの話をしたらいいじゃないか」

「でも、今度も信用してくれるとはかぎりません。もし、怪しんで、あれこれと調べたりしたらまずいです。それとも本当のことを白状して、『K－55』捜索に協力してくださいとお願い――」

「いかんいかん、いっかーん」東郷の声が一オクターブ上がった。「何だ、何だ、君は。何が白状だ。そんな、すぐに諦めてどうする。根性を出せ、根性をっ」

はあ、と気のない返事を口にする。こんな問題が根性で解決するなら、誰も苦労しない。

「元気を出せ。じつは朗報がある」

「といいますと?」

「君の協力者を見つけてやったぞ。手足のようにこき使ってよろしい」

「あ、そうなんですか」

「何だ、あまり嬉しそうじゃないな」

「そういうわけではないんですが、例の親子連れが見つかるまでは気が気じゃなくて」栗林がそういった時、プップッという音が聞こえてきた。割り込み通話のサインだ。表示されているのは、宿の電話番号だった。

「君の協力者として誰が適任か、私もいろいろと熟考してみた」誇らしげに東郷がしゃべっている。

「するとそんな時に――」

「すみません。こちらからかけ直します」

東郷との通話を切り、宿からの電話に出た。「はい、栗林です」

31

里沢温泉には公共の駐車場が複数あるが、最も広くてメインゲレンデに近いのは第一駐車場だ。ただしそこも、A、B、Cと三つのエリアに分かれている。

駐車場には様々な車がずらりと並んでいた。一番近いAエリアには殆ど空きスペースがない。根津は一台一台の車内を見ながら、ゆっくりと進んだ。どの車にも、人が乗っている気配はなかった。

Bエリアに移動しようと思った時、反対側から一台のRV車がやってきた。運転しているのは男性だ。助手席に女性。そして後部座席にも人影があった。

根津はブレーキを踏み、運転席側のウインドウを下ろした。さらに顔を覗かせ、相手の運転手に向かって右手を振ってみせた。

RV車が根津の車の横で停止した。運転手は怪訝そうな顔をしながらも、ウインドウを開けてくれた。「何ですか」

「ちょっとお尋ねしますが、後ろに乗っているのはお子さんですか」

「そうですけど」

「お嬢さんですか」

「いえ、息子です」

がっくりした。だが、もしかすると自分たちが女の子だったと決めつけている可能性もあると思い、

「お子さんのスキーウェアは何色ですか」と尋ねてみた。

「あれは何色っていうのかな」男性は隣の女性に訊いた。

これだよ、といって後部座席から男の子が身を乗り出してきた。手にしているウェアは、ブルーと白のチェック柄だった。

「すみません。失礼しました」頭を下げ、車を発進させた。向こうの家族連れは、一体何事かと思ったことだろう。

Bエリアに入り、捜してみた。しかし条件に合う三人組は見つからない。

電話がかかってきた。栗林からだった。

「宿に問い合わせてみました。名前がわかりました。ワタナベさんというそうです。ワタナベカズシ

ゲさん。もうチェックアウトは済まされていて、宿に戻ってくることはないそうです」栗林は無念そうにいった。「おまけに電話番号は教えてもらえませんでした。あの女将、見かけと違って頑固です。そのかわり、ワタナベさんから私のところに電話をかけてもらえるよう取りはからってくれました。ただ、今日の夜までにかかってくることは期待できません」

「どうしてですか」

「今時珍しい話だと思うんですけど、ワタナベさんが宿に伝えていた連絡先は、自宅の固定電話なんだそうです。宿から電話をかけてみたところ、留守電に切り替わったとか。とりあえずメッセージは残したということですが、ワタナベさんがそれを聞く頃には夜になっているでしょう」

それでは遅い。また、テディベアをどこで見つけたのかを明らかにするためには、ワタナベ一家に現地まで案内してもらう必要がある。何としてでも、彼等がここを発つ前に見つけねばならなかった。

「仕方がない。では、アナウンスで呼び出してもらうことにします。栗林さんは、そのまま待機していてください」

「わかりました」

電話を切った後、今度は千晶にかけた。どうだ、と訊いてみる。

「いない。そもそも、こっちにはあまり車が駐まってない」

「やっぱりそうか。じゃあ、作戦変更だ。名前が判明した。ワタナベカズシゲさんというらしい。残念ながらケータイの番号はわからない。その近くにインフォメーションセンターがあるだろ。呼び出してもらうんだ」

「わかった。ワタナベカズシゲさんね」

これで何とか見つかってくれればいいがと根津は思ったが、あまり期待はできなかった。アナウンスが流れるのはスキー場内だけだ。ワタナベ一家がすでにスキー場から離れていたなら、彼等の耳には届かない。

駐車場のCエリアも回ってみたが、やはりそれらしき家族の姿はなかった。ほかにも駐車場はあるが、わざわざ遠くに駐めるとは思えない。

どうしようかと迷っているうちに、根津の目に留まったものがあった。駐車場の出入り口付近に取り付けられた防犯カメラだ。シーズン中は車上荒らしの被害も多いので、数年前から設置されている。最近は駐車場だけでなく、スキー場内にもいくつか取り付けられるようになった。スキーやスノーボードの盗難が増えたからだ。

これだと閃き、根津は車を発進させハンドルを切った。向かった先はスキー場管理事務所だ。防犯カメラの映像は、すべてそこで管理されている。

事務所に駆け込み、所員たちへの挨拶もそこそこに警備員室のドアを叩いた。中にいたのは顔見知りの警備員だった。「やあ、根津君。どうした?」のんびりと尋ねてくる。

「防犯カメラの録画映像を見せてもらってもいいですか。人を捜しているんです。重大な落とし物が届いているんですが、見つからなくて」

「そりゃあ、別に構わんが」中年の警備員の顔に戸惑いの色が浮かんだ。「重大な落とし物って？免許証か何かか」

「いえ、もっと大事なものです」

「カードとか？」

じれったくなってきた。何でもいいじゃないか早く見せてくれよ、とぼやきたくなる。

「薬です」

「薬？」

「それをその人たちに渡さないと、ある人の命が危なくなるんです」

我ながら大雑把な説明だと思ったが、「えっ、そりゃ大変だ」警備員は弾かれたようにモニターのほうに移動した。

モニターは四台あった。スキー場や駐車場に設置されているカメラは十台以上あり、自動や手動で画面を切り替えられるらしい。

警備員から操作方法を教わり、根津は四台のモニターの前に陣取った。まずは第一駐車場からだ。

だが二時間ほど前から録画された映像を早送りで見ていっても、ワタナベ一家らしき三人の姿は映っていなかった。

　おかしい、と根津は首を捻った。やはり、もっと遠くの駐車場に車を駐めたということなのか。何のためにそんなことをするのか。

　千晶に確認してもらった第二ゴンドラ駐車場も見てみたが、結果は同じだ。

　仕方なく、レストランや食堂前の録画映像を確認することにした。カメラは主に、それらの店舗前にあるスキーやスノーボード置き場を映している。

　早送りで映像を流し、ピンクや黄色、白といったウェアが目に入るたびに反応した。それらの色のウェアは、驚くほど多い。だがその三つの組み合わせとなると見当たらない。

　そしてまたピンク色のウェアが目に留まった。しかも小さな女の子だ。はっとしたが、次の瞬

間には落胆していた。少女と話している女性は、紫色のウェアを着ていたからだ。

これも外れかと諦めかけた時だ。紫色のウェアを着た女性は、少女から離れていった。少女は手を振っている。どうやら何かを話しかけられただけらしい。

その直後だった。画面の端から白いウェアを着た男性が現れ、少女の脇に立った。さらに数十秒後、今度はすぐそばにある店から黄色のウェアを着た女性が出てきて、二人と何か話し始めたのだ。

彼等だ、と根津は確信した。ゲレンデで一度見ただけだが、背格好といい間違いないと思った。

急いで前後の映像を確かめた。午前十一時十分頃に店に入り、約四十分後に出ている。

しまった、と根津は悔いた。ワタナベ一家をゴンドラ乗り場で待ち伏せしていた時、彼等は昼食を摂っていたのだ。とはいえあの時点では、レストランや食堂を片っ端から覗くというようなことはできなかった。その間に一家が滑り降りてきて、またゴンドラに乗る、あるいは別の場所に移動してしまうおそれもあったからだ。

時計を見ると、午後一時を過ぎていた。ワタナベ一家はどこへ行ってしまったのか。なぜ駐車場の防犯カメラに映っていないのか。

もしかすると帰路につく前に、里沢温泉村を散策しているのかもしれない。だが、どうやって捜せばいいだろうか。

そんなことを考えていると千晶から着信があった。

「呼び出しのアナウンスはしてもらったけど、まだ手応えはないみたい」

「そうだろうな。一家はすでにスキー場から離れている可能性が高い」

根津は防犯カメラの映像のことを千晶に話した。

「映像を見るかぎり、一家はもう引き揚げた感じだ。スキー板を履かず、担いで移動している」

「じゃあ、あたしがここにいても意味ないじゃん」

「いや、待て。一応、ワタナベ一家が入った店に行ってみてくれないか。店員が三人のことを覚えていて、何か手がかりが得られるかもしれない」

「いいけど、何というお店？」

「『三つ葉食堂』という店だ。わかるか？」

「ああ、信州菜担々麺が名物の店ね。じゃあ、行ってみる」

「よろしく」

電話を切ると、根津は警備員に礼をいって部屋を出た。こんなところにいても埒が明かない。こうなったら、村中を走り回ってでも一家を捜し出すのだ。

バンに乗り込み、発進した。里沢温泉村の道路は曲がりくねっていて、おまけにどこも細い。道行く人々に目を向けながらも、慎重に進んでいった。そうしながら根津は、絶望的な思いに襲われ始めていた。歩いている人は少なくないが、彼等の殆どがスキーウェアでもスノーボードウェアでもない。

考えてみれば当然のことだ。スキー場を離れれば、服を着替えるだろう。

小さな子供を連れた男女を見つけては声をかけ、ワタナベさんではないですか、と尋ねてみた。誰もが怪訝そうな顔をし、違います、と答えた。こんなことを続けていたら里沢温泉村の評判が悪くなるのではないかと少し心配になりかけた頃、電話がかかってきた。千晶からだった。

「今、『三つ葉食堂』にいる。店員さんに訊いたら、ワタナベ一家のことを覚えてた」千晶の息は弾んでいた。走ったのだろう。

「彼等はどんな話をしてた？　食事の後、里沢温泉村を散歩しようとか、お土産を買おうとか、そういうことは話してなかったか」

「残念だけど、そんな細かいことは覚えてないって。ポテトを運んだ時に、女の子がもっと滑りたいとかいってぐずってたそうだけど」

「それで？　もっと滑ることにしたのか？」

「そこまではわかんないそうよ。だって無理ないと思う。この店は人気があって、次から次にお客さんが来るんだもん」

千晶の反論に根津はいい返せない。人気店だということはよく知っている。

「どんなことでもいい。何か印象に残ってることがないかどうか訊いてみてくれ」

「訊いたけど、ほかに覚えてることはないって」

「何だよ、それ」根津は頭を掻きむしった。「たとえばスマホで何かを検索してたとか、地図を見てたとか……」

「無理だよ、そんなの。店員さんは忙しいんだから」

「忙しいったって、ポテトを運んだ時の会話は覚えてたわけだろ？」そういった直後、根津の脳内で電球が光った。「ちょっと待てよ。その店は信州菜担々麺が名物だろ。なんでポテトなんか注文するんだ」

「知らないよ、そんなこと」

「店員さんに訊いてみてくれ。ほかにはどんなものを注文した？　伝票を見れば、わかるんじゃないか」

千晶が店員に尋ねている会話が聞こえてくる。店員としては忙しい時に迷惑な話だろうが、今は気にしていられない。

「ええとね、信州菜担々麺を二つ。それからフライドポテトと瓶ビールとクリームソーダ」

「ビールっ」根津は声を上げた。「グラスはいくつだ？　ビールを飲んでたのは、夫婦のどっちだ？」

千晶が再び店員に訊いている。根津の意図を察したらしく、口調に熱が帯びているのがわかった。

「すっごい事実が発覚」千晶がいった。「夫婦でビールを飲んでたって」

「おい、それじゃあ……」

「おかしいよね。これから運転するなら、ビールなんて飲まないはずだもの」

「また連絡する。電話が繋がる状態にして待機していてくれ」

次に電話をかけたのは栗林のところだ。「はいはい」と軽い返事が聞こえた。

「確認したいことがあります。ワタナベさん一家が車で来ているというのはたしかですか」

「えっ、そうだと思いますけど」

「車で来ている、とはっきり聞いたんですね」

「ええと、どうだったかなあ」

「よく思い出してください。なぜ車だと思ったんですか」

「だって、高速の混み具合を心配していたから、車に決まってるじゃないですか」

「高速の？　運転して帰るといってましたか」

うーん、と栗林は唸った。「どうだったかなあ。ごめんなさい、よく覚えてない」

「わかりました、もういいです」電話を切り、サイドブレーキを外した。鈍臭いおやじと、のんびり話している場合じゃない。

ワタナベなる人物が飲酒運転を絶対にしないという保証はない。ビール一杯ぐらい、と軽い気持ちで口にした可能性はある。だが駐車場の防犯カメラに全く映っていないことと合わせれば、自分で車を運転する予定はなかったから安心して飲めた、と考えるのが妥当だ。それでも高速道路の混み具合を気にしていたということは、交通機関として車を使用するのは事実なのだろう。となれば、可能性はただ一つだ。

根津がバンを走らせて向かった先は、バス専用の駐車場だ。それは里沢温泉村の入り口付近にある。行ってみると十台足らずのバスが駐まっていた。根津は車から降り、バスのフロントガラス上部に掲げられている表示を見て回った。しかし名古屋方面に向かうものは見当たらなかった。

「にいさん、何か探してるのか」バスの陰から運転手らしき男性が現れ、尋ねてきた。制服を着て、帽子を被っている。口に爪楊枝をくわえていた。

名古屋方面に向かうバスを探しているのだ、と根津は答えた。

ああそれなら、と運転手は口を開いた。

「ついさっき出ていったよ。何とか観光っていうバスだ」

「ついさっき？　どれぐらい前ですか」

「ほんのちょっと前だよ。まだ五分も経ってないんじゃねえか」

ありがとうございますっ、といいながら根津は駆けだしていた。バンに飛び乗り、エンジンをかける。急発進させると、タイヤが少しスリップした。

アクセルを踏み、ハンドルを操作しながら思考を巡らせた。名古屋に向かうには、上信越自動車道、長野自動車道、中央自動車道、そして東名高速道路と乗り継いでいくルートをとるだろう。

何としてでもバスが上信越自動車道に乗る前に見つけなければ、と根津は思った。社名がわからないから、高速道路に入られたら、どのバスか見分けがつかなくなる。

前方に車が見えてきた。セダンタイプの乗用車だ。雪道の走行に慣れていないらしく、えらく慎重に走っている。対向車線に車の姿がないことを確認し、根津はアクセルを踏み込んだ。一気にセダンを抜き去り、元の車線に戻る。ほんの少しドリフトしたが、気にしちゃいられない。

その後もスピードを緩めず、前の車に追いついてはチャンスを見計らって追い越す、ということを繰り返した。追い越された側にしてみれば、怖くて乱暴な運転をする輩だと思ったことだろう。しかしやむを得なかった。高速道路の入り口まで、あともう残りわずかだ。バスが入ってしまえば、ノーチャンスだった。

高速道路の入り口が近づいたことを知らせる表示が現れた。もうだめかと天を仰ぎかけた時、前方にバスの後ろ姿が見えた。根津はギアを落とし、一気に近づいた。

バスの背面には、『やっとかめ観光』の文字が入っていた。おまけに名古屋ナンバーだ。間違いないと確信した。

パッシングし、クラクションを鳴らした。しかしバスはスピードを緩めない。単なるマナーの悪いバンだとでも思っているのだろう。強引に追い越してみようかと思ったが、こんな時にかぎって対向車がひっきりなしにやってくる。

どうしたものかと思ってバスの後部窓を見たところ、一人の子供と目が合った。小学生ぐらいの男の子だ。不思議そうに根津のほうを見ている。

止まって、止まって——根津は大げさに口の形を変え、伝えようとした。ついでに地面を指差すしぐさをした。

ようやく理解したのか、少年が前を向いて何かいった。やがて数名の顔が後部窓に並んだ。子供が多いが、中には大人もいた。

バスのハザードランプが点滅し始めた。速度を落とし、路肩に寄っていく。やがて完全に停止した。高速道路の入り口は、すぐ目の前だった。

根津も車を止め、リュックから受信機を取り出して降りた。バスの乗降口に近づくと、ドアがゆっくりと開いた。

「何だよ、一体」運転手が怪訝そうな顔で訊いてきた。

「すみません。自分は里沢温泉スキー場のパトロールをしている者です。このバスに、ワタナベさんという方は乗ってませんか。ワタナベカズシゲさんという方です」

すると運転手が何かいう前に、私ですが、とすぐそばから声が聞こえた。前から二番目の座席で、グレーのセーターを着た四十前くらいの男性が小さく手を上げていた。

根津はバスに乗り込み、男性に近づいた。彼の隣は空席だ。通路を挟んだ座席に、女性と女の子が座っていた。

受信機のスイッチを入れ、アンテナを女の子のほうに向けた。八つの発光ダイオードがすべて点灯した。

「何ですか、それ」母親らしき女性が不安そうな顔をした。

女の子は長袖のTシャツにミニスカートという出で立ちだった。脇に小さなバッグを置いている。

「そのバッグの中を見せてもらってもいいかな」根津はいった。

女の子は許可を得るように隣の女性を見た。母親らしき女性が頷くと女の子はバッグを開け、その中を根津のほうに示した。

根津は手を伸ばし、中に入っていたものを取り出した。茶色のテディベア――。

「それが何か？」父親が訊いてきた。

「お願いがあります」根津はワタナベに向かっていった。「俺と一緒にスキー場に戻っていただけませんか」

「えっ」ぎょっとしたようにワタナベは目を見開いた。

「人の命が懸かっているんです。この通りです」根津は頭を下げた。

32

「ななな、何ですって？　もらったあ？」電話で根津の話を聞き、栗林は思わず立ち上がった。その瞬間、右足に激痛が走った。「あ痛たたたた」

　声が大きかったせいか、周囲の人々が一斉に注目した。栗林は杖代わりのスキーポールに手を伸ばし、店の入り口に向かいながら電話を続けた。

「どういうことですか、それは。テディベアを貰ったって。誰からです」

「だから見ず知らずのスキーヤーからです。一昨日、お嬢さんが滑っている時、その人物とぶつかったんだそうです。相手は謝った後、ポケットからテディベアを取り出し、お詫びの印にといってくれたんだとか」

「ぶつかった……」

　はっとした。そういえば昨日の朝、あの親子がそんなことを話していた。そして朝食後に栗林が受信機のスイッチを入れたところ、反応があった。女の子がテディベアをウェアのポケットに入れたまま、スキー場に向かう途中だったのかもしれない。

「じゃあ、どこの誰かもわからないわけですか。その相手のスキーヤーは」店を出ながら栗林は訊いた。声が震えたのは、寒さのせいではなかった。

「今のところはそうです。特に名乗らなかったようですから」

頭の中が真っ白になり、目の前は真っ暗になった。じっとしていられなくなり、栗林は建物の壁に沿ってうろうろと歩き始めた。

「それじゃあ、どうすりゃいいんですか。捜しようがないじゃないですか」

「怒鳴らないでください。泣き喚いたって問題は解決しません。大体、これはあなた方の問題であって、こちらには関係ないことなんですからね」

「でも人の命が懸かっています」

「わかっています。どこの誰かは知りませんが、その人の命を救いたくて、俺だってこうして走り回っているんです」

毅然と語る根津の声を聞き、栗林の胸は痛んだ。いやじつはあなた方の命が懸かっているのだ、と喉元まで出かかっている。その言葉を呑み込み、すみません、と謝った。

「諦めるのは早いです」根津はいった。「もしかしたら、そのスキーヤーを見つけられるかもしれません」

「えっ、どういうことでしょう」

「ワタナベさんたちの話によれば、そのスキーヤーは小柄で、声の感じなどから推測して、まだ中学生ぐらいではないかということでした。平日の昼間、ふつうなら中学生は滑っていません。しかも、スキーの技量はかなり高かったそうなんです。ウェアの色は茶色っぽかったそうです」

「中学生っ、ということはスキー授業の……」

「御存じでしたか。板山中学の生徒たちが二日前から通ってきています。彼等の中の誰かである可能性が高いと思われます」

「なーるほどっ」栗林はスキーポールを雪面に突き刺した。「それは見込みがありそうですね」

「俺は今、スキー場に戻っている最中ですが、もう一人の仲間に連絡して、ゲレンデで板山中学の生徒を見かけたら、尋ねてくれるよういいました。栗林さんも足が痛くて大変でしょうが、もし生徒らしき子供がいたら、訊いてみていただけませんか」

「わかりました。そういうことでしたら、私にもアイデアがございます。やってみます」

引き続きよろしくお願いいたします、と言葉に力を込め、電話を切った。そのまま今度は秀人にかけた。

もしかしたら滑っていて気づかないかなと思ったが、しばらく待っていると電話が繋がった。なに、と無愛想な声が訊いてきた。

「今、どこにいるんだ」

「第一ゴンドラに乗ってるところ。もうすぐ上に着く」

「そうか。例の女の子……何といったかな。かわいい子だ。一緒なのか」

「違うよ。そんなわけないだろ」

「どうして？　さっき、喫茶店で話してたじゃないか」

「店を出た後、すぐに別々になった。何で、そんなこと訊くんだよ。どうだっていいだろ」

やけに機嫌が悪い。あの子と喧嘩でもしたのだろうか。だが今は、気遣っている余裕はなかった。

「頼みがある。大至急、あの子に連絡を取ってほしい。彼女の同級生の中に、このスキー場でテディベアを拾った者がいないかどうかを確かめてもらいたいんだ」

「テディベア？　何だよ、それ。意味わかんないんだけど」

「わからなくていい。お父さんの仕事に関係していて、とても重要なことなんだ。あの子の連絡先、知ってるんだろ？」

「……一応、聞いてるけど」

「だったら頼む。おまえをここに連れてきたのは、お父さんの仕事の手伝いをしてもらうためだと最初にいっておいたはずだ」

数秒の沈黙があった後、「わかったよ」と秀人はいった。「テディベアを拾った生徒を捜せばいいんだね」

「正確にいえば、ブナの木に吊してあったテディベアを取った生徒だ。ああそれから、ウェアは茶色っぽいらしい」

「何だよ、それ。ややこしいな。拾ったってことでいいよね。で、そういう生徒が見つかったらどうしたらいい？」

「その人に、ここに来てもらえたらありがたい。いずれにせよ、お父さんに知らせてくれ」

「ふうん、わかった」

「頼んだぞ。うまくいったら、何でも――」

買ってやるからな、と栗林がいい終える前にぶつんと電話は切れた。

次は東郷にかけた。電話が繋がるなり、「遅いじゃないか」と文句をいわれた。「かけ直すといったから、ずっと待ってたんだぞ」

「すみません。でも喜んでください。また大きな進展がありました」栗林は根津からの情報や、それに基づく問題の中学生捜しが着々と進行中であることを話した。

「そうか。しかし中学生というのが気になるな。連中は、大人以上にネットに精通しとるだろ。変な噂が流れたりしないか」

「ある程度は仕方がありません。だけど所長、考えてみてください。仮に雪の中に何かが埋まっているという噂が流れたにせよ、現金とかダイヤとか、険悪な方向にいったとしても爆弾とか死体とかじゃないでしょうか。そんな噂なら、痛くも痒くもありません。パトロール隊員が口を滑らせたとしても、彼等はワクチンだと思い込んでいます。何ら問題ありません」

「ふん、それもそうだな」

「でしょう？　まさか誰も、病原菌の入ったガラス容器が埋まってるなんて思いませんよ。そんな話、絶対に出てきやしませんって」

「わかった。そういうことならすべて任せる。この次の電話では『K－55』を発見した、という話を聞けることを期待しているからな」

「了解です」

通話を終え、スマートフォンをポケットに入れた時だ。栗林の背後で、ばたんと物音がした。振り返ると、店の裏口のドアがあった。電話しながら歩いていて、建物の真裏まで来ていたようだ。

栗林は閉まったドアをしばらく見つめた後、スキーポールを杖代わりにして歩きだした。たった今まで晴れ渡っていたはずの胸中に、どす黒い雲が広がり始めている。それを懸命に払いのけようとした。

33

栗林が『カッコウ』の店内に消えたのを確認し、折口は双眼鏡を置いた。現在彼がいる場所は、

『カッコウ』から二十メートルほど離れたところにある無料休憩所だ。テーブルと椅子が並び、壁際には飲み物の自販機が置かれている。

栗林のことは、今朝もすぐに発見できた。杖をついているから目立つのだ。おそらく今日も『カッコウ』で待機する気ではないか、という予想も的中した。

ところがそこから先の動きがまるで見えてこなかった。昨日と同様、あのパトロール隊員と思われる二人組がテディベアを探しているのだろうが、進捗状況が全く摑めない。とはいえ、栗林に近づいたところで警戒されるだけかもしれなかった。そこでこうして、遠目に見張っているというわけだ。

たった今まで栗林は、店の外でずいぶんと長く電話をしていた。双眼鏡で顔のアップを捉えたところ、その表情の変化は大きかった。明らかに何らかの進展があったと思われる。

では、次に自分はどう行動すべきか――。

空になった紙コップを握りつぶした時、「おい、何だ、これ。変なメッセージが入ってるぞ」と、すぐ横にいる少年の声が耳に入った。中学生らしいから、先日から来ているスキー授業の生徒たちだろう。

「誰から来てる？」一緒にいる少年が訊き、仲間のスマートフォンを覗き込んでいる。最近は中学生でもスマートフォンを持つのが常識らしい。

「ヤマザキからだ。板山中の生徒で、スキー場でテディベアを拾った人を探しています。ウェアは茶系。心当たりのある人は連絡をください、だってよ。どういう意味だ、これ。テディベアって何だ」

折口はぎくりとして耳をそばだてた。聞き捨てならない言葉が入っている。

「誰かがスキー場のどこかに落としたんじゃないの？　で、それを板山中の生徒が拾ったんじゃないかってことになってるとか」

「そうかもしれないな。でも、何でテディベアなんか落とすんだよ」

「さあ……」

二人のやりとりを聞いていて、折口は状況を察知した。どうやらブナ林に吊されていたはずのテディベアが持ち去られてしまったらしい。その犯人が板山中学の生徒の可能性が高いということなのだろう。

生徒全員がメッセージを目にするわけではないだろうが、一緒にいる仲間の一人が気づけば、忽ち情報は広がる。問題の生徒が判明するのに、さほど時間はかからないだろう。判明した後、その生徒はどうするか。

『カッコウ』に来るに違いない、と折口は考えた。栗林自身が詳しい事情を説明するはずだからだ。

「なあ、いつまでここにいる？」中学生たちが別の話を始めた。「もう、滑りに行かないのか」

「俺はもういいよ。疲れたし、飽きた。滑りたいなら、行ってきていいよ」

「いや、それなら俺もここにいる。ゲームしてたいし」

「おう、そうしようぜ」

中学生たちは、まだ当分ここにいるようだ。折口はほくそ笑んだ。また新たな情報を盗み聞きできるかもしれない。

するとそこへ真奈美から電話があった。どんな様子だと尋ねてきたので、折口は中学生たちから離れながら、大まかなことを説明した。

「ふうん、そういうことか。その中学生を先に押さえれば、お宝を横取りできそうな雰囲気じゃない」

「そう思って、爪を研いでるところだよ」

「あんたの爪じゃあまり頼りにならないけど、とりあえず任せるしかなさそうね」

「それより、そろそろ教えてくれたらどうなんだ。お宝って何だ」

真奈美は、ふふん、と鼻を鳴らした。

「そうね、あんたに回収してもらうんだから、教えておいたほうがいいわね。お宝の正体は白い粉。ガラスケースに入ってる」

「白い粉……それはつまり」

「早とちりしないで。覚醒剤の類いじゃない。考えようによっては、もっとお金になる」

問題の品は生物兵器だと真奈美はいった。それを聞いても折口はぴんとこなかった。どんなものなのか、想像もつかない。

「だから話しても無駄だと思ったのよ。とにかく扱いには気をつけてちょうだい。ガラスケースはとても脆弱にできているらしいの。密閉容器を用意しておくようにいったはずだけど、大丈夫ね」

「とりあえず持ってきている。食品用の密閉容器だけど」

「それでいい。発見したら、即座にそこへ入れること。さらにビニール袋に入れ、口をしっかりと閉じておくこと。わかった？」

「やけに厳重にするんだな」

「それぐらい重大な品だということよ。いいわね、絶対に取り逃すんじゃないわよ。この際だから、多少強引なことをしてもいい」

「本当か？　それなら遠慮しないぜ」

「大丈夫。向こうには、そう簡単には警察に頼れない事情がある。そのかわり、しくじったりしたら承知しないからね」さらりとした口調でいう。それが逆にこの上ない冷酷さを感じさせ、折口は背筋が寒くなった。

34

入り口の自動ドアが開くたびに秀人は顔を上げた。しかし今入ってきたのは赤いウェアを着た、年配の外国人女性だった。初日にも思ったことだが、欧米からの客が本当に多い。この第一ゴンドラ降り場のそばにあるコーヒーショップも、メニューが英語で大きく書いてある。

テーブルに置いたスマートフォンを見て、時刻を確かめた。さっき見た時から、あまり時間が経っていない。この店で落ち合おうと育美と約束したのは、今から十五分前のことだった。

その育美が入ってきた。秀人に気づくと、小走りに近づいてきた。「ごめん、待った?」

「ううん、そんなに。それより、変なことを頼んでごめん」

「大丈夫。でも、ほんとに変なことだね」育美はゴーグルを外し、秀人の隣のスツールに腰掛けた。

「俺も、よくわかんないんだよ。お父さんの仕事の関係ってことしか知らなくて」

「ふうん、でも何だか楽しそうな仕事だね。テディベアを探してるなんて」そういいながら育美は自分のスマートフォンを操作し始めた。

和幸から奇妙なことを頼まれた後、即座に育美に電話をかけたのだった。和幸には渋々了承するような言い方をしたが、内心では彼女に連絡する口実ができたと思い、喜んでいた。『カッコウ』で高野の母親や妹に関する暗い話を聞いた後は、「今日も一緒に滑ろうよ」とはいいだせず、何となく店を出てから別々になってしまったのだが、どうして思いきって誘わなかったのかと後悔ばかりしていたのだ。

「うーん、みんな滑ってるのかな。まだあんまり読まれてない。返事は来てるけど、何それって訊いてくるメッセージばっかり。ちょっと待ってね、軽く返しちゃうから」育美は慣れた手つきで指を滑らせた。

メッセージを送った様子だったので、「何て書いたの?」と秀人は訊いてみた。

「東京から来たお友達が、このスキー場で大切なテディベアをなくしたんだって書いといた。それが一番話が早いし」

秀人は顔が少し熱くなった。東京から来たお友達——自分をそんなふうに表現してくれたことが嬉しかった。コーラの紙コップに残っていた氷を口に入れた。

「ええと……何か飲む? ジュースとか」

だが育美はこれには答えず、スマートフォンの画面を見て、あっと声を上げた。それから、スマートフォンを耳に当てた。

「あたし……うん……えっ、それほんと？……へえ、そうなんだあ。……うん……うん、カワバタ君とは昨日も会ったけど、何もいってなかった。やっぱりモモカに気があるんだね。……別にいいじゃん、好かれるっていいことだし。……まあまあ、そういわないで。とにかくありがとう。……うん、あたしから連絡してみる」電話を切り、秀人のほうを向いた。「カワバタ君がテディベアを見つけたようなことをいってたって」

「カワバタ君っていうと、バックフリップを決めてた……」

そうそう、と育美は頷いた。

「今電話をくれたのはモモカといって、同じ中学の子。一昨日、その子にカワバタ君が、スキー場でテディベアを拾ったけど、小さな女の子がいたからその子にあげたって自慢してたんだって」

「そういえば彼、茶色のウェアだったね」

「たぶんビンゴだ。電話してみる」

だが電話は繋がらないらしく、育美は顔をしかめてスマートフォンを耳から離した。

「出ないの？」

「うん。カワバタ君はガラケーだから、あたしのメッセージも見てないようなんだよね」

「へえ、今時」

「あいつはマイペース男だからね」育美は再度電話をかけ始めた。すると今度は繋がったらしい。

「あっ、カワバタ君？　あたし、山崎。……ええと、あたしのメッセージ、知らないよね？……やっぱし。あのさ、一昨日、テディベア拾ったでしょ。……モモカから聞いた。……いいじゃん、そんなこと。それよりさ、そのテディベアが問題になってんの。……何がって、詳しいことはあたしも知らないけど、それがどこにあったかが重要なんだって。……別に怒られるとかじゃないみたいだよ。……ちょっと待って」スマートフォンを耳に当てたまま、秀人のほうを見た。「カワバタ君は、どうすればいいの？」

「喫茶店の『カッコウ』に行ってもらって。俺はお父さんに連絡しておくから」

育美は頷き、そのことを相手に伝えてから電話を切った。

「これからすぐ『カッコウ』に行ってみるって。よかったね、見つかって」

「ありがとう。君のおかげだ」

「こんなの、大したことじゃないから。――そうだ、みんなに問題が解決したことを知らせなきゃ」

育美は、またしてもスマートフォンを操作する。

秀人も和幸に電話をかけることにした。そうしながら、育美の横顔を盗み見し、これをきっかけにこの後また一緒に滑れるかもしれない、と考えていた。

35

川端健太は、やや不安な思いを抱きながら滑走を続けた。ほんの少し前までは、いつものように爽快な気分でスキーを楽しんでいた。ところが山崎育美からの電話で、いろいろなことが頭の中で交錯することになってしまった。

あのテディベア、やっぱり何か意味があったんだな——それが最も気に掛かっていることだった。二日前、高野裕紀に窘められて一旦は諦めたが、ほかの誰かが見つけて持っていってしまうかもしれないと思うと俄然悔しくなり、一人であの場所に戻ったのだ。幸い、テディベアはそのままだった。健太はそれをポケットに入れ、コースに戻った。

テディベアは同級生の吉田桃華にやろうと思った。いつ渡せばいいだろう、その時に何といえばいいだろう、そんなことをぼんやりと考えながら滑っていた。考えることに夢中で、周囲の様子に気を配っていなかった。

斜面の途中に小さな段差があった。そのせいで先が見えにくくなっていた。それにもかかわらず、その段差を使い、ちょっとしたジャンプを試みた。ピンク色のウェアが視界に入ったのは、踏み切った直後だった。しまったと思い、空中で懸命に身体を捻った。相手に直撃することだけは避けねばならないと思った。

幸い、それは回避できた。ただし相手の進路に入ってしまった。着地した直後、脇腹に激突され、健太は転倒した。

無論、これは自業自得だ。それより心配せねばならないのは相手のことだった。向こうのスキーヤーも転んでいたからだ。しかも小さな女の子だった。

あわてて立ち上がり、少女に近寄った。「大丈夫？　怪我はない？」

彼女は無言だった。驚きのあまり放心状態になっているようだ。その顔は青白かった。

二人の大人があわてた様子で滑り降りてきた。少女の両親らしい。健太は焦った。

「どうした？　またぶつかったのか」白いウェアを着た父親らしき男性が険しい口調で少女に訊いた。

しかしやはり彼女は答えない。唇が震えている。

「すみません、僕が悪いんです」健太は頭を下げて謝った。「前をよく見ないでジャンプなんかして、この子の前に飛び出しちゃったんです。ごめんなさい」

「怪我はないの？」母親らしき女性が女の子に訊いた。女の子は何か答えたようだが、健太には聞こえなかった。

健太の頭の中は罪悪感と後悔でいっぱいになった。スキー場では周りの客に気をつけろ、と両親から強くいわれている。一度でも嫌な目に遭ったら、その客は二度とこのスキー場には来てくれなくなるからだ。スキー場が大きな財産であるこの地域の人間にとって、それは天に唾する行為だ。

「どこか痛いところはない？　本当にごめんなさい」健太は何度も頭を下げた。

「大丈夫だろ？　ほら、立ちなさい」

父親に促され、女の子は立ち上がった。どうやら怪我はしていない様子だ。しかし表情は強張ったままだった。何とかして笑顔を取り戻してほしい、と健太は思った。

ポケットから例のテディベアを出し、女の子に見せた。

「これ、あげるよ。お詫びの印」

さすがに意外だったらしく、女の子は驚いたように両親を見上げた。

「そんな、気を遣わなくてもいいよ」父親が苦笑を浮かべた。「こういう場所では、お互い様だし」

「いえ、今のは僕が悪かったんです。だから、これ、受け取ってくれない？」女の子にテディベアを差し出した。

どうしたらいいのか、彼女は迷っている様子だった。すると父親が、「貰っておきなさい」といった。「これも思い出の一つだから」

女の子は躊躇いつつ手を出し、テディベアを受け取った。

「貰った時にはお礼をいうんでしょ」そういったのは母親だ。

女の子は健太に向かってありがとうといい、ようやく口元を緩めたのだった。

あのテディベアが問題になっている――。

やっぱりまずかったのか、と後悔した。山崎育美は、怒られるようなことはなさそうだといっていたが、本当にそうだろうか。健太がしたことは、少なくとも褒められた行為ではない。捨ててあったわけではなく意味ありげに木に吊してあったテディベアを、無断で持ち去ってしまったのだ。しかもその木がある場所は滑走禁止エリアだ。

やばいなあ、と思った。誰かに責められることしか頭に浮かばなかった。

健太を憂鬱にさせていることは、もう一つあった。山崎育美が、テディベアのことを吉田桃華から聞いたらしいことだ。たしかに吉田桃華にだけ、テディベアの話をした。それできっと山崎育美は、やはり健太は吉田桃華のことが好きで、だから彼女にだけ秘密を打ち明けたのだと思い込んだに違いない。それは間違いではないのだが、そんなふうに見抜かれるのは面白くなかった。健太としては、吉田桃華への気持ちは、ずっと秘密にしてきたつもりだった。それなのにいつの頃からか、山崎育美はそのことで健太を冷やかしてくるようになった。何て勘のいいやつだ、と腹立たしくなる。

そんなことを考えながら滑っているうちに、初心者用斜面に達していた。少し斜めに滑り降りていく。『カッコウ』の看板が近づいてきた。

店の前で停止し、スキー板を外した。スキーポールと共にスキー置き場に立て、店に入ろうとすると、「板山中学の生徒さん？」と横から声をかけられた。

チェック柄のウェアを着た男性だった。年齢はよくわからない。健太の父親よりは少し下だろうか。サングラスをかけ、縞柄のニット帽を被っている。

はい、と健太が答えると、「もしかして、テディベアを見つけた人？」と小声で訊いてきた。

「そうですけど」

すると男性は、グローブを嵌めた両手をぱんと叩いた。

「そっかー。君がそうか。いやいやいやいや、会えてよかった」

「『カッコウ』に行くようにっていわれたんですけど」

「そうそう、それでいいんだ。しかし君、大変なことをしてくれたね」

「テディベアのことですか」

「もちろん、そうだ。そのせいで、えらい騒ぎになってるんだよ」

「どうもすみません」わけがわからなかったが、まずは謝った。内心は不満だった。何だよ山崎のやつ、怒られることはないっていってたくせに――。

「まあそれはいい。とりあえず案内してもらおうか」男性が健太の肩に手を置いた。

「案内って、どこへですか」

「そんなの決まってるだろ。テディベアがあった場所へだよ。覚えてるんだろ」

「それは……はい」

「じゃあ、行こう。あっと、その前に携帯電話の電源を切ってもらおうかな。電子機器を使うので、念のためだ」

一体何をするんだろうと思いながらも、健太はいわれた通りにした。

「さて、行こうか。まずはゴンドラに乗るのかな」

「第一ゴンドラです」

「あっちか、遠いな」男性は顔をしかめた。「連絡コースを行くわけだな。だったら、さっさとスキーを履こう。時間があまりないんだ」

男性に急かされ、健太は急いでスキー板を装着した。

36

楽しさが完全に蘇っていた。奇麗にカービングの弧を描く育美を追って滑る快感は、やっぱりスノーボードは楽しい、と秀人に思わせた。

テディベアの一件が片づいたことを皆に知らせた育美は、「気になるから、あたしたちも『カッコウ』に行かない?」と誘ってくれた。大人たちがよく使う「渡りに船」とは、こういうことをいうのだろうか。秀人の側に断る理由など何もない。「うん、行こうっ」と脱いでいたウェアを手にして腰を上げたのだった。

しかし育美の後を追いながら、秀人は悩んでいた。テディベアの問題が解決したということは、父の仕事が一段落したことを意味するのかもしれない。そうなれば自分たちは、今日明日にもここから引き揚げねばならない。おまけに育美たちのスキー授業は今日までだ。いずれにせよ、このままでは永久に彼女とは会えないことになる。もしかしたらネットを使ったやりとりは可能かもしれないが、ただそれだけのことだ。東京と長野。中学生にとっては遠すぎる距離だった。次にいつ里沢温泉スキー場に来られるかは全くわからない。今シーズンは、たぶんもう無理だ。

では、どうすればいいのか。お金を貯めて、夏休みに来ようか。しかし、それだけの金額を貯められるだろうか。それ以前に、そんなことをして、育美からキモいやつだと思われないか――。

いや、じつはもっと気になっていることがあった。高野ユウキのことだ。未だに秀人は、その名前を漢字でどう書くのかも知らない。だが彼の辛い境遇については、よく知っている。ついでに、そのことで育美がどれほど心を痛めているかも。

高野のことはよく覚えていない。だが、ちらっと見た感じでは、顔は悪くなかった。体格はがっしりしていて、声も大人びていた。それにあのカワバタと一緒に滑っているぐらいだから、スキーの腕前も相当なものなのだろう。

育美は高野のことが好きなのだろうか。単に同情しているだけならいいが、そうでないなら、自分がこんなふうに思い焦がれたところで無駄ではないのか。

鈴木や佐藤の顔が浮かんだ。あいつらに相談したほうがいいのだろうか。いや、連中のことだ。面白がって囃し立てるだけに違いない。それにあんなやつらが、有効なアドバイスをくれるとも思えない。クラスの女子と話す時でさえ、緊張の色を隠せないでいるのだ。

そんなことを考えているうちに、『カッコウ』の建物が見えてきた。育美は一直線に向かっていく。彼女のトラックをなぞりながら、そんなに早く高野の親の店に行きたいのかよ、といじけてしまう秀人だった。

店の前に着くとボードを外し、育美に続いて入り口をくぐった。もはや見飽きた光景となった、和幸が隅の席でスマートフォンをいじっている姿が目に入った。テーブルの上には飲みかけの生ビールのグラスと、ケチャップとマスタードをたっぷりかけたフランクフルトが載った皿が並んでいた。早くも祝杯をあげていたのだろうか。

近づいていき、お父さん、と声をかけた。

和幸は秀人を見て、おう、と威勢のいい声を上げた。

「でかした。今回はよくやってくれた。礼をいうぞ」戦国時代の武将のような言い方をした。貫禄は全くないが。

「それはいいけど、問題は解決したの？」

「解決？　いや、それはまだだ。何しろ、肝心のその彼……カワバタ君だっけ。その子がまだ現れないからな」和幸の視線が秀人の後ろにいる育美に移った。「あっ、君が協力してくれたみたいですね。いろいろとお世話になりました」頭を下げる。

「来てない？　えっ、どうしてだろう」秀人は育美のほうを振り返った。

彼女も首を傾げた。

「おかしいね。カワバタ君なら、とっくの昔に着いているはずなのに」

「えっ、何、どういうこと？」和幸が、きょときょとした。

「お父さん、ずっとここにいた？　トイレとかに行かなかった？」

もしかしたら和幸が席を外している間にカワバタは店に入ってきて、誰からも声をかけられないのでどこかへ行ったのかもしれないと思ったのだ。

だが和幸は、いやいやと手を振った。

「秀人から、テディベアを拾った人を見つけたっていう電話をもらった後は、ここから一歩も動いてないよ。じっと入り口を見て、それらしき人が入ってくるのを待ってたんだ」

「じゃあ、どこかへ寄り道でもしてるのかな」

秀人は育美にいってみたが、彼女も、さあ、と不思議そうな顔をするだけだ。

やまざき、とどこからか声が聞こえた。「どうかしたの？」

声がしたほうを見ると、下はスキーパンツで上は黒のパーカーという出で立ちの青年がそばに立っていた。顔つきが大人びているので秀人には一瞬年上に思えたが、よく見ると高野ユウキだった。

育美が事情を話すと、高野も小首を傾げた。

「俺もさっきからこの近くにいたけど、ケンタのことは見てない」

「そう？　おかしいな。どこにいるんだろ」そういった後、育美はちらりとカウンターのほうに視線を走らせた。

もしかすると、あのおばさんがいるのかなと思ったが、そこに立っているのは高野の兄だった。

37

根津が詰め所に戻ると、その前に千晶の姿があった。お疲れ様、と声をかけてきた。

「ようやく片づきそうだ。手間取っちまったよ」

根津のもとへ栗林から連絡が入ったのは、ほんの数分前だ。テディベアを持ち去った中学生が見つかったという。『カッコウ』で会うことになっているらしい。すぐにそのことを千晶にも電話で知らせた。ちょうど彼女はゲレンデを降りてきたところだったらしいので、詰め所で落ち合うことにしたのだ。

詰め所にいた牧田にも報告し、スノーモービルのキーを持って外へ出た。スキーとブーツを積み込もうとすると、千晶がボードを抱えて後部席に乗り込んできた。

「おまえはもう来なくてもいいぞ」

「どうしてよ」千晶は口を尖らせた。「ここまで付き合ったんだから、最後まで見届けさせてくれたっていいじゃない。それとも手柄を独り占めする気？」

根津は苦笑した。「しっかり摑まってろよ」

エンジンをかけ、発進した。『カッコウ』に向かうには、ゲレンデをほぼ真横に移動する必要がある。斜度が緩くて苦労しているスキーヤーやスノーボーダーを横目に、ぐいぐいと進んでいった。

第一ゴンドラ乗り場の近くへ行くと、団体客が列をなしていた。週末になると、やはり賑わう。

そこを過ぎて、少し行った時だった。

「あっ、ちょっと待って」

千晶にいわれ、停止した。「どうした？」

彼女はゴンドラ乗り場のほうを振り返った後、小さく首を振った。

「ううん、何でもない。ごめんなさい」

知り合いに似た人間でもいたのかもしれない。根津は再びスノーモービルを発進させた。

間もなく、『カッコウ』に到着した。二人揃って店内に入っていくと、栗林の姿があった。しかも彼のそばには、二人の若い男女がいた。どちらも中学生のようだ。

最初根津は、少年のほうがテディベアを見つけた当人なのかなと思った。だがすぐに違うことに気づいた。少年はスノーボードのブーツを履いていたからだ。

「やあやあ、根津さん」栗林が笑顔で手を振ってきた。「どうもどうもどうも。いやー、このたびは本当にお世話になりました。心より感謝いたします」

根津は戸惑いつつ頷き、改めて店内を見回した。

「ええと、それでテディベアを見つけた中学生というのはどこに？」

「あっ、その彼はまだここには到着していません。それより紹介します。こいつはうちの息子でシュウトといいます。優秀の秀に人と書きます。名前負けしてる、なんてよくいわれてるみたいで――」

栗林の言葉を遮り、「おかしいんです」と秀人が根津を見上げていった。「テディベアを見つけたのはカワバタ君という生徒ですけど、スキーの腕前から考えて、もう着いてないと変なんです」

「電話は？　かけてみた？」そう訊いたのは千晶だ。

「かけたけど、繋がらないんです」秀人の横にいる少女が答えた。

変だな、と根津は首を捻った。どこかに寄り道しているということか。

すると、根津さん、と千晶が肘で突いてきた。

「さっきあたし、怪しい二人を見たんだけど」

「えっ、どこで?」

「向こうから来て、第一ゴンドラ乗り場を過ぎたあたり。だからあの二人も、ゴンドラに乗るつもりなのかもしれない」

「その二人組の、何がどう怪しかったんだ」

「中学生らしい男の子と大人の男だったんだけど、怪しいのは大人のほう。目についたのは帽子。どどめ色と黄土色の縞柄っていう、すっごい趣味の悪いデザインだった。でもあの帽子には見覚えがある。根津さん、覚えてない?」

「どどめ色と黄土色の縞柄……」口にしてから眉根を寄せた。「そもそも、どどめ色ってどういう色だ?」

「あの男が被ってたじゃない。昨日、あたしたちのことを見張ってたやつ」千晶はじれったそうに両手の拳を振った。

ああ、と思い出した。「グレーのウェアを着てた男だな」

「そう。でも、さっきのウェアはチェック柄だった。レンタルかもしれない。で、一緒にいた男の子のウェアは焦げ茶色だった」

カワバタ君だ、と女の子がいった。

「どういうことだ。それはおかしいな」根津は栗林を見た。「あの人物は、以前からあなたに付きまとっていたという話でしたね」

「ええ、やけにテディベア探しに関心を持っていて、野次馬根性の強い人だなあと思っていたんですが……」

「もし単なる野次馬根性なんかじゃなくて、最初からワクチンの横取りが目的だったとしたら……」

「まずいよ、それ」千晶がいった。「追いかけないと」

根津は踵を返した。スノーモービルで駆け上がれば、彼等を追い越すことは可能だ。だが入り口に向かいかけたところで足を止めた。

「行き先がわからない。第一ゴンドラに乗った後、どこへ行く気だろう」

その時、「こだま第一コースの脇です」という声が後ろから聞こえた。パーカーを着た若者が立っていた。

ああ君か、と根津は頷いた。この店の次男坊だ。たしか高野裕紀といった。

「俺、テディベアがどこにあったか、知っています」

「えっ、君が？　どうして？」

「カワバタと一緒に見つけたんです。でもその時は、勝手に持っていっちゃいけないって止めたんですけど、その後でカワバタのやつ、取りに戻ったみたいで……」

「何だ、君が知ってたのか」栗林が大きな声を出した。「だったら、もっと早くいってくれればよかったのに」

「必要なのはテディベアで、それがあった場所は関係ないと思ってたんです」

裕紀の言い分はもっともだった。テディベアを拾った人を探していると聞けば、ふつうそう思うだろう。彼は拾ってはいないのだ。

「その場所に案内してくれないか」根津はいった。

裕紀は頷いた。「すぐに準備します」

根津は店を出て、スノーモービルに跨がった。間もなく裕紀もスキーを担いでやってきた。

「根津さん、あたしも行く」千晶が駆け寄ってきた。

「定員オーバーだ。大体の位置はわかるだろ？　後から来い」そう答えるなりスノーモービルをスタートさせた。

サイレンを鳴らし、目的地までの最短距離を最高速度で吹っ飛ばした。今日は、こんなことばかりしている。

走りながら大声で裕紀に大まかな事情を話した。彼も栗林たちとのやりとりを傍らで聞いていたらしく、驚きの言葉は口にしなかった。

あっという間に山頂付近に到達した。裕紀が根津の肩を叩いた。「このあたりです」

スノーモービルを止め、スキーに履き替えた。

「よし、案内してくれ」根津は裕紀にいった。

「コース外に出るんですけど」

「そんなことはわかってる。今さらいってどうする。今日は特別だ。さあ、早く」

裕紀は頷き、滑りだした。根津はその後を追った。かなりの速度だ。勢いをつけてコース外に出るのだなと察せられた。

思った通り、一メートルほどの高さがある壁を上った。姿勢を低くし、ロープをくぐっていく。木がかなり密に生えているが気にならないらしい。この先にパウダーゾーンがあると確信していなければできない行為だ。褒められたことではないが、さすがは地元っ子だなと感心してしまう。

裕紀の後についていくと、間もなく視界が開けた。なるほどここに出るのか、と根津は納得した。昨日から千晶と二人で何度か捜索した場所ではあるが、到達するためのルートが違っているのだ。

「どの木だ？」

根津の問いかけに裕紀は首を傾げ、手を広げた。

「この辺で見つけたと思うんですけど……」

はっきりとは覚えていないようだ。たしかに、どれも似たような木ではある。

「仕方がない。片っ端から木の根元のあたりを掘ってみよう。君も手伝ってくれ。ただし、慎重にな」

「わかりました」

目についた何本かの木の下を掘ってみた。圧雪されていないので、どこも数十センチほどなら簡単に掘れた。だが逆に、そうした場所に埋まっている可能性は低いと気づいた。何かを埋めたのなら、そこはきっと踏み固めてあるに違いないからだ。

根津さん、と裕紀が呼びかけてきた。一本の木を見上げている。

「この木だと思います」

「どうしてわかる？」

「ここにほら」木の幹を指差した。顔の高さほどの位置だ。「釘が刺さっています。これにテディベアが吊されていたんです」

よく見ると、たしかに釘が刺さっていた。いわれなければ気づかないだろう。

早速、そのすぐ下を掘ってみた。すると、ほかの場所とは明らかに感触が違った。意図的に固められているのだ。

やがて手に触るものがあった。雪を払ってみると粉の入ったガラス容器だった。

背負っていたリュックを下ろし、中からワクチンの収納容器を取り出した。栗林から渡されたものだ。留め金を外して金属製の蓋を開けると、さらにプラスチック製の蓋がある。それも開け、ガラス容器を中に収めた。緩衝材が入っているので、多少の衝撃には耐えられそうだ。

二重の蓋を閉め、よしと思わず根津が声を発した時だ。上から誰かが滑り降りてくる気配があった。見ると、二人のスキーヤーが近づいてくるところだ。一人は小柄で茶色のウェアを着ている。もう一人はチェック柄のレンタルウェアだ。そして頭には趣味の悪い縞柄の帽子を被っている。

千晶がいっていた二人だ、と根津は気づいた。

「参ったなあ。先を越されちまったか」根津たちのそばまでやってきて縞柄帽の男がいった。「スキー場の社長にいっとけよ。団体客をゴンドラに乗せるのは、ほかの客が乗り終わった後にしろってな。えらく時間がかかっちまったじゃねえか」

「誰ですか、あなた。ここは滑走禁止ですよ」

男は、けっ、と吐き捨てた。

「そんなことはどうだっていいんだよ。それよりさ、その手に持っているものをこっちに渡してもらおうか」声に、どすをきかせる響きが加わった。

「何いってるんだ。あんた、一体何者だ」

「だからそんなことはどうだっていいといってるだろ。さっさと渡せ」

「そんなこと、できるわけないだろ。これは大切なものだ」

「俺にとっても大切なブツなんだよ。早くしねえと、後悔することになるぜ」

「何をどう後悔するんだ。あんたこそ、早くコースに戻れ」

おじさん、と茶色のウェアを着た少年が男のほうを振り返った。「何やってんの？　これ、どういうことだよ」

「ああ、今教えてやるよ」

男はスキー板を外し、さらにスキーポールを離した。そしてすぐ前で困惑したように立っていた少年の背中を、どんと突き飛ばした。少年は、あっと声を上げて四つん這いになった。男はその上にのしかかった。少年の顔が苦痛に歪んだ。

「何をする気だっ」根津は怒鳴った。

男は酷薄そうな笑みを浮かべ、ポケットから何かを出してきた。それを見て、根津はぎくりとした。ナイフだったからだ。

少年の首筋にナイフの先端が当てられた。

「さあ、どうする？」男が訊いてきた。

「待て、無茶するな」

「脅しじゃないぜ。こいつを助けたかったら、俺のいう通りにするんだ」

サングラスのせいで、男の目は見えなかった。しかし狂気じみたオーラが漂っているのはたしかだった。逆上したら、ナイフを突き立てるおそれは十分にある。

「おい、どうなんだっ。こいつがどうなってもいいのか？」

少年の呻き声が根津の耳に届いた。どうやら選択肢はなさそうだった。

「……わかった。どうすればいい？」

「早くそういえばいいんだよ。まずは、持っているものをそこに置いてもらおうか。ゆっくりとだ。変な真似をしたら、このガキの命はないからな」

根津は腰を落とし、収納容器を雪の上に置いた。

「オーケー、オーケー。最初から素直にそうしてればよかったんだよ。手間を取らせやがって。次はスキーを外すんだ。おい、後ろの坊主。おまえもいう通りにしろ」

根津はスキーを外した。後ろで裕紀も男の指示に従っている。

「よし、じゃあ、そこから歩いて下に降りていけ。俺がいいというまでだ」

根津の横で裕紀が、「どうする気だろう」と小声でいった。

「いわれた通りにするしかない」根津は斜面を下り始めた。硬いスキーブーツが雪に埋もれるので、うまく歩けない。

二十メートルほど下ったところで振り返った。男がリュックを背負い直しているところだった。容器を回収したようだ。先程まで拘束されていた少年は、数メートル下にいる。やはり歩かされたらしい。

少年が解放されたのなら、命令に従う必要はない。根津は斜面を登り始めた。それに気づいたのか、

男はスキーポールを手にして滑りだした。

その直後だ。上のほうから人影が現れた。すごい勢いで滑り降りてくる。千晶だった。

「どうしたのっ」大声で訊いてきた。

「容器を横取りされた」根津は叫んだ。「縞柄の帽子を被った男だ」

わかったあ、といって千晶は斜面を横切っていった。

38

折口は気持ちよくコースを滑り降りていた。あのパトロール隊員がスキーを装着するまでに、少なくとも十分近くはかかるはずだった。連中のスキー板を別々の場所に放り投げておいたからだ。滑りだす頃には、こっちは山麓に着いている。さっさと車で脱出すれば、追いつかれることはないだろう。レンタルウェアは、どこかに捨てていけばいい。どうせ偽造した身分証で借りた品だ。

思った以上にうまくいった、と自画自賛した。まんまとお宝を獲得できた。どの程度の金になるのかは知らないが、今度ばかりは辛口の真奈美も満足してくれるだろう。

軽快に滑りながら、今夜はどこで祝杯をあげるかな、などと考えた。六本木で馴染みにしているホステスの顔がいくつか浮かんだ。久しぶりにドンペリでも開けてやるか。このところ御無沙汰だったから、連中は驚くことだろう。一体何があったの、一儲けしたの、と質問攻めに遭うかもしれない。金の匂いには敏感なやつらだけに、さぞかしちやほやしてくれるだろう。その時のことを想像するだけで、頬が緩みそうだった。

その勢いであの女を口説いてみるか、と以前から狙っていたホステスの顔を思い浮かべた時、背後に不穏な気配を感じた。振り返り、ぎょっとした。一人のスノーボーダーがとてつもない勢いですぐ後ろに迫ってきていたからだ。単に飛ばしているのではなく自分を追跡しているのだ、と気づくのに時間は要しなかった。ウェアに見覚えがあったからだ。さっきのパトロール隊員と一緒に行動していた女性スノーボーダーだ。

折口はスキーポールで雪面を突き、加速した。低く、クラウチングスタイルの体勢を作る。あんな小娘に追いつかれてたまるかと思った。

ところが引き離したと思ったのも束の間、突然背中を引っ張られる感覚があった。左後方を見て、驚いた。女が折口のリュックを摑んでいたのだ。

「馬鹿野郎、何をしやがるっ」

「止まれっ、止まれっ」女が喚いた。「このクソ泥棒っ」

「うるせえ」

折口は女の手を振りほどいた。それでも追いすがってくるので、左手でスキーポールを振り回した。

だが逆に、そのポールを掴まれた。

「ちくしょう、離せっ」

「離すもんか。どどめ色のくせに」女はわけのわからないことを口走っている。

力任せに押したり引いたりするが、相手は両手でがっちりと掴んでおり、一向に離そうとしない。逆に折口自身がバランスを崩しそうになった。

根負けしてポールを離した。するとあろうことか、女はそのポールを折口のほうに振り下ろしてきた。もう少しで顔面を痛打されるところだった。何という乱暴な女なのか。

「何をしやがるっ」

怒鳴ったが、二打目が襲ってきた。それも辛うじてかわした。

相手は折口の左側にいる。右手に持っていたポールを左手に持ち替え、応戦した。雪上を滑りながらのチャンバラだ。かんかんかん、と金属音がゲレンデに響き渡った。ほかのスキーヤーやスノーボーダーたちは何事かと思っているだろうが、この際、そんなことは構ってはいられない。

それにしてもしぶとい女だった。全くひるむ様子がない。

ふと気づいた。相手は横乗りのスノーボードで、左足を前にして滑るスタイルだ。だから折口の左側にいるのだ。もし右側なら、折口に背を向けることになる。

微妙に速度を落としてみた。すると思惑通り、相手の女が少し前に出た。この隙を狙い、折口は左

に進路を変えた。こうすることで女の背後に回れた。

「がはは、ざまあみろっ」

　悪態をついたが、次の瞬間にはあんぐりと口を開けていた。たった今まで背中を向けていたはずの女が、小さくジャンプしてくるりと彼のほうを向いたからだ。右足を前にして滑っている。その姿は、先程までと殆ど変わらない。まるで鏡に映しているようだ。何て器用なのか。

　だが感心している場合ではなかった。女はまたしてもスキーポールを振り回してきた。折口も必死で対抗する。かんかんかん、かんかんかん、二本のポールが空中で激しくぶつかった。

　ついに、折口が持っていたほうのポールが真っ二つに折れた。「くそっ」残った部分を投げつけたが、当たりはしない。

　頭にきた。折口は女への体当たりを敢行した。こうなったら吹っ飛ばすしかない。

　ところがここでも相手は引かなかった。「なんだ、やる気かっ」と女とは思えない言葉を口にし、ショルダータックルの姿勢で逆に突っ込んできた。どれだけ気が強いのか。

　高速で滑りながら二度三度と衝突した。もう一度ぶつかっていこうとした時、相手の女がポールを突き出してきた。その先端は折口の股間を直撃した。「ぐえっ」激痛が脳天まで走り、思わず転倒した。

　痛みを堪え立ち上がった。ところが十メートルほど下に、あの女がいた。折口の行く手を阻むように、仁王立ちしている。

「いい加減にしろっ」折口は怒鳴った。「男と喧嘩して、勝てると思ってるのか」

女は両手を広げた。「雪の上なら負けないよーん」

どうやら完全に舐められているようだ。だがこれまでの展開を振り返れば、相手の言葉があながち誇張でないこともたしかだった。

しばし睨み合いが続いた。しかしこれでは埒が明かないと思い、折口は滑走を始めた。当然、女スノーボーダーも闘争心を露わに滑りだした。

だが接近戦は避けた。相手がスキーポールを持っているからだ。少しでも近づくと、ぶん回してくる。

このままではまずい、と思った。何とかして、どこかで撒く必要がある。

一か八かだと思い、コース外に飛び出した。案の定、女スノーボーダーも追ってきた。思うつぼだ。斜度がなくなり、滑走できなくなった。これが狙いだった。折口は板を付けたまま、横歩きで登りだした。一方、相手の女は苦戦している。スノーボードは一旦止まると、板を外さないと身動きが取れない。

「がはは、ざまあみろ」大声で、さっきと同じ台詞を吐いた。

コースに戻り、滑りだした。ところがその直後、またしてもリュックを後ろに引っ張られた。油断していたせいで、右側からするりと抜けた。左腕からも抜けそうになるのを咄嗟に摑んだ。振り向くと、あのパトロール隊員が背後に張り付いていた。

「こら、はなせっ」

「そっちこそ」

リュックを引っ張り合った状態で滑走を続けた。このままでは山麓に着いてしまう。大勢の人間がいる中で騒がれたら厄介だ。

思いきって左肩からぶつかっていった。パトロール隊員の体勢が大きく崩れた。それでもリュックを離そうとはしない。折口の身体も引っ張られた。

次の瞬間、二人は折り重なるように転倒していた。勢い余ってコース外に飛び出したかと思うと、大きく滑り、回転した。右も左も、上も下もわからなくなった。

気がつくと雪の上で腹ばいになっていた。左腕が引っ張られる感覚がある。

すぐそばの雪が崩れ、あのパトロール隊員が崖下に滑落しかけていた。踏みとどまっているのは、リュックにしがみついているからだ。そしてそのリュックを折口が摑んでいる。

「くそっ、離しやがれ」リュックを揺すったが、相手の手は離れない。逆に折口の腕が痺れてきた。おまけに向こうの体重のせいで、身体が引きずりこまれそうになった。

遠くからサイレンの音が聞こえてきた。ほかのパトロール隊員かもしれない。ここで見つかったら面倒だ。

舌打ちをし、折口はリュックから手を離した。ぶら下がっていたパトロール隊員は、雪の崖を滑落していった。

「雪に埋もれてくたばっちまえ」

両足ともスキー板が外れていた。急いで装着し、滑りだした。サングラスをしていないことに気づいたのは、コースに戻ってからだった。

39

おーいおーいと頭上から声が聞こえた。根津が見上げると、牧田が覗き込むように身を乗り出していた。「大丈夫かあ?」口元を両手で囲い、大声で問いかけてきた。根津は片手を振り、頷いて応じた。

危ないところだった。足場は悪く、今にも崩れそうだったからだ。これ以上滑落すると、沢に落ちてしまうおそれがあった。

牧田は一旦姿を消した。しばらくすると、黒いザイルが投げ込まれてきた。

スノーモービルで引っ張られるようにして斜面を上がり、ようやくコース上に戻った。千晶もそばに来ており、二人の中学生の姿もあった。

「怪我はないか」牧田が訊いてきた。

「大丈夫です。それより、どうして牧田さんが？」

「通報があったんだよ。コース上で格闘しながら滑ってる連中がいるってな。まさか、おまえたちだとは思わなかった」

「すみません、いろいろと事情がありまして」

根津は大まかなことを話した。あまりに奇抜な内容に、牧田は目を丸くした。

「そんなことがあったのか。そいつは大変だったな。しかしまあ無事で何よりだ。ええと、チェック柄のウェアに帽子の色が……」

「どどめ色と黄土色の縞柄」千晶が説明した。「一度見たら忘れられない変な色だから、目立つと思います」

「わかった。ほかの者にも注意するようにいっておこう」

牧田はスノーモービルに跨がり、去っていった。

「縞柄帽に逃げられたのは悔しいね」千晶がいった。

「あの男のことは警察に任せよう。このリュックは、あいつのものだ。手がかりになるかもしれない」根津は高野裕紀とカワバタ少年に目を向けた。「君たちにも怪我がなくてよかった。災難だったな」

「あのおやじ、騙しやがって」カワバタ少年が怒りに目を吊り上がらせた。「今度会ったら、絶対に承知しねえ。ボコボコにやっつけてやる」

千晶は、くすっと笑った。「そんな強がりがいえるんなら安心だ」

「君たちはこれからどこへ？」根津は二人に訊いた。

「そろそろ集合時間なので行きます」裕紀が答えた。

「そうか。気をつけてな。もしさっきの男を見かけたら知らせてくれ」そういってから根津はカワバタ少年のほうを向いた。「仕返ししたいだろうが、男には近づくな」

「ちぇっ、しょうがねえな」カワバタ少年は悔しそうにいった。

二人の中学生は見事なテクニックで滑り降りていった。

「俺たちも行こう。栗林さんが待っている」

転がっていたスキー板を装着し、根津は千晶と共に滑りだした。

『カッコウ』に行くと、入り口のドアに『準備中』の札が出ていた。閉店時刻までは、まだ時間があるはずだ。首を捻りながらドアを開けた。

中では、先程とほぼ同じ顔ぶれが揃っていた。手前には、『カッコウ』の店長と妻、そして一人の若者がいる。根津は彼のこともよく知っている。裕紀の兄、誠也だ。スキーの大会で何度も優勝しており、この村では有名人だ。

根津たちが入っていくと、彼等の視線が一斉に集まった。

「なぜ『準備中』なんですか」根津は店主の高野に訊いた。

「いや、何かちょっとした騒ぎになってるって誠也から聞いて、うちの裕紀も絡んでるみたいだから、じゃあはっきりするまで店を閉めとこうかってことで」

「そうですか。でも安心してください。息子さんは無事です」

はあ、と高野は雪焼けした顔に曖昧な笑みを浮かべる。何が起きて、どう無事なのか、わからないからだろう。

根津さん、と栗林が席から呼びかけてきた。「いかがでしたかっ」

根津は大股でテーブルに近づき、頷いてみせた。

「喜んでください。いろいろとありましたが、何とか奪い返しました」

栗林は眉をひそめた。「奪い返した？」

根津は、例の男との争奪戦について詳しく説明した。カワバタ少年の首にナイフを突き立てられたくだりでは、聞いている者全員が顔を強張らせた。

「そんな大変なことが……。まるでハリウッド映画じゃないですか」

「いや、それほどのものでは……」

「とにかくありがとうございます。あなた方がいなければ、どうなっていたかわからなかった」栗林はハンカチを出し、額を拭った。本当に汗が滲み出ている。

「あの男は何者なのかな。栗林さんには本当に心当たりはないんですか」

栗林は首を振った。「まるでありません」

「じゃあ、どうしてワクチンを奪おうとしたのかな。開発競争をしている相手とかかな」

「いやあ、それはあり得ないと思います」

「どうしてですか」

「どうしてって……」栗林は口ごもった後、「とにかく、そんな相手はいないと思うからです。だって、極秘に開発したものですから」

「……そうですか」

あまり納得できなかったが、専門家がいうのだからそうなのだろうと思うしかない。

「ええとそれで、肝心の品は？」栗林が訊いた。

ここです、といって根津はリュックを開けた。なぜか食品用の密閉容器が入っていた。あの男はここに掘り出したワクチンを入れる気だったのかもしれない。

そして例の収納容器だ。小さな取っ手を摑み、持ち上げた。

はいどうぞ、と栗林のほうに差し出した時だった。蓋に付いていた留め金が外れた。ぱかっと容器が開き、横向きになった。おまけにプラスチック製の中蓋も取れた。

中に入っていたガラス容器が、ぽろりと転がり出た。

声を出す暇もなかった。皆が見つめる中、それは床に落ちた。かしゃん——やけに乾いた音をたて、ガラスが割れた。それと同時に細かい粉が舞い散った。その様子を根津は、まるでスローモーション映像を見るように目撃した。

一瞬、全員が動きを止めた。言葉を発する者もいなかった。ぼんやりと、床に散った粉を眺めていた。

わーっと叫んだのは栗林だった。彼は痛む足を引きずりながらテーブルから離れた。

「みんな、息を止めてっ。息をしちゃだめっ。逃げてっ。早く逃げてっ」悲鳴に近い声で叫びだした。

だが無論、従う者はいなかった。唖然として彼を見ているだけだ。

「何やってるんだ。早く逃げてっ。死んじゃうよ。みんな死んじゃうよ。秀人、逃げろっ。早くしろってば」栗林は足をもつれさせ、尻餅をついた。

秀人がしゃがみこみ、床に散った粉を摘んだ。

「わー、何するんだ。触っちゃいけない。離れろっ、早く離れて手を消毒するんだっ」

しかし秀人は興奮する父親に、冷めた視線を送った。「これ、コショウだよ」

「何いってるっ。タンソキンだ。生物兵器だ。触っちゃいけないっ」

根津も粉を摘み、匂いを嗅いでみた。「うん、たしかにコショウだ」

千晶も同じことをした。「あっ、ほんと」

根津は栗林を見た。彼は尻餅をついた状態で、瞬きを繰り返していた。口は小さく開いている。

「コショウ？」その口から弱々しい声が漏れた。

栗林は四つん這いで戻ってきた。自らも粉の匂いを嗅ぎ、眉根を寄せた。

「何だよ、これ。コショウじゃないか。どうしてこうなるんだ？　何で、こんなものを持ってきたんだ。どういうことだ」誰にともなく喚き散らしている。

「何でといわれても、あの場所に埋まっていたから持ってきたんです」根津はいった。

「違うよ。これじゃない。もっと白い粉だ」

「そうなんですか。そいつは変ですね。でも、それ以前におかしなことがある」根津は栗林の肩を摑んだ。「あなた、俺たちを騙したんですか。雪の下に埋まっているのは、人の命を救うためのワクチンだという話でしたが」

栗林の顔に怯えの色が走った。みるみる青くなる。「いや、あの、そそそ、それは……」

「正直に話してください。俺の聞き間違いでなければ、今あなたは大変なことを口走りました。生物兵器とか。それはどういうことですか」

皆が注視する中、栗林は唇を震わせた。やがて彼は、「申し訳ございませんっ」といって土下座をしようとし、顔をしかめた。「あ痛たたた」

「土下座はしなくていいですから、本当のことを話してください」

「はい、話します。お話しします。全部打ち明けます」

こめかみから流れる汗をハンカチで拭いながら栗林が語り始めた内容は、驚くべきものだった。前に聞かされたワクチン話と似てはいるが、根幹が一八〇度違う。雪に埋められたのは、強力な病原菌だというのだ。超微粒子に加工されており、空気中に放散された場合、被害が大きく広がるおそれがあるらしい。

「そんな危険なものをどうしてこのスキー場に……。里沢温泉村に何か恨みでもあったんですか」根津は怒りを込めた質問をぶつけた。

「さあそれは犯人に訊いてみないことには何とも……。とはいえ、死んじゃったわけですが」栗林は消え入りそうな声でいい、項垂れた。

「しかしおかしいな。それが真相だとしても、じゃあその生物兵器はどこに消えたんだろう。というか――」根津は床に散っているコショウの粉を見下ろした。「なぜ、代わりにこんなものが埋まっていたんだろう」

「誰かがすり替えたってことだよね」千晶がいった。

「誰が?」

「さあ」彼女は首を傾げる。「あの場所に埋まってることを知ってた人間だと思うけど」

「知っているのは三人だけだ。埋めた犯人と二人の少年。しかし犯人は死んでいる」

「茶色ウェアの彼のはずがない。彼はあの男に騙されて、案内させられたほどなんだから」

「ということは……」

ちょっとすみません、といって根津の後ろから声が近づいてきた。高野誠也が落ちていたガラスの破片を拾い上げた。

何か、と根津は訊いた。

誠也は両親のほうを向いた。

「これ、親父が時々飲んでるビタミン剤の瓶だ。厨房の棚に置いてあったやつだよ」

「何だとっ」高野が目を剝いた。「どうしてそんなことに……」

誠也は視線を栗林に移した。

「今の病原菌の話、うちの弟が知ってた可能性ってありますか」

「えっ？　いやあ、それはないと思うけどなあ」栗林は首を捻った。

「本当ですか。よく考えてみてください。どこかでしゃべったんじゃないですか」

「そんなはずはないよ。口に出したのは、今が初めてで――」そこまでいった後、栗林は突然大きく口を開け、あああああ、と裏返った声を発した。

「どうしたんですか」根津が訊いた。「しゃべったんですか」

「上司と電話でしゃべった時、病原菌のことを口に出したかもしれません。で、その時に私がいた場所はこの店の裏で、電話の後、裏口のドアが閉まったような気がしたんです。もしかしたら誰かに立ち聞きされたのかも、と一瞬思ったのですが……」

根津は誠也と両親を交互に見た。「今の話に心当たりは？」

三人とも、かぶりを振った。

「間違いない。その時に立ち聞きしていたのは裕紀君だ」根津は誠也にいった。「彼は雪の下に埋まっているものの正体を知っていた。テディベアがあった場所に俺を案内するといったのは、病原菌を奪うためだったんだ。そういえば彼は現地に着いた時、どの木か特定できないようなことをいった。それで俺はいくつかの木の根元を掘り返すことにしたんだけど、彼はその隙にすり替えていたんだ」

「でもどうして彼が、そんなものを盗むわけ？」千晶が訊いた。

さあ、と根津は首を振った。

「その理由なら俺が説明できます」誠也がいった。「たぶん弟は、母を納得させたかったんだと思います」

「私を？」母親が怪訝そうに眉間に皺を寄せた。「どういう意味？」

「母さんは望美が死んだことで、未だにいろいろというだろ。それが裕紀には耐えられないんだよ」

「望美さんというのは、先日亡くなった？」根津が訊いた。話に聞いたことはあった。

「妹です。二か月前に亡くなりました。元々心臓が弱かったんですけど、インフルエンザが原因で症状が悪化したんです。そのインフルエンザは、裕紀の学校で流行っていたものでした」

そういう複雑な事情があったのか、と根津は理解した。

「私は何もいってないわよ」母親が否定した。

「いってるじゃないか。望美は病気をうつされて死んだのに、うつした子供らは楽しそうにしている。そういうのを見るとやりきれないって」

「それは本当にそうなんだから仕方ないでしょ。望美もあんなふうに元気に遊べたら、どんなによかったかって……そう思っちゃいけないの？」声を詰まらせた。涙を堪えているのだろう。

「聞く者によっては、そんなふうには受け止められないんだ。病気をうつした裕紀の同級生たちのことを恨んでいるように聞こえるんだよ」

「そんなことあるわけないでしょ」

「でも裕紀の耳にはそう聞こえてる。望美にインフルエンザをうつしたのはあいつだ。だからあいつは自分のこともすごく責めてる。何とか母さんに詫びたいと思ってる。いつだったか、俺にいったことがあるんだ。うちのクラスでもう一度すごい病気が流行って、一人か二人死んだなら、母さんは納得するのかなって。俺、馬鹿なことをいうなっていったんだけど、あいつはマジだった」そういった後、誠也は根津を見た。「弟が病原菌を盗んだ理由は、それだと思います」

「つまり、それを使って、クラスメートたちを病気にするわけか」

誠也は、こっくりと頷いた。

あり得る話だと根津は思った。中学二年といえば、感受性の鋭い年頃だ。彼は病原菌をどうするつもりなのか。栗林の話では撒き散らすだけで被害が出るということだが、そこまでの知識があるのだろうか。

根津は秀人の隣にいる少女に目を留めた。「君は板山中学の人？」

「そうです」

少女は山崎育美と名乗った。

「今日はこの後、どういう予定になってるの？」

「今は自由滑走時間です。その後はバスの駐車場に集合して、豚汁食べて、それから学校に戻ることになっています」彼女はスマートフォンを見た。「そろそろ時間だから、あたしも行かなきゃいけないんですけど」

「豚汁？」

「お母さんたちが作ってくれるんです。大きな鍋を駐車場に置いて……。毎年の恒例です」

根津は指を鳴らし、山崎育美を指差した。

「それだ。豚汁の大鍋に病原菌を入れる気じゃないか。栗林さん、そういうことをしたら、どうなりますか」

「鍋に病原菌？　そんな無茶な」

「そういう無茶をしたらどうなるかと訊いているんです」

「そりゃあ、ええと」気持ちを落ち着かせるためか、栗林は眼鏡をかけ直した。「その豚汁がぐつぐつと煮えたぎっていれば、投入された病原菌は死滅するかもしれません」

「あっ、そうなんですか」少し拍子抜けした。

「でも、問題はそういうことじゃありません。何度もいいましたが、『K－55』は、単なる病原菌じゃないんです。超微粒子に加工された生物兵器です。容器の蓋を開けた途端、空気中に舞い散ります。それを一粒でも吸い込んだらアウトです。当人だけでなく、近くにいた人間の殆どが発症します。そして、おそらく助かりません」

根津は深呼吸を一つしてから立ち上がった。「急がないと」

「俺も行きます」誠也がいい、母親を見た。「裕紀をここへ連れてくる。母さんから、きちんと話をしてやってくれ」

母親は頷いた。「わかった。よろしくね」

「ええと、『K－55』は非常にデリケートな容器に入っています」栗林がいった。「摂氏十度で容器が壊れます。絶対に、その温度以上にならないよう注意してください」

根津は全身に鳥肌が立った。高野裕紀がどのようにして容器を持ち歩いているのかは不明だ。すでに手遅れかもしれない。

「保冷剤のようなものはないかな」根津は誠也に訊いた。

「ええと、どうかな……」

「クーラーボックスに冷凍食品を適当に放り込んで持っていけ」そういったのは父親だ。

わかった、といって誠也は厨房に消えた。

根津は収納容器を手にした。留め具が壊れている。高野の母親にいい、ガムテープを持ってきてもらった。

誠也がクーラーボックスを持って戻ってきた。すでに帽子を被り、ゴーグルを着けている。根津も急いで準備をした。

店を出て、誠也や山崎育美と共にスキー板を装着していると、千晶もそばでボードを付け始めた。ついてくるなといっても無駄だろう。何もいわず、そのまま滑りだした。

詰め所に行き、例のバンに三人を乗せて発進した。靴に履き替えている余裕はなく、スキーブーツを脱いだ足でブレーキとアクセルを操作することになった。

バス用の駐車場に行ってみると、すでに中学生たちが集まっていた。まだ豚汁は振る舞われていないらしく、器を持っている者はいない。

バンを駐め、ほかの三人と共に裕紀を捜した。

「いた、あそこっ」山崎育美が指差した。

裕紀は大鍋のそばにいた。病原菌を投入するチャンスを窺うように、調理中の主婦たちの動きを見つめている。

近づいていった。裕紀、と誠也が後ろから声をかけた。

裕紀は振り向くと、驚いた顔をし、突然駆けだした。自分の行為がばれたことに気づいたのだろう。

スキーブーツで追うのは大変だった。だが幸いなことに、裕紀が逃げた先は行き止まりだった。壁を背にし、彼は悔しそうな表情を見せた。

「盗んだものを返せ、裕紀。あれは大変なものらしいぞ」誠也がいった。

「何も盗んでない」

「じゃあ、何で逃げたんだ。全部ばれてるんだから諦めろ」

「知らない。何もやってない」裕紀は激しく身体を揺すった。その瞬間、ウェアのポケットから何かが落ちそうになっているのを根津の目は捉えた。白い筒状のものだ。

ぎくりとした。あれが落ちたら万事休すだ。

「よく聞け、裕紀。おまえは母さんの気持ちを何もわかってない」

「そんなことない。わかってるよ。よくわかってる」

裕紀が動くたびに白い筒がポケットから出たり入ったりする。根津は強引に襲いかかろうかとも思ったが、その拍子に落ちるかもしれない。

「いいや、わかってない。とにかくこれから一緒に店へ行って、母さんの話を聞くんだ」

「嫌だ。母さんの話なんか聞きたくない」白い筒が出そうになった。「どうせまた望美のことで泣かれるだけだ」白い筒が引っ込んだ。「兄貴こそ、何もわかってない」また白い筒が出そうになった。

「いい加減にしろっ」たまりかねたように誠也が弟の腕を摑んだ。彼には白い筒が見えていないらしい。

裕紀が兄の腕を振りほどこうとしたその時、白い筒がするりとポケットからこぼれた。

根津は足元に飛び込んでいた。またしてもスローモーション映像だ。白い筒が回転しながら地面に向かって落ちていく。懸命に手を伸ばした。

数秒後、「ナイスキャッチ。すごーい」と千晶が飛び跳ねながら手を叩いた。

根津は自分の右手を見た。ガラス製の円筒ケースを握っていた。中に入っているのは、雪のように白い粉だった。

「誠也君、クーラーボックスをこちらへ」根津は地面に寝転がったままいった。顎の下を擦り剝いたようだが、痛みは感じなかった。

40

慎重な手つきで収納容器を閉じた後、栗林は自分の目も閉じた。感無量といったところなのだろうか。目を開けた後は、ふうーっと大きく息を吐き出した。

「いやあ、本当に助かりました。何事もなくてよかった。心の底から感謝いたします」

「その品物で間違いないんですね」根津は確認した。

「間違いありません。これで枕を高くして寝られます」そういった後、傍らに置いてあったガムテープで収納容器の蓋を固定した。「秀人、これをクーラーボックスに入れておいてくれ。断熱材は入っているが、念のためだ」

秀人は容器を受け取り、足元に置かれたクーラーボックスに収めた。その中には保冷剤代わりに冷凍フランクフルトがぎっしりと入っている。

「東京まで、どうやって運ぶんですか」根津は訊いた。

「間もなく、部下が到着する予定です。保冷機能がついたケースを持ってくるはずですから、それに入れて持ち帰らせます」

「そうですか」

とりあえずこちらは一件落着か。問題は——根津はすぐ隣で向き合っている高野親子に目を向けた。

「全く、馬鹿なことをしやがって。自分が何をしたのかわかってるのか。ひとつ間違ってたら、とんでもない被害が出るところだったんだぞ」店主の高野が腕組みをして叱っている。その前では裕紀が深く項垂れていた。

彼の告白によれば、やはり栗林の電話を立ち聞きしたのだそうだ。病原菌と聞き、何となく食中毒をイメージした。それで豚汁に入れ、何人かの中毒者が出ればいいと考えたらしい。兵器クラスの強力な病原菌だとは露ほども思わず、死者が出ることなどはまるで考えていなかったという。

「親父、もうそれぐらいでいいだろ」横に立っている誠也がとりなそうとした。

「いいわけない。人が死んでたら、こいつは殺人犯だった。死刑になるところだった」

「だから、それほど強力なものだとは知らなかったと裕紀はいってるじゃないか」

「何をいってる。食中毒を起こさせようとしたってだけでも重罪だ。おい、裕紀。おまえ、警察に突き出されても仕方がないんだぞ。わかってるのか」

裕紀は黙り込んでいる。唇が細かく震えているのが根津にもわかった。

お父さん、と母親が横からいった。「もう許してあげて」

「何だ、おまえまで」

「だって裕紀がこんなことをしたのは、私が原因だから」

高野は言葉に詰まったように息を呑み、不機嫌な顔で口を閉ざした。

母親は次男を見つめた。

「母さん、本当に申し訳なかったと思う。誠也にいわれて、はっとした。裕紀がそんなふうに苦しんでいるなんて知らなかったから」淡々と語り出した。「でも信じてちょうだい。母さんは板山中学の子たちを、これっぽっちも恨んでなんかいないよ。どうしてうちの娘だけあんなことになったんだろうっていう悔しい気持ちはあるけど、元気に回復した子たちのことは、よかったなあ、望美みたいにならなくて本当によかったなあと思ってた。嘘じゃないよ」

しかし裕紀は黙ったままだった。じっと俯いている。

「おい、何とかいえ」父親が促した。お父さん、と妻が窘める。

でも、と裕紀が下を向いたまま呟いた。「俺たちのスキー授業が始まると聞いてから、母さん、急に具合が悪くなったじゃないか。この前も、板山中の生徒たちを見たらまた望美のことを思い出しそうだといって、泣いてたじゃないか」

母親は苦しげに目元に皺を寄せ、頷いた。

「つまらないことをいっちゃったね。それも謝るよ。母さん、がんばらなきゃね」

「友達は母さんのことを怖がってる」

「怖がってる？　どうして？」

「自分たちを見る目が冷たいっていう。だからこの店にも来なくなった」裕紀はぼそぼそといった。

母親は吐息をついた。

「そのことも反省しなきゃいけないね。私はふつうに接しているつもりだったけど、やっぱり何か意識してしまってたんだね。ふつうにしなきゃ、今は望美のことは忘れなきゃと思いすぎるあまり、不自然な対応をしてしまってたのかもしれない。これからは気をつける。ごめんね」

ようやく裕紀が顔を上げ、母親を見た。

「母さんは板山中の生徒に復讐する気だっていう噂もあったんだ」

母親は顔を歪め、身体をよじった。

「そんな馬鹿なこと、考えるわけないでしょ。いい、裕紀、これだけはわかってちょうだい。自分たちに不幸があった時、ほかの人も不幸になればいいなんて思うのは、人間として失格だよ。むしろほかの人には、自分たちの分まで幸せになってほしいと思わなきゃいけない。そうすればきっとその幸せのおこぼれが、こっちにも回ってくるはずだからね。どこかで誰かが不幸に見舞われた時、ほかの者が考えなきゃいけないことは、自分たちも同じような不幸に見舞われないよう用心して、精一杯幸せを作りだして、その気の毒な人たちにも幸せが回るようにすることだと思う。母さんはそう思ってるよ。それは信じてほしい。望美が死んで辛いけど、こうして店に出てるのは、せめてほかの人には楽しんでもらいたいからなの。それが今の私にできることだから。わかってくれる？」

裕紀はしばらく黙っていたが、小さく頷くと、わかったと呟いた。

「おまえ、もっと自分の母親のことを信じろよ」誠也がいった。

裕紀は無言で、洟を啜った。ぽとり、と一滴の涙が床に落ちた。それを手の甲で拭った。そして、ごめん、と小声でいった。

「わかったんなら、もう一度改めて礼をいっておけ。おまえが犯罪者になるのを防いでくれたんだぞ」

高野にいわれ、裕紀は根津たちのほうに身体を向けた。「迷惑をかけてすみませんでした」深く頭を下げた。

「いや、家族の間の誤解が解けてよかった」根津はいった。

はい、といって千晶が裕紀に何かを差し出した。ポケットティッシュだった。ありがとうございます、といって裕紀はそれを受け取った。

「しっかりしろよ。おまえ、いい友達に恵まれてるんだから」父親がいった。「山崎育美ちゃんなんか、三日続けて店に来てくれた。おまえのことが心配だったからだろう」

裕紀はティッシュで洟をかんでから、「それは違うと思う」といった。

「どうして？」

「あいつがここに来るのは、兄貴のことが好きだからだよ。ここへ来たら兄貴に会えるからだ。会えなくても、国体に出た時の写真とかがいっぱいあるし」

父親は虚を衝かれたような顔で、横に立っている長男を見た。「そうなのか？」

さあ、と誠也は首を傾げた。「ファンレターを貰ったことはある」

ふうん、と父親は複雑な表情を浮かべた。

「まあいい。これで解決だ。裕紀、みんなのところへ戻れ。誠也も一緒に行ってやれ」腰を上げ、根津たちに顔を向けた。「私たちは奥にいますから、何かあれば声をかけてください。このたびは本当に御迷惑をおかけしました」

「家族の絆が強まったみたいでよかったですね」

根津の言葉に、父親は少し恥ずかしそうに笑った。母親も、安堵した表情だった。


一家が去り、店内にいるのは根津たちだけになった。栗林はスマートフォンをいじり、千晶はぼんやりと座っている。そして秀人はなぜか悄然とした様子だった。

栗林さん、と根津は声をかけた。「一つ、意見をいってもいいですか」

「意見？　あ、はい」スマートフォンから手を離し、背筋を伸ばした。「何でしょう」

「今回のことを警察には届けない、という話でしたね。それについて考え直す気はありませんか」

予想外の内容だったのか、眼鏡の奥で栗林の目が揺れた。少し間があってから、いやいやそれは、と彼は手を振った。「できません。無理です」

「でも、そんな恐ろしい生物兵器が存在することを世間に公表しないというのは問題じゃありませんか。社会的責任というものがあるでしょう？」

「ですから、『K－55』は我々が責任を持って管理いたします」

「だけど実際には無断で持ち出されたじゃないですか。おかげで一つの村が全滅の危機に晒された。違いますか？」

「わかっています。だからこれからはもっと厳重に管理します。今度みたいなことは絶対に起きないようにします」

「絶対なんて言葉は信用できませんよ。すべてを公表すべきです。本当はあなただって、そう思っているはずだ」

栗林は返す言葉を失ったように黙り込んだ。その顔には苦悶の色がある。彼なりに悩んでいることは明らかだった。

その時、入り口のドアが開いた。姿を見せたのは、四十歳前後と思われる女性だ。痩せていて、化粧気が少ない。

「あのう、こちらに栗林さんという方は……」

ああ、と栗林が声を上げた。「オリグチ君。君が来てくれたのか」

オリグチと呼ばれた女性は、あまり表情を変えずに近づいてきた。

「所長にいわれて来ました。お待たせしてすみません。怪我をされたとか。大丈夫ですか」

「まあ、何とかね。でも今日は運転ができそうになくてね。聞いていると思うけど、運んでもらいたいものがある。何かケースは持ってきた？」

「これでいいでしょうか」手提げ金庫のようなものを示した。「保冷剤が詰まっています。東京までは十分に保つはずです」

「よかった。秀人、例の収納容器を出してくれ」

「栗林さん、俺の話を聞いてください」

栗林は根津のほうに手のひらを向けた。

「あなた方には感謝しています。どんなに感謝しても、しきれないぐらいです。でも、私も所詮は組織の人間、上からの命令には逆らえないんです。ごめんなさい」

「そんなに今の地位が大事ですか。あなたの力があれば、どこでだって働き口があるんじゃないですか」

栗林は力のない苦笑を浮かべた。「そんなに甘いもんじゃないですよ」

「栗林さん……」

根津さん、と千晶が横から肩を叩いてきた。「もういいじゃん。栗林さんには、栗林さんの人生があるわけだし」

栗林は辛そうに俯いた後、「秀人、容器を」と催促した。

秀人が差し出した収納容器を受け取り、栗林は足を引きずりながらオリグチという女性の前まで進んだ。

「よろしく。留め金が壊れているので、蓋を開ける時には気をつけるように」

たしかにお預かりしました、といってオリグチ女史は提げていたケースに収納容器を入れた。「では、私はこれで失礼します」

「うん、気をつけて」

オリグチ女史は皆に向かって一礼すると、くるりと背中を向け、店を出ていった。

栗林はそばの椅子に腰を下ろした。ふうーっと長い息を吐くのが聞こえた。彼の身体が少し小さくなったように根津には見えた。

41

スキー場の駐車場を出て、高速道路の入り口に向かっている途中で着信があった。真奈美はハンドルを握ったまま、もう一方の手でスマートフォンを操作する。着信表示は馬鹿な弟の名前だ。

「何の用？」

「そいつはないだろ。あんなに苦労したのに」

「苦労して何を手に入れたの？　お宝は奪われて、おまけに自分のリュックまで取られて。馬鹿じゃないの」

「そういう、そっちはどうなんだよ」

ふん、と鼻を鳴らした。

「お宝は助手席にある。現在、輸送中よ。今夜はシャンパンで祝杯をあげるつもり」

「やったじゃねえか。是非、御相伴にあずかりたいもんだ」

「冗談いわないで。あんたみたいな貧乏神にそばにいられたら、せっかくのツキも逃げていっちゃう」

「何だよ、その言い方は。人をこき使っておいて」

「何の成果も得られなかったんだから、大きな顔しないで。とにかくあんたは、しばらく身を潜めていなさい。どうせ取られたリュックには、指紋だってべたべたと付いてるんでしょ？　男の子の首にナイフを突き立てて脅したとかいってたわね。万一連中が警察に通報でもしたら、一発で捕まるわよ。あんた、前科だってあるんだから」

「そういう姉貴はどうするんだ。大学から訴えられるかもしれないぜ」

運転しながら真奈美は口元を曲げる。

「あの大学の腑抜けどもに、そんな度胸があるわけがない。あればとっくの昔に通報してるわよ。それに万一訴えられたとしても大丈夫。その頃には日本にいない」

「外国に行くのか」

「そう。お宝の買い手がつきそうなの。その後は、第二の人生を歩むつもり」

ため息が聞こえた。

「なあ、頼むよ。少しでいいから分け前をくれ。今のままじゃ、身を潜めることもできやしない」

「知らないわよ、そんなこと。自分で何とかしなさあい」歌うようにいった後、真奈美は電話を切った。その後、何度か着信があったが、すべて無視だ。

石でも踏んだのか、車が大きく跳ねた。そのせいで助手席に置いたケースが落ちそうになった。危ない、危ない。栗林によれば、密閉容器は留め金が壊れているらしい。間違って蓋が開き、『K－55』を入れたガラス容器が転がり出たりしたら一大事だ。そのガラス容器は簡単に破損する仕組みだというではないか。

取引相手にはバイオセーフティレベル4の研究室を用意してもらうことにした。密閉容器を開けるのは、そこに案内してもらってからだ。何の防御もなしに開けた時、中のガラス容器が壊れていたりしたら洒落にならない。

高速道路の入り口が近づいてきた。新たな世界への扉のように輝いて見えた。

42

「いやあ、とにかくよくやってくれた。君ならやれると思ってたんだ。期待通りだ。うんうん、本当によかった」電話の向こうの東郷は上機嫌のようだった。

「私も心底ほっとしています。大ごとにならなくて、よかったです。一時はどうなることかと思いましたが」

「私も気が気じゃなかったぞ。でもまあ、片づいた。君たちは明日帰るんだな。最後の一日、ゆっくりしてくるといい。息子さんには、何かうまいもんでも奮発してやったらどうだ」わっはっは、と高笑いが続いた。

「ありがとうございます。もう間もなく、折口君が到着するだろうと思います」

「うん、片づいたとはいえ、やはりこの目で見るまでは安心できんからな」

「輸送役に彼女を選ばれたというのは、少し意外でした」

「そうか？　じつは彼女のほうから申し出があってな」

「どんなふうにですか」

「今回の自分の不始末のせいで何かトラブルが生じているのだとしたら、どんなことでもいいから手伝いたいといってきたんだ。使いっ走りのようなことでも構わないとな。それでちょうどいいと思い、運び役を任せたというわけだ。あの女は余計なことを詮索してこないし、適任だと思った」

「たしかに何も訊かれませんでした」

「そうだろ？　俺の目に狂いはない。すべてうまくいった。約束通り、君には副所長の椅子を用意するからな。楽しみにしていなさい」

「はい、ありがとうございます」

電話を切った後、栗林は視線を感じて横を見た。ベッドに腰掛けた秀人と目が合った。

「何だ、どうかしたか？」

ううん別に、と息子は首を振った。

「夕食の時間だ。食堂に行こう。今夜はワインでも開けちゃおうかなあ」思わず饒舌になる栗林だった。

食堂に行ってみると、意に反して料理は和食だった。方針を変更し、地酒を注文した。もちろんそれも十分にうまく、気分のいい晩餐となった。

しかし向かいの席に座っている秀人は、どうやら快活な気分ではないようだった。黙り込み、無愛想な表情で箸を動かしている。

「何だか元気がないみたいだな」栗林はいった。「わかるよ。あの女の子のことが気になってるんだろ？　お父さんも話を聞いていた。あの子、高野君のお兄さんが好きらしいな。たしかに、なかなかかっこいい若者だった。だけどな、大学生になれば、おまえだってあれぐらいにはなれるかもしれんぞ。そもそも失恋なんてものは、たくさんやったほうが人生が楽しく――」

お父さん、と秀人が顔を上げ、栗林の話を遮った。「俺、そんなこと気にしてないよ」

「えっ、そうなのか」

「少しショックだったけど、仕方がないと思う。何しろ向こうは地元っ子だし」

秀人の口調は強がりには聞こえなかった。事実をありのままに受け止めている感じだ。中学二年。それなりに成長しているのだなと父として実感した。

「それよりさ、あのことはどうなの？」逆に秀人が訊いてきた。

「あのことって？」

「パトロールの人がいってたこと。やっぱり警察に届けたほうがいいんじゃないの？」

栗林は息子から目をそらし、周りを見た。誰かに聞かれたらまずい話だ。

「おまえはそんなこと考えなくていい」

「どうして？　だって俺、お父さんの息子だよ。父親が間違ったことをするのを、見逃すわけにはいかないよ」

胸にぐさりと突き刺さる台詞だった。

「お父さんは間違ったことをしてるというのか」

「そうだろ？　危ない生物兵器のことを隠してる」

しっ、と人差し指を唇に当てた。「声が大きい」

「それはよくないことだよ」

栗林は息子のほうに顔を近づけた。「やむを得ない場合だってあるんだ」

「何のために？　世界のため？　国民のため？　違うよね。自分たちを守りたいだけなんでしょ」

栗林はいい返せなかった。息子のいっていることは正しい。栗林自身だって、そう思っているのだ。すべてを明らかにできたらどれだけ気が楽か。

その後は気まずい無言の食事となった。地酒は半分以上を残すことになってしまった。

重たい気持ちを抱えたまま、部屋に戻った。栗林は息子の顔をまともに見られなくなっていた。

お父さん、と秀人が呼びかけてきた。「大事な話があるんだけど」

「大事？　どういう？」

「さっきの話に関すること」

「またか」栗林は顔の横で手を振った。「世の中には、どうすることもできないことがあるんだ。いずれ、おまえもわかるようになる」

「違うよ。そういうことではなくて――」

「ちょっと待ってくれ。電話だ」栗林はスマートフォンを手にした。表示されているのは、見慣れない番号だった。「はい、栗林です」

「私だ。東郷だ」

「あっ、どうも」珍しいこともあるものだと思った。東郷が自分の携帯電話でかけてきたことなど、これまで一度もなかった。「どうかされましたか」

「まだなんだよ」

「まだ？　何がですか」

「折口だよ。まだこっちに現れないんだ。どうなっとるんだ」

「それは」時計を見た。とうに着いているはずの時刻だ。「おかしいですね。電話をかけてみたらどうですか」

「いわれなくても、何度もかけてみた。ところが一向に繋がらないんだ」

「繋がりませんか……」

栗林の胸の中に、嫌な予感が漂い始めていた。一つの可能性が頭に浮かんだが、口にするのが怖い。

「あと、気になることがある」

「何でしょう」

「警備会社が定期的に行っているセキュリティチェックのことは知ってるな」

「知ってますが」

「ついさっき連絡があって、私の部屋から怪しげな電波が出ているといわれた。盗聴器が仕掛けられている可能性が高いということだった。それで部屋を出て、携帯電話を使うことにしたわけだが……」

栗林の頭の中で、ぐわーん、と鐘の音が鳴った。心臓の鼓動が速くなり、ずきんずきんと頭痛が始まった。息も苦しくなってきた。

「もしもし、栗林君。もしもし、聞こえてるか？」

応答する気力がなく、栗林は床の上で大の字になった。

43

千晶は今夜も焼酎のロックだった。根津はハイボールを飲みながら、いつもの賄い料理を摘んだ。

「しかし、ひどい三日間だったな。すっかり振り回されちまった」擦り剝いた顎を絆創膏の上から撫で、根津は顔をしかめた。「よくこの程度の怪我で済んだもんだ」

「でも振り返ると楽しかったよ。刺激的だったし」千晶は、あっけらかんという。

根津は苦笑した。

「相変わらず、君は図太いな。そういえば、あの縞柄帽との対決はものすごかったそうじゃないか。目撃していた人がいて、ツイッターで盛り上がってるらしいぞ」

千晶がスマートフォンを取り出し、操作をしてから画面を根津に向けた。「これね」

そこには、例の男と千晶が滑りながらスキーポールでチャンバラをしている写真が表示されていた。

『雪上のジェダイたちと遭遇　里沢温泉スキー場にて』というコメントが付けられている。

「全く、無茶をするやつだ」

「無我夢中だったからね」千晶はスマートフォンをしまった。「でも、いい練習になった」

「練習？」

うん、と千晶は笑顔で頷いた。

「あんなに必死になって追いかけっこをしたのなんて久しぶり。闘争心の塊になれた。これなら、今度の試合も何とかなるかもしれない」

枝豆を剝いていた手を止め、根津は女性スノーボーダーの顔を見返した。彼女の表情からは、自信を取り戻した気配が濃厚に漂ってきた。

「やれるよ、おまえなら」

「必ず」千晶はグラスを口に運んだ。

「縞柄帽の男に感謝しなきゃな」

「それもだけど、高野さんたちの話にも感動した」千晶はいった。「どこかで不幸に見舞われた人がいるからって、自分たちまでもが幸せを追求するのをやめちゃいけない。そんなこと、誰も望んでない。あたしにはあたしにしかできないこと、あたしのやるべきことがある。それを続けることが、きっと誰かのためにもなる。そう信じることにした」

力強い言葉だった。こいつはもう大丈夫だな、と根津は確信した。何もいわず、ハイボールのグラスを掲げた。それに千晶がロックグラスを合わせてきた。

時計を見た。十時近くになっている。気になっていることがあった。

「秀人君、どうしただろうね」同じことを考えていたらしく、千晶がいった。

さあ、と根津はハイボールを飲んだ。

「栗林さんのこと、説得できたかな」

「どうだろうな。だけど栗林さんとしても、逆らうわけにはいかないんじゃないか。何しろ、決定的な証拠を摑まれているわけだから」

千晶はグラスを手に、くすくす笑った。「驚くだろうなあ」

「そりゃそうだ。最後の最後に、あんなことになってるとは思わないだろ」

根津がそのことを知らされたのは、栗林が杖をつきながら『カッコウ』を出ていった後だ。なぜか秀人は、まだ店に残っていた。千晶が根津を見て片目をつぶり、クーラーボックスの中を指差した。

開けてみて驚いた。例のガラス容器が入っていたからだ。根津と栗林がいい争っている間に、秀人が収納容器から取り出したらしい。それを千晶は横から見ていたのだという。

何とか父を説得したい、と秀人は二人にいった。だからそれまでこれを預かってほしいと頼んできた。

根津たちは了承した。責任を持って預かると約束した。

あの危険な生物兵器は、現在根津の部屋の冷蔵庫の中だ。縞柄帽の男が持っていた食品用の密閉容器に入れた上、何重にもビニール袋に包んである。

「デートするのは、少し先になりそうだな」

千晶は肩をすくめた。「優勝祝いっていう手もあるよ」

「なるほどな。よし、それでいこう」

テーブルの上で、もう一度グラスを合わせた。

「それから、一つ教えてほしいことがある」

「何?」

「どどめ色って、どういう色だ」

44

瀬利千晶が里沢温泉スキー場で行われたスノーボードクロスで優勝した夜、ネット上にちょっと変わったニュースが流れた。

偽のパスポートを使い、別人になりすまして出国しようとした女が、成田空港で捕まったということだった。それ自体は珍しい話ではないが、女が所持していたものが謎めいていて話題になっている。

女は怪しげな金属製の容器をスーツケースに入れていた。開けてみたところ、中から出てきたのは解凍が進んだ冷凍フランクフルトだった。

女は、自分のものではない、といい張っているという。

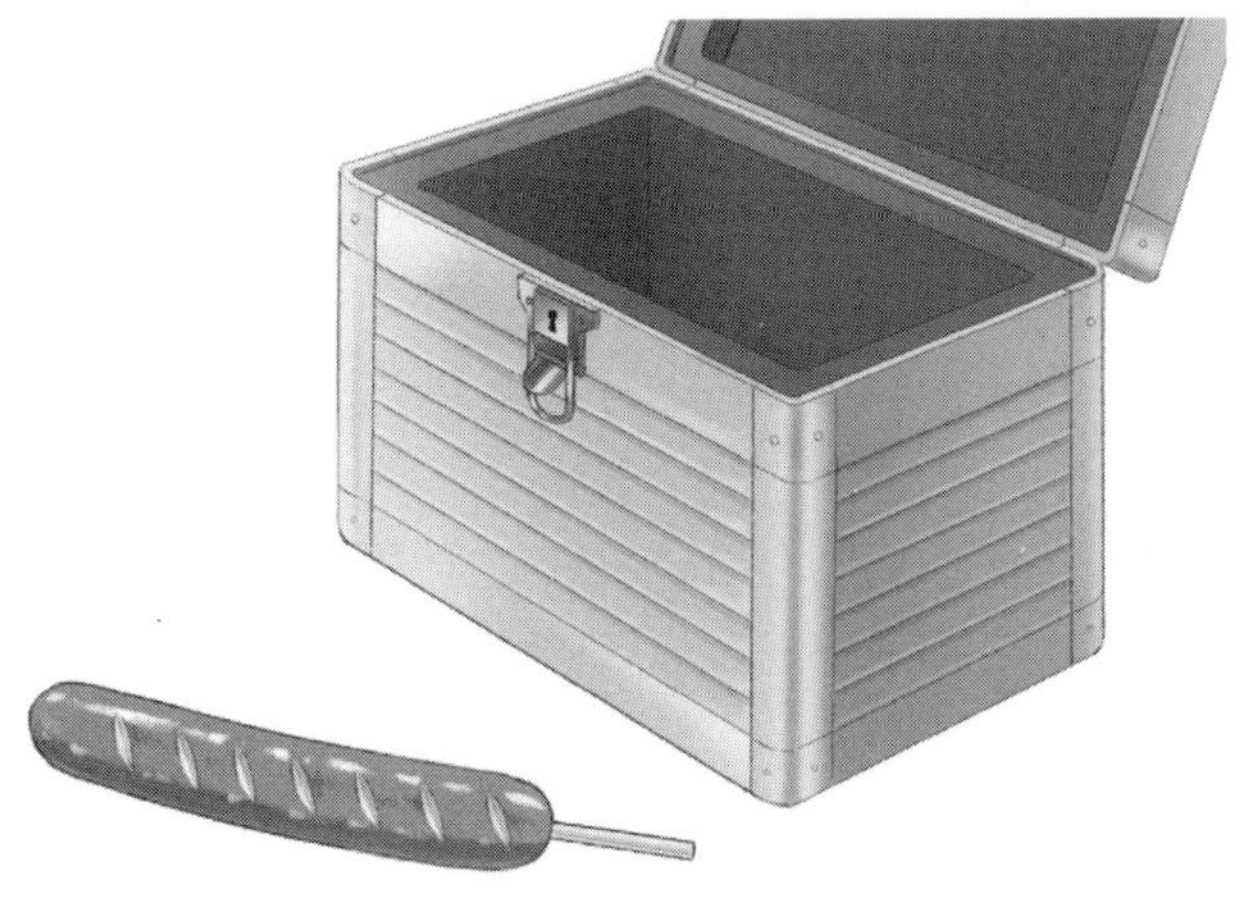

この作品は、小社より刊行された『疾風ロンド』（実業之日本社文庫／二〇一三年）をもとに、漢字にふりがなをふり、読みやすくしたものです。（編集部）

装画・本文イラスト　ＴＡＫＡ
装幀　西村弘美

★読者のみなさまからの感想をお待ちしています★

【あて先】
〒107-0062 東京都港区南青山 5-11-9
レキシントン青山 4F　実業之日本社　文芸出版部
いただいたお手紙は編集部から著者へお渡しいたします。

実業之日本社ジュニア文庫

疾風ロンド

2020年11月20日　初版第1刷発行

作 ……………… 東野圭吾
絵 ……………… TAKA
発行者 …………… 岩野裕一
発行所 …………… 株式会社実業之日本社
〒107-0062　東京都港区南青山 5-4-30
CoSTUME NATIONAL Aoyama Complex 2F
電話（編集）03-6809-0473
（販売）03-6809-0495
https://www.j-n.co.jp/
DTP ……………… ラッシュ
印刷所 …………… 大日本印刷株式会社
製本所 …………… 大日本印刷株式会社

ISBN978-4-408-53770-2（第二文芸）